陈 宇◎著

1946-1950
国共生死决战全纪录

进军蓉城

长城出版社

图书在版编目（CIP）数据

进军蓉城 / 陈宇著. －北京：长城出版社，2011.4
（国共生死决战全纪录丛书）
ISBN 978－7－5483－0074－8
Ⅰ．①进… Ⅱ．①陈… Ⅲ．①西南战役（1949）－史料 Ⅳ．① E297.4

中国版本图书馆 CIP 数据核字（2011）第 070593 号

责任编辑 / 徐 华 萧 笛

进军蓉城

著　　者 / 陈　宇
图　　片 / 解放军画报社授权出版　**getty**images 授权出版
　　　　　资深档案专家王铭石先生供稿
出　　版 / 长城出版社
地　　址 / 北京甘家口三里河路 40 号
邮　　编 / 100037
电　　话 / （010）66817982　66817587
开　　本 / 720 × 1000mm　1/16
字　　数 / 260 千字
印　　张 / 19 印张
印　　刷 / 北京龙跃印务有限公司
版　　次 / 2011 年 4 月第 1 版
印　　次 / 2014 年 3 月第 2 次印刷

标准书号 / ISBN 978－7－5483－0074－8/E · 1005
定　　价 / 49.80 元

解读国共生死大较量的历史
重温先辈们激情燃烧的岁月

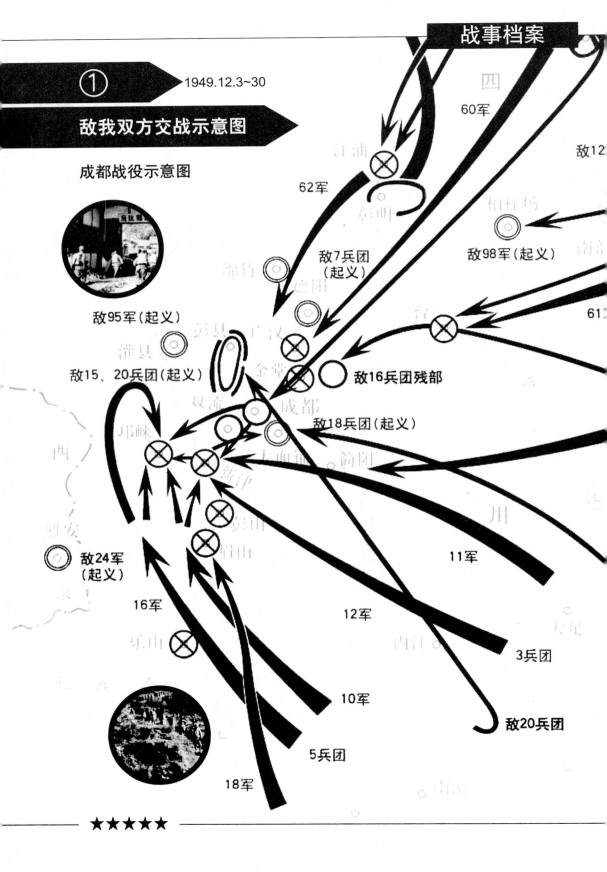

① 1949.12.3~30

敌我双方交战示意图

成都战役示意图

敌95军（起义）

敌15、20兵团（起义）

敌24军（起义）

四

60军

敌12

桥檀场

敌98军（起义）

敌7兵团（起义）

敌16兵团残部

敌18兵团（起义）

611

川

62军

16军

12军

11军

3兵团

敌20兵团

10军

5兵团

18军

★★★★★

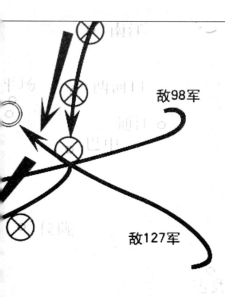

敌98军

敌127军

四野50军

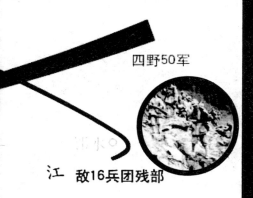

江 敌16兵团残部

15兵团残部

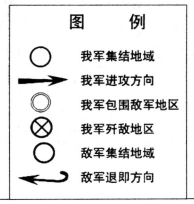

图　　例

○ 我军集结地域

➤ 我军进攻方向

◎ 我军包围敌军地区

⊗ 我军歼敌地区

○ 敌军集结地域

➤ 敌军退即方向

 ★

② 作战时间

1949年12月8日～27日

 ★

③ 作战地点

四川省成都地区

 ★

④ 敌我双方参战兵力

我军：

第二野战军第3、第5兵团及第一野战军、第四野战军各一部。

敌军：

国民党军胡宗南集团第5、第18、第7、第16兵团及第20、第15兵团残部。

 ★

⑤ 作战结果及意义

解放军歼灭胡宗南集团30余万人，国民党军第5兵团司令李文被俘。成都战役是人民解放军解放祖国大陆作战中最后一次大规模作战战役，国民党在大陆最后一个战略集团——胡宗南部被歼灭。粉碎了蒋介石盘踞川西，待机反攻的企图。

⑥

我军主要指挥官

第二野战军司令员刘伯承、政治委员邓小平，西南军区司令员贺龙，第二野战军参谋长李达，第3兵团司令员陈锡联、政治委员谢富治，第5兵团司令员杨勇、政治委员苏振华。

★ 刘伯承

★ 邓小平

★ 贺　龙

四川开县人。1912年考入重庆军政府将校学堂。北伐战争时期，任国民革命军四川各路总指挥、暂编第15军军长。1927年参加领导南昌起义，任中共前敌委员会参谋团参谋长。后留学苏联。1930年回国。土地革命战争时期，任中共中央长江局军委书记，中央革命军事委员会总参谋长兼中央纵队司令员，中央红军先遣队司令员，中革军委总参谋长，中央援西军司令员等职。参加了长征。抗日战争时期，任八路军129师师长。解放战争时期，任晋冀鲁豫军区司令员，中原军区司令员，第二野战军司令员等职。1955年被授予元帅军衔。

四川广安人。1920年赴法勤工俭学，1926年赴苏联中山大学学习，同年底奉命回国。1927年底至1928年夏，任中共中央秘书长。1929年10月底任中共广西前敌委员会书记，百色起义的主要领导人之一，亦是左右江革命根据地创始人之一。期间任红7军政治委员兼红8军政治委员。1933年调任红军总政治部秘书长。参加了长征。1934年再次出任中共中央秘书长。抗日战争时期，先后担任八路军政治部副主任，129师政治委员。解放战争时期，历任晋冀鲁豫军区政治委员，中共中央中原局第一书记，中原军区和中原野战军政治委员，第二野战军政治委员等职。

湖南桑植人。早年加入孙中山领导的中华革命党。1926年参加北伐战争，任国民革命军第9军1师师长，第20军军长。1927年参加领导南昌起义，任起义军总指挥。土地革命战争时期，历任红4军军长，中共湘鄂西前敌委员会书记，红二军团总指挥兼红2军军长，红3军军长，红二、六军团总指挥，红二方面军总指挥等职。参加了长征。抗日战争时期，任八路军120师师长，晋西北军区司令员等职。解放战争时期，任晋绥军区司令员兼晋绥野战军司令员，陕甘宁晋绥联防军司令员，西北军区司令员等职。1955年被授予元帅军衔。

★ 陈锡联

时任第二野战军第3兵团司令员。1955年被授予上将军衔。

★ 谢富治

时任第二野战军第3兵团政治委员。1955年被授予上将军衔。

★ 李 达

陕西眉县人。1931年参加了宁都起义。土地革命战争时期，任红17师参谋长兼13团团长，红六军团参谋长，红二军团参谋长，红二方面军参谋长，援西军参谋长。参加了长征。抗日战争时期，任八路军129师参谋处处长、参谋长，太行军区司令员，晋冀鲁豫军区参谋长。解放战争时期，任中原军区参谋长，第二野战军参谋长兼特种兵纵队司令员、政治委员。1955年被授予上将军衔。

★ 杨 勇

时任第二野战军第5兵团司令员。1955年被授予上将军衔。

★ 苏振华

时任第二野战军第5兵团政治委员。1955年被授予上将军衔。

⑦

敌军主要指挥官

国民党川陕甘边区"绥靖"公署主任胡宗南，川湘鄂边区"绥靖"公署主任宋希濂，国民党军第5兵团司令李文。

★ 胡宗南

★ 宋希濂

浙江孝丰人。国民党一级陆军上将。黄埔军校一期毕业。历任军校教导团排长、副连长、营长等职，曾参加两次东征陈炯明及平定滇、桂军阀杨希闵、刘震寰叛乱诸役。曾参加两次北伐。先后任团长、副师长、师长。后随蒋介石参加蒋桂战争、蒋冯阎战争，战后任第1师师长。1932年指挥所部参加"围剿"鄂豫皖苏区。1936年4月任第1军军长。抗日战争期间，任第十七军团团长，第34集团军总司令，第八战区副司令长官，第一战区代司令长官等职，先后率部参加淞沪会战、武汉保卫战等。解放战争爆发，率部进攻延安，后历任西安"绥靖"公署主任、川陕甘边区"绥靖"公署主任。

湖南湘乡人。国民党陆军中将。黄埔军校一期毕业。参加了东征和北伐。1933年，任国民党军第36师师长。抗战时期，任第78军军长、第71军军长，第34集团军副总司令，第11集团军总司令兼昆明防守司令。1946年，任西北行辕参谋长，新疆警备总司令。1948年8月，任华中"剿总"副司令兼第14兵团司令。1949年，任湘鄂边区"绥靖"公署主任。1949年12月，在四川被解放军俘虏。

★★★★★

★ 目录

第四章 游击队出山，解放军"黑虎队"潜行 / 74

蒋介石仓皇从成都飞离大陆，留下胡宗南等人在川西地区完成他的"孝忠"之战。

苏码头战斗，是川西战役中惟一动用飞机参战的一次战斗，而且是距离成都市最近、最激烈的一次战斗。

第五章 彭镇血野大厮杀，新津7昼夜大血战 / 90

国民党溃后败将殊死顽抗。如血残阳中，解放军部队用生命和鲜血之铁拳，砸开了国民党军的最后一道防线。

鲜红的红旗在历时7个昼夜后，在25日拂晓从河南岸插向了新津城头。

邛崃阻击战的枪声正铺天盖地而来……

第六章 刘伯承出手绝招："点穴"邛崃县城 / 118

王陵基"又向文君井畔来"苦心策划脱逃之计。

刘伯承早就盯上了战略要地邛崃城，使出了出手绝招"点穴"邛崃，将脱逃的现在进行时变成了完成时。

11名解放军战士把大邑县城大街上的敌人搅得晕头转向，魂飞魄散，不费吹灰之力，就诱降了国民党一个团。

目录

第十章 主战场战后数年落雨地上仍流血水 / 222

曾经炮火连天，血流遍野，国共两军殊死厮杀之地，一直到解放后的五六年里，每年下雨时，那田里流的水还有血色，至今种田挖几锄头，随处都可挖出死人骨头来。

可以想见，当时血流成河、尸体堆积如山，绝不是夸张，而这毛骨悚然的一幕，也不是天方夜谭。

第十一章 国民党"天下第一军"的覆灭 / 240

就在这男子汉牛一般的哭声中，陈鞠旅的部属全体接受了放下武器的命令。

国民党所谓"天下第一军"大厦，在这泪水中坍塌。

川西平原上，浓浓的硝烟开始慢慢消散，一轮红日在这片历尽沧桑而又古老的热土上冉冉升起。

第十二章 贺龙率部举行盛大入城式 / 268

烈士的忠骨铺满长征路，战士的热血洒遍长江黄河。

当年举着红旗迎接红军的老游击队员一个又一个地倒下了，血沃川西，光照中华。

一人倒下，万人站起。他们子女接过父辈手中的红旗，站到了镰刀、斧头、红星旗帜之下。

一个新时代随着国民党政权的土崩瓦解到来了。

南线：刘邓大军
"拉网"到川西盆地

★★★★★

∧ 重庆解放后，刘伯承（左三）、邓小平（左五）与贺龙（左二）在一起。

国民党政府仓皇中决定迁往台北，这使处于惊弓之鸟中的胡宗南更加心慌意乱。将所部撤退到西昌是保命之举还是仓皇北顾？

刘邓大军轻而易举地截断了胡宗南由川西向西昌的逃跑之路。

此时的胡宗南将何去何从？

1. 乐山的惊雷绝响

重庆解放后，人民解放军第二野战军由于进展迅速，巩固地方的任务很重。第3兵团司令员陈锡联、政委谢富治及王近山副司令员都留在了重庆和川东，刘伯承司令员、邓小平政委为了使各军密切协同，协力围歼胡宗南集团等国民党军于川西战场，针对川西战局，决定由第5兵团司令员杨勇和第3兵团副司令员杜义德统一指挥第3、第5兵团两个兵团5个军。并指示杨勇率兵团指挥机构尽快到杜义德处会合，召集各军领导开会，提出作战方案。

1949年12月1日的川南一乡村内，黄昏中炊烟袅袅。

刘伯承放下手中的碗筷，接过隔着饭桌的邓小平递来的一纸电报，在上面轻快地写下了一个大大的"发"字。一束无线电波在晚霞中射向天空。时在川境的二野第5兵团部第16军、第18军、第3兵团部第10军收到了如下电报：

我已占领重庆。今后作战重点在西面，于占领泸州、宜宾后，应力求迅速占领乐山、夹江、峨眉3县，完全截断胡宗南向南退却的公路线。

3日，第二野战军的第11、第12、第47军也分别受令分别由木洞镇至中白沙之线共6处渡过长江。其中第12军主力在白市驿、石板场以南地区与胡宗南部激战中。时国民党军孙元良部主力已向垫江集结，该敌可能沿邻水、广安西撤。基于如此情况，刘伯承、邓小平根据战局的发展和下一步作战的需要，开始将西出川西平原的计划正式纳入重要作战日程，特别作出关于出击成都的部署：

47军渡江后，以一部攻占长寿，主力攻占邻水，歼孙元良兵团，尔后即在邻

湖南浏阳人。土地革命战争时期，任红三军团营政治委员、5师14团政治处主任，第4师10团政治委员，红一军团第1、第4师政治委员等职。抗日战争时期，任八路军115师343旅686团团长兼政治委员，独立旅旅长兼政治委员，鲁西军区副司令员兼343旅旅长，鲁西军区司令员兼教导第3旅旅长，延安军事学院高干队队长，冀鲁豫军区副司令员。解放战争时期，任晋冀鲁豫野战军第7纵队司令员、第1纵队司令员，第二野战军5兵团司令员。

水地区集结待命；11军除以一部守渝外，主力协同12军歼白市驿地区之敌后，即攻占璧山、铜梁，并以一部进占合川，其主力即在璧山、铜梁集结，准备沿安岳出成都；12军于肃清白市驿附近地区之敌后，以一部攻占永川，尔后主力即在白市驿至永川之线集结，准备沿成渝公路出成都；10军抵泸县、合江之线不必集结，应速渡江攻占隆昌、富顺自流井，尔后主力即在该线集结，准备出乐山或成都。

　　一系列命令发出后，各部队即刻行动，将战线向前迅速推进。第12军的3个师，每师各留1个团担负重庆的守备任务，其余6个团共约1万余人全部出动，开向川西战场。为了争取时间，便于机动，该军直机关仅带一个轻便指挥所，没有带任何后勤保障分队，部队全部轻装，重武器都放在了重庆。该军于12月3日前后由璧山、来凤驿、永川、铜梁，先后到达内江地区集结待命，准备北上成都，参加川西平原的最后决战。

　　15日，刘伯承、邓小平电令直趋川西的解放军先头部队第10、第12军主力速占乐山、眉山一线，川西最后大决战即从乐山附近强渡岷江战斗开始，战斗的序曲由此奏响。

　　在此地，国民党军胡宗南部在竹园铺失利后，将其第27军第31师师部及其第92团由井研西撤，在青神县以东岷江畔的天然屏障虎渡溪设防，同时将第160师部署于青神县城，以一部兵力部署在青神至乐山沿江地段上，企图阻止解放军过江。

< 杨勇，1955年被授予上将军衔。

解放军第10军第30师师长马忠全、政委鲁大东和副师长矢光，率领第88、第89团，于15日10时抵达青神岷江虎渡溪一线。第89团6连担任主攻任务，但由于敌守军交叉火力的严密封锁，战斗进展很慢。3排长牛天顺不幸壮烈牺牲。11时，连长郭长福重新组织火力，凭借雾障的掩护，避开敌正面火力，侧击敌人。半个小时后，2营集中全营重火力向敌突然发起进攻，6连从两侧和正面向敌发起冲锋，突破了敌前沿阵地。

战斗英雄、2营营长巩福堂负伤带领全营乘胜追击，再攻占6个山头，于下午2时将战线推进到龙神庙山。1营营长董殿军指挥部队迅速向左翼山下渡口包抄，但都被山上守敌1个连以密集火力把1营的几次冲锋给压了回来。

< 马忠全，1955年被授予少将军衔。

马忠全 ———————— ▲—

湖北黄安（今红安）人。土地革命战争时期，任红四方面军第4军12师连长、营长。抗日战争时期，任八路军129师385旅769团连长、营长、团长，太行军区第5军分区副司令员。解放战争时期，任晋冀鲁豫军区太行纵队第4支队支队长，第3纵队8旅旅长，皖西军区第2军分区司令员，皖北独立师师长，第二野战军10军30师师长。

师长马忠全和董营长仔细观察地形后，当机立断决定组成以副营长郝诚为队长的7人突击队，在全营强大火力掩护下，从敌人火力薄弱的左侧登山，攀过陡峭山崖，接近敌阵地，在敌人的鼻子底下把成束的手榴弹扔向敌群。

突击队趁敌人被炸得晕头转向混乱之机，冲入敌阵，展开搏斗。郝副营长夺过敌人的一挺机枪，掉转枪口，向敌群扫去。山下解放军部队趁势冲了上来，敌左翼阵地被突破。

下午4时，解放军各部队向龙神庙敌阵地发起总攻，全歼国民党守军，胜利占领了岷江东岸地区。

晚8时，解放军第89团8名战士各乘一只橡皮舟，在火力掩护下，划舟过江，夺回了一只木船。晚 10 时，3 营由 8 连连长窦金斗和 1 排排长牛银山带领 1 排，先乘这只木船进行抢渡，占领了滩头阵地。在后续部队上岸后，又向敌师部冲去。16 日拂晓，第 89 团及师直全部渡过岷江。

虎渡溪战斗胜利结束，俘国民党官兵 240 多人，毙伤 100 多人。解放军牺牲 6 连副指导员刘子明以下 11 人，负伤 14 人。这 11 名烈士的遗骨现仍安葬在此地的县烈士陵园。

与此同时，解放军第 30 师第 88 团在师政委鲁大东率领下，于 15 日中午到达青神对岸的白果渡后，扎竹筏，准备渡江器材。

5 连 2 排排长彭和清带领战士们，从江水中打捞起两只被国民党军灌沉的木船，整修后，以此迅速渡江。部队过江后直向纵深插去，迅猛地攻入青神县城，城中国民党守军把注意力放在龙神庙方向，没提防到另一路解放军由一侧的白果渡攻进城中，只好放下武器投降。16 日上午 8 时左右，青神宣告解放。俘国民党官兵 400 多人。

第 88 团马不停蹄紧紧追击，于当日下午在以北地区终于追上了由青神溃败之敌，经激烈战斗，俘国民党第 65 军参谋长凌郁旺以下官兵 330 多人。同日，第 89 团在这一地区又经 5 个多小时的激烈战斗，歼灭国民党军第 160 师师部及第 479 团大部，俘其师长何汉西、团长沈步云等以下官兵 1,000 余人。

此时的岷江乐山正面，解放军第 47 师以第 139 团为前卫，在 12 月 14 日即直扑乐山岷江岸边。时在乐山以东金山寺、五通桥、牛华溪的国民党守军，惧怕被歼，都慌忙向乐山附近的岷江两岸退去。15 日凌晨 2 时，第 139 团进占五通桥。先头部队又连夜追至乐山东岸瓦厂坝，查明乐山东岸有新布防国民党军约两个团的兵力，构筑了工事，并将大石桥炸毁一孔，企图阻止解放军攻占乐山。在岷江东岸的钓鱼台、乌尤寺和蔍子街等处由国民党第 335 师第 3 团 1 营防守；北面的任家坝由 3 营防守；任家坝以上由第 27 军防守。

解放军第 47 师当即决定，以第 139 团担任主攻，首先歼灭钓鱼台一线守敌，然后向北发展。第 141 团由右侧向任家坝迂回，协同第 139 团歼敌。

15 日 6 时半，第 139 团在团长徐仲禹、政委王尚指挥下，首先集中全团迫击炮，猛烈轰击钓鱼台一线的敌军阵地，随后部队出击。

钓鱼台，是乐山岷江东岸的重要制高点，地处凌云山尾部，驰名中外的乐山大佛即在此山的西侧。所以，国民党守军得意忘形地说：

∨ 我军某部抢渡岷江包围成都之敌。

"我们有大佛的保佑，就稳坐钓鱼台吧！"山顶的国民党守军碉堡内，分别面向左侧的凉水井、正面的杜家嘴公路、右侧的乌尤坝头布置了重火力。射击孔居高临下，对解放军攻击部队威胁甚大。国民党守军向山下狂妄地号叫着："要夺钓鱼台，除非飞过来！"

而解放军攻击部队却是"明知山有虎，偏向虎山行"，因为这钓鱼台正是由正面过江解放乐山的必经之地，攻打乐山的突破口势必选择在这里。所以，当解放军突击队冲到钓鱼台附近的乌尤坝前时，敌机枪便开始了轮番猛烈扫射，一时山石火星四窜，沙滩上尘土飞扬。9连的郑法成英雄排，在战斗英雄王克力排长的带领下，冒着密集的弹雨，神奇般地迅速冲过沙滩，向钓鱼台左侧的乌尤寺推进，首先抢占了附近制高点乌尤山。

一条深溪挡住了前进道路，王排长果断下令：

"除武器弹药外，其余东西统统甩掉，泅水过河。"

全排战士不顾一切，跳入冰冷刺骨的河水中，向对岸游去。

战士们咬紧牙关终于游过了河，一个个穿着滴水的棉衣，向钓鱼台主阵地发起冲锋，抵近射击，旋及集中火力向钓鱼台守敌发起进攻。指战员们勇猛冲杀，○○之后，即占领了钓鱼台制高点。

然而有7名解放军战士却永远的留在了岷江岸边。

2营奉命从大石桥方向迂回，控制了任家坝东山，对敌形成夹击之势。

这天黄昏时分，第47师控制了乐山的岷江东岸及其渡口，并立即进行渡江攻城的准备。

第48师第144团在副团长王钦裕的带领下，于这天下午2时进占乐山上游的板桥溪，当天晚上渡过岷江，沿西岸向南展开攻击。16日拂晓，在绵竹乡俘国民党第27军700余人，同时击溃由夹江方向来增援之敌1个团。该师大部向夹江方向追击逃敌，以一部分兵力直插乐山侧后，配合第47师攻占乐山。

第47师第139团1营，利用夜暗，于16日凌晨在乐山城北面上游渡过岷江，绕到乐山城背后，突然向守敌发起进攻，强占城内制高点磨儿山、老霄顶。1营担任主攻任务的是3连，在突破城垣和攻占老霄顶时，副连长张光连和战斗英雄2班长曹江银牺牲。这支解放军小分队从敌后突然袭击进入乐山城的这一行动，使守城国民党军惊慌失措，军心为之动摇。

16日上午，解放军各种炮火向乐山岷江西岸守敌阵地猛打。攻入城内的部队在夺取老霄顶后，居高临下对城中之敌进行火力压制。东岸主力部队趁机渡江，国民党军溃退，乐山全城被解放军攻占。

奉命暂时负责接受乐山的第10军第90团政委张力行，以及副团长李文忠于16

∧ 1949年12月16日，我5兵团第16军攻占乐山县城。图为我军战士沿田间小路向金山寺进攻。

日下午率领该团1营，抵达五通桥，在川西南军区游击队岷江纵队的紧密配合下，迫使国民党军第301师第906团100多人在磨子场起义。张政委奉命率一部及第30师调地县工作的人员进驻乐山，宣布成立乐山军管会。军管会主任鲁大东因战事暂时到不了乐山任职，军管会工作由张力行负责。

18日，川西前线最高指挥员杨勇致电刘伯承、邓小平："我16军16日占乐山，胡匪北逃。"为完全切断胡宗南退路，并命令所部："16军攻占夹江、洪雅并集结该线以北待命，18军即进到乐山及以北地区，以一部控制眉山待命；如10军尚未渡江，16军迅速在10军渡江后进入上述位置；各军迅速设法购置补充鞋子；16军应特别注意与刘文辉之24军部队联络免发生误会；16军应在乐山附近搜集架一浮桥；兵直拟明19日进到乐山附近。"

乐山战斗，据刘伯承、邓小平给中央军委电报档案记载，计歼国民党第3军第335师一部、第27军炮兵营大部、第21军军直一部，共俘虏2,500余人，缴获山炮5门，九二式步兵炮2门，汽车10辆。第335师残部2,000余人，在其师长率领下投诚，于18日开至乐山以西地区集结整编。刘、邓并特别指示乐山前线指挥员："对敌投降之第335师的处理方针，我们基本上同意，但尉级以上军官应作较长时间之集训，就是愿回家者，也不应在短期内，不经请示就自行释放。"

这时，部队经过连日长途奔袭，连续作战，非常疲劳，由于伤亡严重也急需对部队进行编制人员调整。师、团指挥员原准备在过岷江后休息整顿半天，再向前追击。但刘伯承、邓小平考虑到彻底截断国民党溃军的道路问题，立令各部无论遇到多大困难，也要在到达指定的合击位置后再进行休整补充。17日晚8时，刘、邓又急电指示岷江前线各指挥员：

你们应准本部17日酉电执行，10军与16军尤应即时追歼向西北西方逃窜之胡匪部队。

各部遵照刘、邓这一电令，未在乐山附近停留，又向前继续追击。

2. 真真假假的"哑巴"战斗

第47师在解放乐山后，连夜渡过青衣江，迅速切断国民党胡宗南部溃军逃往康滇的路，于17日解放峨眉。第48师于16日解放夹江，17日上午进占洪雅，第46师进驻夹江。18日，第12军部队占领了成都以南仅60公里的彭山县城，把正准备从此方向往西南逃窜的国民党溃军又压回成都以西地区，彻底完成了由川东南对国民党军的大迂回、大包围任务。

在成都以东，解放军第11军部队在刘伯承、邓小平的统一部署下，也正步步由东面逼近成都地区。第32师在解放重庆后，其先头部队第94团在该师副师长涂学忠、团长田士繁的率领下，采取远距离奔袭战术，孤军深入，直向川北重镇南充急进。12月9日，该团2营抄小路走在全团的最前面，于下午6时，秘密抵占嘉陵江边的南充县城西郊。中共地下党组织立即与解放军接上了联络，并提供南充城内敌情。涂副师长和田团长伏在公路边拿着电筒，从地图上分析着敌情。

2营将捉到的两名国民党军士兵押到了涂副师长面前，经审讯证实，南充城内的国民党军番号杂乱，是分属于不同建制的部队，正准备向成都逃窜。涂副师长和田团长当即判断，城内之敌无统一建制，指挥肯定混乱，战斗力也就很难说得上敢于与攻城解放军抗衡。所以，如果突然发起攻击打入城内，占领全城显然是轻而易举，但也容易将本来就分散的敌人打溃散，不易全歼。于是，涂副师长和田团长决定采取智取的方法，全歼城内国民党军。

田团长把2营营长靳小瑞喊到了面前，吩咐说："你营现在立即化装成国民党军进入县城。行动要隐蔽，动作要勇猛。插到城里后更要大胆心细，果断灵活行事，迅速堵住敌人的逃跑之路。"

转眼间，2营指战员便用近日战斗中缴获的国民党军服化了装，分成3路纵队，警惕地向县城南大门开去。

已是掌灯时分，天色渐渐昏暗下来。

走在最前面的是5连，部队在连长的带领下还精神百倍地喊着队列口令，来到南大门下。几个守门的国民党哨兵正想走上前来盘查，5连指导员韩忠孝狠狠地瞪着眼睛，国民党哨兵却被这严厉的目光吓住了，呆头呆脑地再也不敢上前盘问。4连和6连紧跟在5连的后面也大摇大摆进了县城。

城内满街都挤得是国民党军溃兵，他们见迎面走来了这支队伍整齐的"国军"，感到很惊奇，的确，在这时的国民党军中能看到如此正规的部队实属鲜见。大街两旁的国民党军散兵游勇，有的流露出羡慕的眼神，有的在窃窃私语，有的竟在敬礼，他们以为是援兵已到。

> 涂学忠，1964年晋升为少将军衔。

涂学忠 — — — — — — — — — ◀ —

安徽六安人。土地革命战争时期，任红4军第10师28团排长、连政治指导员。抗日战争时期，任八路军129师385旅连长，太行军区武乡独立营副营长。解放战争时期，任晋察冀军区第3纵队8旅22团副团长、团长，第二野战军3兵团11军32师副师长。

∧ 我军第 11 军某部向四川进军途中在山上宿营。

一个国民党军官突然大着胆子走上前问道："请问贵军是哪个部队的？"

靳营长不耐烦地回答："胡长官的部队！"

5连在前，顺利地通过了城中心，然后向城北门扑去，只要控制了北门，城中之敌也就都成了瓮中之鳖。在快到达北门时，国民党哨兵似乎是发现了什么，突然大声发问："哪一部分的？到这里来干什么！"

韩连长火气十足，开口就大骂："你他妈的瞎了眼！我们是孙司令的警卫连，你不认识！"

那几个国民党哨兵听到喝斥，灰头灰脑地缩进了岗楼内。然而，当他们抱着枪还没有站稳时，就成了解放军的俘虏。5连成功地占领了县城北门，截断了城中国民党溃军的退路。

2营秘密进入县城后，靳营长命令各连趁夜暗悄悄接收了国民党军在城中嘉陵江岸边堆积的大批军用物资，以及刚渡江过来的汽车10多辆。这时，南充四周的国民党溃军还以为城中是一个保险地，纷纷过嘉陵江而入城中。

解放军的思想工作很是到位，经过教育后的船工，将船只开到对岸"迎接国军"，一批又一批的国民党溃兵被接到了解放军的枪口下，解放军2营部队则静悄悄地埋伏于漆黑的夜幕中，来一船接收一船，过来一人俘虏一人。一夜之间有600多名国民党官兵自投到罗网中，其中还有18辆卡车和一辆吉普车，小车上还坐有一名国民党军副师长。

南充城中，嘉陵江边，到处是低沉的"缴枪不杀"命令声，许多国民党溃兵就这样莫明其妙地当了俘虏。

天拂晓前，秘密进城的解放军2营部队又迅速控制了城中各街口要道，解决了大街上的国民党军哨兵，并由俘虏带路，分别向驻在城中的国民党第81军和第110军军部奔去。

东方露出了一抹亮色，潜伏于城外的解放军第94团主力在晨光中与城中的2营部队胜利会合，城中国民党守军全部被缴械。一场"哑巴"战斗竟这样结束了，直到这时，解放军部队转入搜剿对逃窜之敌鸣枪示警，仅消耗子弹54发。

3. 历史上跨时代的一年

13日，刘伯承、邓小平致电第11军、第12军前线指挥员：

云南卢汉已发动起义，在此情况下，胡宗南匪部可能迅经乐山地区向西昌或往雅安方向泸定撤退。我16军、10军正在乐山、眉山线前进截击敌人，预计15日或16日可到该线。为争取与 16 军、10 军协同作战，转令 12 军应向仁寿地域前进，11 军应向资阳、简阳线以西地区前进，并须于 17 日到达上述地区待命机动。

解放军第 94 团在智取南充后，奉命向成都以东的简阳地区开进，全团指战员乘坐上在此缴获的 32 辆汽车，于 17 日沿成渝公路快速向西飞疾，经遂宁于当日下午 6 时抵达简阳县城。一天轻轻松松赶了 254 公里，是徒步急行军 3 天多的路程，这机械化的速度真使第 94 团的指战员大开眼界，赞叹不已。

在成都以东地区，防守此地的国民党军是李振部第 18 兵团，位于大面铺、龙泉驿一带，其主力部署于简阳县以西的龙泉山一线，以图从东面屏障成都。该兵团部驻在龙泉山西的龙泉驿，并调集了 3 个团的武装沿山设防。宪兵第 2 团也调到了这里，在龙泉驿成立了军警宪联合指挥部，在龙泉山制高点山泉铺纠集当地土匪武装联合把守。

国民党第 18 兵团司令李振 ——————————————————— —

广东兴宁人。国民党陆军中将。1927 年任国民革命军第 11 师 31 团营长，1931 年 1 月任第 1 军第 1 师 1 团团长，1936 年任 151 师第 451 旅旅长，1938 年任 12 集团军第 186 师师长，1944 升任第 65 军军长，1948 年任第 18 兵团司令兼 65 军军长。1949 年 12 月率部在四川起义，被委为人民解放军川东军区第二副司令员及西南军区高参室副主任。

然而，解放军第 11 军在十分熟悉此地地形的刘伯承、邓小平的指挥下，根本没有攻击龙泉山由此打到成都的意图，而是命令第 11 军主力从南面绕过龙泉山，直插川西，向新津一带之敌发起了围攻，仅留下该军第 94 团的 5 个步兵连在龙泉山以东牵制敌人。

18 日晨，11 军命令第 94 团进至简阳以西贾家场，执行"扰乱、监视、迷惑敌人"的任务。1 营立即登车出发，仅用 1 个小时即到达指定地点，在九龙场与国民党军李振部前哨接触。该团派出 7 连连长高石秀带领全连在石桥河一边与敌对峙。

21 日上午 9 时，涂副师长和田团长为了详细了解当面之敌的部署，亲率 3 连向九龙场之守敌出击，刚打两炮，敌前哨排即逃之夭夭。

为了分化瓦解当面胡宗南国民党军，抑滞其向西突围，以等待兄弟部队完成截断川康公路的作战意图，迷惑此时还在成都以东国民党军的视觉，造成从成都以东突破的假象，第 94 团在 22 日、23 日两天里奉命伪装主力。除 7 连继续坚守石河桥

阵地外，团主力用仅有的 4 个步兵连每天夜间潜行向东转移，早晨又从东面浩浩荡荡开回来，使敌错认为在此地已集中了大批的解放军主力部队，其实在此地的解放军直到最后决战围歼国民党军时刻，充其量还是这一个第 94 团。

而就在此时，解放军各主力部队却已云集川西四周，彻底歼灭国民党军胡宗南集团的决战计划已在紧锣密鼓地实施中。

历史已记下蒋介石国民党军由川西战场最终退出大陆的这一"谢幕"之作。公元 1949 年，在中国历史上是跨时代的一年。

这一年，神州大地烽火连天，硝烟弥漫，随着人民解放军辽沈、平津、淮海、渡江战役后的胜利大进军，国民党军节节败退于东南、西南两个角落。东南一角即是隔海相望的台湾岛，蒋介石国民党政府带着少数残兵败将逃到这里，依靠着"海龙王"的保佑，苟延残喘于一方，而同时在大陆的上百万军队却又被海水所阻，天各一方，其中的大多数，计有 90 余万官兵被解放军的凌厉攻势赶到了西南一角，其精锐部队这时便被最后压迫到成都以西四川盆地的"盆底中"，一场国共两军的最后大决战即在这川西平原上拉开了战幕。

这时国民党胡宗南集团已撤退到川西地区。还在 11 月中旬重庆告急时，蒋介石即慌忙命令胡宗南开始撤退防守秦岭的部队，救援川东。而胡宗南刚欲调动部队，解放军的猛烈攻势已将川东的国民党军宋希濂、罗广文两部击溃。胡宗南只好派出第 1 军（欠第 1 师，到新津担任机场守备）先到重庆增援，其余部队陆续开往成都地区。

胡宗南部在此时撤往川西的部队，共计有第 5 兵团（司令官李文）、第 7 兵团（司令官裴昌会）、第 18 兵团（司令官李振）3 个兵团，总兵力 10 多万人。胡部到达成都地区后，各部先期驻地位置分别是：

胡宗南长官公署本部及其直属炮兵团、工兵团、辎重部队、通讯部队和战车部队驻成都；

< 1948 年，蒋介石夫妇与时任国防部长的白崇禧在陕西临潼合影。

国民党第 5 兵团司令李文 ————————————————

湖南新化人。国民党陆军中将。黄埔军校第一期毕业。长期在胡宗南军事集团中担任重要军职。1937 年夏任第 1 军第 78 师师长，1938 年 5 月任第 90 军军长，1945 年 1 月升任第 34 集团军总司令。1948 年任第 4 兵团司令长官兼北平防守司令。1949 年 9 月任西安"绥靖"公署副主任兼第 5 兵团司令长官。1949 年底，第 5 兵团被解放军击溃，李文被迫投降。次年 3 月，逃离出四川，1951 年 4 月去台湾。

长官公署干部训练团驻温江；

长官公署学生总队（总队长王应尊）驻邛崃；

第1军（军长陈鞠旅）主力由重庆退到成都地区后驻新津附近；

第3军（军长盛文）驻成都附近，后开往新津方向增防；

第27军（代军长吴俊）驻眉山、乐山间；

第30军（兼军长鲁崇义）及其第27军第47师第139团驻成都东郊龙泉驿一带；

第36军（军长朱光墀）驻成都东郊大面铺一带，其中第123师在成都担任城防；

第57军（军长冯龙）驻新都；

第65军（兼军长李振）第160师驻青神；

第69军（军长胡长清）驻新津一带；

第7兵团驻绵阳一带；

第18兵团部及其所属第65军（欠第160师）和第90军（军长周士瀛）驻成都和双流一带。

蒋介石在由重庆逃到成都后，决定以成都平原与解放军进行大陆的最后决战，制定了"川西大会战"作战计划。此时，人民解放军在击溃宋希濂、罗广文、孙元良残部后，再以大迂回动作，分路向成都挺进。川北的国民党军裴昌会第7兵团在北路解放大军第18兵团的打击下，节节向川西平原败退。

国民党政府慌忙中决定迁往台北，这使本来就没有信心与解放军作战的胡宗南更加心慌意乱，忙策划将所部撤退到西昌，命令第27军和第65军第60师在眉山、乐山之线沿岷江西岸布防，担任掩护主力退却的任务；其余各部速向成都以西地区集中，然后经邛崃、雅安向西昌地区撤退。但是，其兵力尚未集中完毕，解放大军便已渡过岷江，占领乐山、眉山之线，并立即向川西地区展开了攻击。

胡宗南部由川西地区向西昌的逃跑路线被彻底截断，时在成都的蒋介石见状也傻了眼。

> 抗战时期的宋希濂。

国民党华中"剿总"副总司令宋希濂 —————————————

湖南湘乡人。国民党陆军中将。黄埔军校第一期毕业。1931年任国民党军第87师副师长，1933年8月任第36师师长，1937年升任第78军军长，1938年5月任第71军军长，1941年11月任中国远征军第11集团军总司令。抗战胜利后，获青天白日勋章。1946年3月任新疆警备总司令部总司令，1948年任华中"剿总"副总司令兼第14兵团司令。1949年任湘鄂边区"绥靖"公署主任，是年在四川峨边县被俘。

❶ 我军在秦岭围歼拒绝投降的胡宗南部。

❷ 我军步兵在坦克掩护下冲入市区。
❸ 我军向大别山挺进途中。
❹ 我军部队乘木筏渡河。
❺ 我军正在涉渡淮河。

王诚汉
（时任第一野战军第 18 兵团第 61 军 181 师师长）

　　敌人兵败如山倒。在公路两侧，到处可以看到敌人为了逃跑留下的标语，如"跑得快，有命在；跑得慢，就完蛋"，"太太小姐不要哭，跟上大队到成都！"

　　沿途可见敌军逃跑中遗弃的武器装备和各种物资，我们根本无法处理这些战利品，甚至连跪到路边举手投降的俘虏，我们也没有时间去收容，只是把他们的枪栓卸掉带走，因为我们为了追击，无法把多余的枪支带走。

　　有一天，我们正在紧张地追击中，一名参谋跑来向我报告："前面有几箱战利品，俘虏们说很贵重，部队问有什么用，请示如何处理？"我走上前问："究竟是什么好东西？"他们回答："闻着很香！"我说："那好啊！我们从早晨到现在天快黑了，还没有来得及吃饭呢。打开看看！"

　　战士们打开了纸箱包装，原来是国民党军官太太们使用的化妆品。气得我一脚把一箱化妆品踢散开来。

　　张春森政委走上前来，连忙招呼着："不要扔，这些战利品能派上大用场。军文工团化妆正需要这些东西呢，说不定这些玩意儿对我们师的侦察兵也有用。"

——摘自：《王诚汉回忆录》

★★★★★

刘金轩
（时任第二野战军第 19 军军长兼陕南军区司令员）

　　1949年11月，我第二野战军完成了进军西南的部署，进入川、黔作战，在北起巴东、南至天柱的 500 公里地段上，多路向贵阳、重庆等地进逼。这时胡宗南如梦初醒，慌忙调整部署，开始南逃。第 19 军兼陕南军区部队奉命配合主力追歼胡匪，接连攻克汉阴、石泉、西乡……

　　12月8日，在汉中以西地域，我第 169 团与南进的第 18 兵团先头部队会师，同时进入汉中市。这时，汉中城内守敌逃之夭夭，陕南首府汉中遂为我解放。尔后，我军配合入川部队，接连占领勉县、宁强，直达川陕甘边，从最东的白河县至最西的宁强县，进军 400 余公里，解放了陕南全境，随后又进入四川，占领广元、剑阁等县。

——摘自：刘金轩《陕南战场》

第二章

北线：贺龙"三把尖刀"闯关入川

★★★★★

∧ 1947 年 8 月，我军撤离延安时，贺龙给部队讲话。

浩浩荡荡的北线解放大军踏过雪岭，趟过冰河，由北向南疾进。

贺龙率领千军万马在秦岭以北杀声震天，但却故意"突而不破"，紧紧牵着胡宗南的鼻子。

广元门户大开。

本就有"天下雄关"之称的剑门关，在国民党的交叉火力下，更是"一夫当关，万夫莫开"的凶险。

1. 锐利刀锋直插川中

千里飘雪的秦岭，肆虐的寒风在呼啸着。

一辆吉普车吃力地向山顶爬去，贺龙从车窗里伸出头，看了看车轮下又硬又滑的冰凌，若有所思地说："部队的行军更困难了。"车子前后，看不见两头的解放军部队在急步向前赶路，在听到背后吉普车的马达声后，赶紧向路两旁散开让道。

吉普车拐过一道山弯，迎面就是一段陡坡，一边是悬崖深涧。吉普车由于没有防滑链索，原来的行车速度因拐弯放得很慢，车子到了半坡中就开始下滑，方向盘控制不了方向，而且滑速很快，向着山涧冲去。

周围的人一下子都紧张起来!

在这紧急时刻，正走在山坡上的几个战士快步跑向悬崖边，用身子死死抵住了下滑的吉普车。

贺龙微笑着下车："有惊无险呢!"他诙谐而亲昵地与战士们打着招呼。然后，和战士们一起推车上坡，他一边推一边和大家同声喊着："一二! 加油!"把吉普车推上了这段陡路。

浩浩荡荡的北线解放大军踏过雪岭，趟过冰河，由北向南疾进。

这时，国民党军秦岭防线已被突破，许多溃兵是望风而逃。解放军指战员们很想打一仗，但在这深沟狭谷中却是连敌人的影子都瞄不上，惟有以超过敌人汽车轮子的速度向前猛赶。

就在这时，找不到敌人可打的战士们，却和猴子打了一仗。因为两边山岭上的野猴子，从没有见过这么多人急匆匆地从它们的"营地"上经过，显得又惊又奇又怕，开始为"保卫家园"而战。它们用石块从山头上向山谷中的行人大打出手，迫使本来时间就不够用的解放军部队只好鸣枪示警自卫，把成群的猴子吓走。这短暂的"征途插曲"，倒也为战士们紧张的行军生活平添了几分轻松愉快的乐趣，步伐迈得更快了。

这是北线人民解放军在贺龙的率领下翻越秦岭向大西南进军中的两个小镜头。

就在半个多月前，胡宗南还狂妄地向蒋介石讨功邀好，说什么"我3个兵团防守秦岭防线，万无一失。共军多次猛攻秦岭，无一突破"。然而，蒋介石、胡宗南哪里知道，这正是毛泽东关于西南战役战略部署的高明之处。

北线总指挥贺龙司令员谙熟毛泽东的战法，率领千军万马在秦岭以北杀声震天，但却故意"突而不破"，紧紧牵住了胡宗南的鼻子，而蒋介石和胡宗南被蒙在鼓里，自我得意地庆贺北线防御的"胜利"。直到11月中下旬，二野由川东突然发起川黔战役，重庆及川东、川南广大地区解放后，蒋介石方明白毛泽东的用兵真正目的：主攻方向原来在川东，而不在川北。

慌了手脚的蒋介石，一面令由重庆及其以北地区西撤的国民党军，从正面迟滞人民解放军向前挺进，一面急令胡宗南部立即由秦岭防线撤向川西平原，以抵抗解放大军的攻势，或向西康和云南突围。胡宗南部接令后，主力迅速南撤川北，原在汉中、武都地区担任掩护的6个军也急忙南撤。

这时，胡宗南在陇南的部队更是见其退路有被解放军切断的危险，在这个月的上旬即开始准备沿川陕、川甘公路两侧作战略性转移，企图集结主力于大巴山以南或绵阳以北的丘陵地带屏障成都。为此，胡宗南特别命令其第1军和第144师位于武都、碧口、文县一线；第38军在凤县以东地区担任掩护，阻止解放军的进军。

为了迅速歼灭国民党胡宗南集团，北线人民解放军在完成吸引、抑制胡部于陕南地区，策应第二野战军由南进军完成大迂回、大包围的战略任务后，第18兵团（司令员兼政治委员周士第）等部，在毛泽东和中央军委的统一部署下，开始着手第二步的大规模军事行动，配合第二野战军主力于川西地区全歼胡宗南集团和其他国民党军残部。

11月27日，毛泽东为协调西南战局，便于统一指挥和行动，特电告西南前线最高指挥员刘伯承、邓小平、贺龙和李井泉：

为协同一致全歼川康各敌之部队，军委决定贺李所部（18兵团及党委）应受刘邓张李指挥，我们不直接指挥贺李，以免分歧。贺李发给刘邓之电报，同时发一份给我们。

此时，由北线入川的解放军部队军事部署也已准备就绪，贺龙、李井泉在12月2日的电报中特向毛泽东和刘伯承、邓小平报告道：

∧ 时任晋绥军区政治委员的李井泉。

李井泉 ———————————————————————— ◀ —

　　江西临川人。土地革命战争时期，任中共丰顺县县委书记，红一方面军总司令部直属队党总支书记，赣南独立第3师政治委员，第一方面军第21军政治委员，第二方面军4师政治委员。抗日战争时期，任八路军358旅政治委员，大青山支队司令员兼政治委员，陕甘宁晋绥联防军司令部政治部秘书长，抗大总校政治委员。解放战争时期，任中共中央晋绥分局书记，晋绥军区政治委员，第20兵团政治委员。

组织状况：西南军区司令部暂时以张经武、王兰麟（原3军9师参谋长）为正副参谋长，下辖参谋处、军政处、机要、通讯、二局一个台及行政警卫人员，共约500人，以18兵团为基础，合组指挥机构，联合办公。后勤支前工作暂由部长陈希云、副部长何维忠、代政委杨尚高指挥，以原西北军区后勤部、运输部一部为基础，卫生部由晋绥部长祁开仁、副部长周长庚、政委董新山领导，共带4个医院。晋绥过来之党政军机关及3个警卫团，共约15,000人组成西南军区后梯队，以谷志标为司令员，唐健伯为参谋长，王定一为政治部主任，负责统一指挥。上述情况除晋绥机关部队尚在继续进行学习新区政策外，凡由西北军区抽调之干部单位出动政治动员已于27日前分别进行，明后两日召集团以上干部会，传达入川西北工作任务，现正分别进行编组中。

关于出动的准备情况，贺龙、李井泉又分别报告说：

18兵团出动准备工作已于11月28日结束，7军配合作战动员情况尚未得到报告，因电台28日才沟通；原前方所属单位进入西安后，骡马均精简，正在补充、补齐各种装备和编组工作，准备最快在12月5日，迟至10日始能完成；运输能力最感困难，汽车团120辆车，尚有55辆分散在兰州、新疆一带。军委后勤所拨之100辆车，方开始由京津车运，驮骡780头，分散在兰州、陕北油厂，说要10日后才能集中。胶轮大车126辆均在兰州，亦须10日左右才能到达。上述运输力计算约能运50万公斤，若补充各单位，运输力和载运指挥机构干部电讯器材等，则每次载运则不能达到50万公斤的数字；粮食准备，部队由宝鸡出发，每人需携15天粮食，汉中今年遭水灾，且经胡匪抢征，尚须由关中筹备粮食，逐段运送，并带库存，以备不得已时在汉中购买一部分，民夫已集中完毕。

蒋介石由重庆逃到成都后，毛泽东立刻向贺龙发出了率部由北入川的号令。北线解放大军贺龙司令员和李井泉政委命令所部："本军为歼灭胡匪军，解放川西北，配合二野作战，解放西南，决定出征……"并就一些问题与南线解放大军指挥员刘伯承、邓小平进行商议，电文如下：

> 刘金轩，1955年被授予中将军衔。

刘金轩 —————————▼—

湖南祁阳人。土地革命战争时期，任红十五军团第5团团长兼保安特区司令员，红四方面军第30军90师参谋长等职。抗日战争时期，任八路军129师385旅769团参谋长，新编第10旅28团团长，太行军区第6军分区副司令员，太岳军区第3军分区司令员。解放战争时期，任晋冀鲁豫军区第4纵队12旅旅长，陕南军区司令员，第二野战军19军军长兼陕南军区司令员。

胡匪主力1军、65军、3军等部，均于23日先后经广元向成都退去，其他部队于11月25日已开始逐步南退中，并沿途破坏道路桥梁，似已放弃秦岭陕南之线向汉中、巴山撤退。根据以上情况，估计胡匪为缩短防线集结或保存实力，势在必撤。我主力一经出动，紧追敌人，敌必加速撤退，我军如不前进，敌将有计划地进行撤退，并必加快破坏道路桥梁，增加我军前进困难。在秦岭山区已不可能歼击胡匪情况下，我以不过于压迫敌人及扫清前进道上之障碍为目的，着派得力先头部队配属工兵，以战备姿态尾敌前进，负侦察敌情修路之任务，以做大军前进之准备。主力待命出动，部署如下……妥否，请刘邓指示。

刘伯承、邓小平复电：

我们同意你们的部署，刻我11、12两军及四野之47军均已渡江，10军3日可能已到合江边。5兵团之16军6日可到泸州南岸，18军跟进，因此在胡宗南部署未定时，我18兵团及刘金轩部队以加速前进，形成南北钳形攻势最为有利，此次我3、5兵团各部队前进中，因敌大肆破坏公路、炸桥、炮兵也未跟上，但因为我采取利用一切大小道路、宽正面地挺进，陷敌于被动来不及调整部署或作新的部署，这样也可减弱敌人逐步破路。此点请告各军注意。

∧ 由陕入川进军西南的我军第18兵团某部，出发前庄严宣誓："打到四川去！"

< 刘忠，1955 年被授予中将军衔。

刘 忠 —————————————————————————————————————

　　福建上杭人。土地革命战争时期，任红一军团第 12 师 36 团政治委员、第 11 师 33 团政治委员，第 2 师 5 团政治委员，红一军团政治部组织科科长等职。抗日战争时期，任抗大第六分校校长，晋豫联防军司令员，太岳军区第 2 军分区司令员，晋冀鲁豫军区 386 旅旅长等职。解放战争时期，任晋冀鲁豫军区第 4 纵队 10 旅旅长，第 4 纵队参谋长，太岳军区司令员，华北军区第 15 纵队司令员、第 18 兵团 62 军军长。

　　贺龙、李井泉、周士第接电后立刻率领第 18 兵团与第 7 军第 19 师，特作加速前进的部署，分左、中、右 3 路由陕入川，急速南下：

　　右翼第 62 军（军长刘忠、政治委员鲁瑞林）由岷县向临江地区前进，提前占领武都，尔后准备向江油、绵阳攻击前进；中路第 60 军（军长张祖谅、政治委员袁子钦），由宝鸡、天水向沔县、略阳地区进发，然后沿川陕公路向梓潼、绵阳攻击前进，先头师务于 12 月 13 日前进至宁强附近；左翼第 61 军（军长韦杰、政治委员徐子荣），由宝鸡东南向汉中、城固地区进发，到达汉中后，经南江、巴中或旺苍、阆中之线向盐亭、三台稳步前进。

在第二野战军主力进至资中、内江、隆昌、遂宁一线的同时，12月5日，贺龙、李井泉、周士第率领的第18兵团3路部队向前挺进。于7日越过秦岭后，开始向川北进击。

当年两把菜刀闹革命的贺龙，如今担负起指挥千军万马由北入川直戳蒋介石、胡宗南国民党军屁股的重任，他把部队"锻造"成3把利刀，直向川中杀来。

部队翻过秦岭，沿着留坝、汉中一线向川中进击。

在留坝，贺龙特约请一些军以上高级指挥员和随行人员，来到了附近的韩信庙观光。这是一座风景幽雅、雕梁画栋的古建筑群，掩遮在一片绿茵茵的森林中。殿堂内，身着戎装的韩信塑像，手扶宝剑，目光炯炯地望着远方的来客。

兴致勃勃的贺龙一边观看，一边向身旁的指挥员和随行人员讲着历史上的那段"萧何月下追韩信"的引后人深思的故事："这韩信是汉代的一员名将，他辅佐刘邦建立汉朝霸业，是个有功之臣啊。"大家都津津有味地听着。有些人却在开始想着在如此战马倥偬的时间里，贺龙司令员今天把大家请到这里来旅游，大概并不完全是为了讲古吧？

大家围着大殿转了一圈后，贺龙挥动着手中的大烟斗指点着庙宇内的建筑，深有感触地说道："此地就是萧何月下追韩信的地方。但是，我们今天可不是在追韩信，而追的是胡宗南。我们更不是把他请回来，而是坚决彻底地消灭他。我们现在绝不能做萧何！"

贺龙他那特有的爽快笑声，在韩信庙中回荡。直到这时，大家方明白今天此行的真正意义所在。

7日，贺龙命令本线各军：

为有力配合二野歼灭胡匪，各部除执行3日电令外，均应加速前进，提前到达预定集结位置，稍作准备，补充粮秣后即准备继续前进。其部署如下：62军应提早占领武都，尔后即准备向江油、绵阳攻击前进；7军1个师应提早占领略阳出阳平关准备向广元前进，配合主力作战，7军主力应急速进至武都，除留一部于该地维护交通，尔后军部率主力进至碧口，准备向剑阁、昭化前进，配合主力作战；60军沿川陕公路向梓潼、绵阳前进，其先头师应于12月13日前进至宁强附近，军主力在胡家坝大安镇至宁强间，补充粮食准备继续前进；61军到达汉中后，并经南江、巴中或望苍坝、阆中之线向盐亭、潼川前进，其具体路线由该军根据道路状况自行选定；61军到达汉中后，并经南江至巴中地区，尔后视情况决定行动，以1个师之一部任汉中警备，该师主力在汉中至广元间剿匪维持交通。各部开进时占某些隘路桥梁以减少敌之破坏，如已遭敌先期破坏时，除全力抢修外，应利用一切大小道路作宽正面之挺进。各部到达集结位置后须随带5天至7天粮秣，何时可自该地继续出动及行动计划望告我们，并接受我们统一命令。

2. 枪栓下的温暖

　　解放军北线右翼部队第62军在奉命突破国民党军防线后，向南疾进。为扫清陇南之敌，开辟入川道路，决定以第185、第186师消灭武都之国民党军第1军；以第184师消灭西固、文县之国民党军第144师，尔后翻越摩天岭，直取江油、中坝。

　　12月3日，第185、第186师由漳县、盐井镇地区出发，经西和、望子关等地，于9日进至武都东南的甘泉、杨家坝，控制了由武都入川的主要交通要点蒿子店的铁索桥。第184师同日由岷县出发，7日进至西固，击溃敌第739团。该师不顾一切疲劳，继而翻越云雾弥漫、终年积雪的安紫岭（海拔3,580米），忍饥受冻，不分昼夜地跟踪追击，于10日追上敌人，俘敌2,000余人后，继而解放文县。

　　第185师于4日由岷县的白龙镇出发直逼武都，国民党守军第119军副军长蒋云台迫于解放军的凌厉攻势，于9日率其第244、第247师宣布起义，陇南重镇武都宣告解放。

　　该军先头部队进至文县后，正面摩天岭道路已是冰封雪盖，很难通行，军长刘忠决定第184、第185师主力改道经碧口、青川向绵阳进军。

　　14日，贺龙根据战况的新发展，特又电令各部：

　　62军经碧口、江油攻击前进，于12月27日前集结于绵阳、安

< 进军西南途中，时任西北军区司令员的贺龙（左）、副司令员王维舟（右）与18兵团司令员兼政委周士第（中）在一起研究作战计划。

国民党第119军 ———————————————— —

　　1949年4月，在甘肃天水以部分国民党正规部队为骨干和甘肃地方保安团队组建的一支中央军半嫡系部队，备受胡宗南集团的歧视。军长王治岐，副军长蒋云台。该军在胡宗南集团指挥下参加了扶眉战役、陇海战役。在扶眉战役中，该军被人民解放军歼灭大部。陇海战役中，该军于1949年12月9日在甘肃武都起义，加入了中国人民解放军。

县之间地区，与60军、7军切取联系；7军协助60军夺取昭化、白韵江渡口及剑门后，于12月28日前集结梓潼、彰明、绵阳之间地区，与60军、62军切取联系；60军沿川陕公路攻击前进，于12月27日前集结绵阳周围地区，与62军、7军切取联系；61军经南江、巴中攻击前进，其先头师应于12月31日前进至潼川，全军于1950年1月2日前在潼川周围集结完毕；陕南军区，以有一个师归18兵团指挥入川作战，另1个师及地方武装留陕南有重点地进行剿匪工作，建立革命秩序，维持交通。

第184师受令后由文县向东南直下，在15日上午，该师第550团突然出现在碧口敌阵地前，将国民党军第144师第430团固守在此的部队歼灭。

第185师于11日由武都出发沿白龙江南下，13日抵近玉垒关。此地是由陇南入川之要道，白龙江和白水江汇流于此地，周围悬崖峭壁，一道铁索桥连通两岸，地势非常险要。昨日，国民党军即把这道铁索桥炸毁，以阻挡解放军的进攻。第185师部队进至玉垒关后，一面组织部队赶做木筏子日夜抢渡，一面组织工兵架桥，但因水流湍急，架设点选择不当，连架4次都未成功。

该师部队全部人员在这深山峡谷中，已是露营5昼夜，吃光了所携带的全部粮食，到了第五天只好是"人吃马料，马吃野草"。工兵部队在架桥中，有10多人被急流卷走，英勇牺牲，但他们仍不顾艰险，连续作战，冒着刺骨的寒风，赤身下水与急流搏斗，扶木打桩，终于将浮桥架通。17日，部队顺利过江后，于18日进占碧口。军直机关部队和独立第1师也由浮桥通过，随第185师前进，进至碧口。

第186师沿桥庄坝、重华堰直插中坝，12日抵占望子关，次日到达临江、狗头坝一线得知玉垒关桥未架通，即改道汶县，于18日进至碧口。

部队继而翻越龙门山脉，准备过摩天岭。

担负由摩天岭进川的解放军先头部队，是第62军第184师第550团3营。12月18日黄昏时，3营营长刘尚武、教导员杨应春接令到团部领受这一任务，该营时在甘肃省武都县大王庄待命。

团长说："胡宗南的一个步兵师，经我军沿途截击，一部分已被我友邻部队歼灭，另一部分正向四川方向逃窜。据侦察员报告，这一部分敌人现在离我们约50多公里，命令你营立即追击，务必全歼这股敌人。"

林彬师长也来了，他说："从这里往南250公里，是横贯四川、甘肃两省的摩天岭，你们必须在那里截住敌人，阻止其进入川西平原与胡宗南的主力会合。这一仗打好了，就为我军从西路进入四川，完成对胡宗南军队的合围打开了通道。你们要发扬打太原淖马山时连续打退敌人8次冲锋的勇猛顽强精神，紧紧咬住敌人，将敌人歼灭在摩天岭。"

林师长又指了指站在旁边的师侦察科长任成宣说："师里决定派任科长带两个侦察排协助你们。"

3营连夜出发，在一个回族老大爷的带路下，踏上了南进的路程。

天上下着毛毛细雨，道路泥泞，行军很困难。一走就是几天，沿途又找不到食物，但大家仍是把裤腰带紧了又紧，坚持急行军。

杨教导员和刘营长跑到队伍的最前面，站在一个高坡上，打起了快板：

"战士面前无难关，越是困难越向前；不怕山高路又远，不怕敌人多凶顽；迈开大步追上去，捉住痛打胡宗南。"

"同志们！加把油，迈开大步向前走。"营里的拉拉队也前呼后应起来。

3营一口气追了两天两夜，第三天黄昏时，终于赶到了摩天岭下。侦察排长报告："前面河滩上发现埋锅做饭的痕迹，估计敌人刚离开这里不久，可能正在翻越摩天岭。"

这时，夜幕已经降临，雨夹着雪下个不停。3营立即召开各连干部会，讨论今晚上不上摩天岭。大家最后一致认为，此时的敌人比我们还困难，在天已全黑的情况下，不会再向前走，一定在某个地方停下来宿营。这正是出击的好时候！

向导莫大爷听说今晚就要过摩天岭，好心地劝阻说："山上悬崖陡壁，过去我们上山都要选好天气。眼下大雪封山，天黑路滑，危险啊！"

刘营长则乐观地回答说："放心吧，大爷！我们解放军战士都有一副铁翅膀呀！"

部队稍事休息，便沿着一条羊肠小道艰难地向白雪皑皑的摩天岭攀登而去。

寒风呼叫。雪越下越大。山势越来越陡。空气越来越稀薄。

深夜3时已过，3营才登上了山顶，开始翻山向下滑行。

真是上山容易下山难，脚下个个都像抹了油，走几步就要摔一跤。天已渐渐发亮，敌人可能就住在前面不远处的村子里，时间显得很紧迫！

3排长王彦斌带着两个战士把枪向怀里一抱，即向山下滚去……

不一会，山下传来了3声击掌声。

"行！他们还活着。"山上的战士们高兴地说。这说明王排长他们采取滚下山的办法是成功的。为了抢时间，大家都一缩脖子，蹲在雪地上，向山下滚去。

山下，是一个名叫底儿坎的小山村，国民党军的溃退部队昨晚正是住在这里，几个哨兵"咯嚓咯嚓"地踩着厚厚的积雪，来回巡逻着。房间内一个排的敌人还在睡梦中，敌一个团的主力部队驻在不远处的上底儿坎村，敌师部也住在1公里外的下底儿坎村内。

刘营长观察了一遍周围的地形，让9连连长王太元带领3排先除掉面前的这个障碍。9班长刘作娃带着一个战斗小组，悄悄地摸了上去。在敌哨兵转身的一瞬间，突然卡住了两个敌哨兵的脖子。王连长迅速带着战士们冲进房间内，满屋正在打着鼾声的敌人还没来得及反应就当了俘虏。

解决了敌警戒排后，3营立即兵分两路：7连和师侦察排分工打上底儿坎的敌团主力，9连分工打下底儿坎的敌师部，机枪连分别配属给两个方向的连队。

刘营长要求7连立刻绕过敌师部，直插上底儿坎，争取两处战斗同时打响，于天亮以前解决战斗。

正在睡梦中的敌人在枪声大作后，不知解放军究竟来了多少部队，早已吓的晕头转向、魂飞魄散。企图顽抗的敌人被当场击毙，1,400多名俘虏在天破晓时被押出村庄。

天险摩天岭被突破。

部队开始下山。山脚下，一条水面宽约20多米的河流横在面前，湍急的河水在冰雪中哗哗作响。3连郭连长向四周看了看，周围显然是不会有任何桥的，惟有趟水过河，他向河水中间扔了一块石块，测定水深不会没顶，于是大手一挥："趟！"

战士们立即行动，踏破岸边浅水处的薄冰，从齐腰的冰水中涉过。大家上岸后，被呼啸的冷风一吹，滴着水的棉裤很快就被冻得硬邦邦的，走路两腿打弯都困难。老战士郝大有用劲地又踩

▽ 我军 62 军翻过摩天岭向川北进发。

脚又猛往地下蹲，棉裤上冰块经不住这折腾，噼里啪啦落地。大家也就都学着郝大有的样子，连蹦加跳，试图甩掉紧贴在棉衣上的冰层。在这种反复折腾中，大家突然发现枪已经拉不开栓了，手榴弹也已经被冻得拧不开盖，这可是大事啊！万一遇到敌情可怎么办？

"你们嚷嚷啥，快往枪栓上尿尿。"俏皮的王二虎大声喊道。

一句话提醒了大家，行进中的队伍顿时都停下来撒尿。有的不得不展开"互相帮助"。这个办法还真灵，枪栓拉开了，手榴弹盖也揭开了，爽朗的笑声回荡在秦岭雪原。

"快擦干！防止再冻上了。"王二虎又大声建议道。

< 方升普，1955 年被授予少将军衔。

方升普 ———————————

安徽金寨人。土地革命战争时期，任豫陕游击师师长，红 25 军第 74 师 20 团团长，师政治部主任等职。抗日战争时期，任八路军 129 师新编第 1 旅团长，太行军区第 7 军分区副司令员，豫西军区第 1 军分区副司令员等职。解放战争时期，任中原军区第 1 纵队 1 旅副旅长，华东野战军第 1 纵队独立师师长，太岳军区副司令员，华北军区第 15 纵队副司令员，第 18 兵团 62 军副军长等职。

于是，大家又按照王二虎的"口令"，擦干了枪上的尿水。郭连长也赶忙掏出毛巾，擦着心爱的驳壳枪，边擦还边自言自语道："这就叫兵教官！"引起了队伍中的一阵哄堂大笑。

部队继续向前突飞猛进。

该路先头部队第 184 师在方升普副军长的直接指挥下，由碧口连续向南追击，勇克大刀岭、青岩关、黄土梁等要地。一路斩关夺隘，于 18 日进至青川，20 日解放江油、中坝。第 185 师、独立 1 师及军直机关部队于 18 日由碧口出发，经青川、江油、德阳于 27 日进至广汉，成都已是在望。

3. 剑门雄关的爆炸声浪

北线中路第 60 军沿川陕公路向南急进。在入川前即判断国民党军可能凭借大巴山进行有组织的防御，故决定以强行军猛追，不给敌以喘息机会，求得在运动中将其歼灭，或乘其撤退混乱之机，从行进间一举突破敌防御体系。11 日，在攻克宁强后，连克牢固关、棋盘关诸要隘，打开了由北进军四川的通道，进入川北。

胡宗南为掩护其主力撤退，争取时间在川西作战，以其第 7 兵团主力组织广（元）、昭（化）防线，将其第 55 师布防于朝天驿以南的飞仙关一线，将第 177 师残部布防于广元城，以第 20 师残部据守朝天驿，命令第 38 师由宝轮院返回广元，加强防守，并在剑门关等要地作多层次配置，据险设防，以图阻止解放军前进。

解放军第 60 军部队为突破朝天驿，攻占广元城，在先头团攻击棋盘关的同时，另一部由曾家河、张家关向朝天驿迂回。13 日拂晓，第 538 团进抵朝天驿以北，采取诱击战术将国民党军第 27 师第 81 团 500 余人歼灭。然后，与第 540 团会合，两部密切协同攻克朝天驿，毙俘敌 1,000 余人。

广元门户洞开。

第 540 团不顾严寒，从攻击方向的左侧深山出击，攀山越涧，一昼夜强行军 90 公里，跨过红土关和大巴山，向广元城迂回。当广元之国民党军 1 个营赶到红土关想凭险阻击解放军时，第 540 团已经过关向前挺进。14 日拂晓前，第 538 团突破飞仙关，沿途击溃国民党军第 55 师 3 个团的抵抗，于黎明前逼近广元城北郊。

这时，第 540 团也已到达广元城东南，连续攻占 6 个山头后，打进了广元城东关。该团步步逼近广元城内，冒着敌人 3 面火力封锁，通过南关，伸至嘉陵江边，以突然迅猛的动作，消灭了正在破坏浮桥的敌人，截获敌满载物资的汽车 40 余辆。接着，该团与第 538 团协同攻占广元城，俘敌 1,200 余人，缴获大量军用物资。

国民党军主力退过嘉陵江后，抢占五龙山之乌龙堡高地，瞰制广元城，企图以火力再度破坏嘉陵江浮桥。解放军当即组织炮火将其击退，国民党军向宝轮院方向逃遁。16 日，解放军进占宝轮院，次日强行军 40 余公里，进至剑门关。

剑门关，在群山绵延中倚天而立，是由北入川的险要关口，素有"天下雄关"之称。川陕公路从山谷中蜿蜒伸向山顶关口：关两边是峻峭挺拔的岩石，中间只有一条宽约50米，纵深2公里多的狭窄山道，扼川陕公路咽喉。国民党军为阻解放军南进，在山上筑有野战工事，半山腰筑有石碉，鞍部及公路口都筑有木质发射点，并在前沿设置数道鹿砦和铁丝网，以其第53师的1个主力团凭险防守。他们把关内的栈道付之一炬，在山半腰和山路两边加固石碉等野战工事，布置了密集的交叉火力。"一夫当关，万人莫开"，使得险地更加险要。

解放军北线中路部队在解放广元后，17日，其先头部队第540团到达昭化宝轮院，该团将攻占咽喉要道剑门雄关的任务交给了3营。3营营长和教导员接受任务后，立刻带部队强行军40公里，于当日下午5时抵达剑门关前，拦截住了120多名敌人，并与当面之敌交上了火。

天色已经黑了下来，突兀的山峰像一堵连天的大墙横在面前，使人透不过气来。若在白天想从这里通过，的确是异常的困难，别说是一个个大活人，完全处在暴露的枪林弹雨下，就是一只兔子也难穿过这长长的谷底山道。

3营指战员潜伏于关前，决定当夜即行攻关：组织起突击队，由7连担任主攻任务。

夜10时，漆黑的夜幕中，突击部队悄悄地沿着河沟和山石的缝隙一步一步地钻爬。恐慌的敌人虽然不知道今夜解放军如何动作，但猜知解放军既然已经来到了关前，此夜必有行动。他们疯狂地漫无边际扫射着，把手榴弹、炮弹向峡谷山道中乱丢。而7连的指战员们恰好沾"光"，借着爆炸的光亮，辨认地形，识别方向，向前推进。直到夜12时，7连终于匍匐前行到了离关口仅有40多米的地方，此时正是原规定的总攻击时间。

几颗绿色信号弹从关口前突然窜上天空，就在山上敌人还在发愣的时候，山脚下的解放军以猛烈的炮火一齐向着预定的目标进行轰击。

山石横飞，爆炸声浪撞向这边山崖，又冲向那边峭壁，仿佛整个剑门关都在晃动着。

关前7连的突击勇士们，在炮火的掩护下，发起猛烈地攻势。宋副连长带领2排冲在前面，突击班班长李子明带着史忠福小组在最前面，沿着公路两边的石沟向前跃进。

一道用山木乱树堆积成的鹿砦横在公路上，李子明上前正想拉开排除，随着对面一声惊问："谁？"一颗手榴弹在鹿砦外爆炸。突击小组就地隐蔽，手中的冲锋枪随即向着刚才手榴弹扔出的地方扫去。同时，几个战士借着爆炸的火光扑向鹿砦，将其捅了个窟窿，钻了进去，迅速向前发展。他们身后又响起了本连战友们"缴枪不杀"的呐喊声，冲在最前面的突击组已顾不得许多了，只是一个劲地向纵深发展，连路两旁叫喊"饶命"的声音也顾不得理睬。

　　突击组的勇士们闯过一道道鹿砦、石坎、铁丝网，手上扎满了刺，衣服被撕挂成了布缕，他们依然不顾，借着拦阻的敌人开枪投弹指示的"路标"，探明前进的道路，以手榴弹开道，钻过鹿砦、铁丝网就是一阵猛扫。

　　2公里多的关道冲了还不到一半，敌人用从附近老百姓家中抢来的木箱和桌椅培土加石修筑的一道工事，像一道闸门挡阻在山道上，工事内的机枪正在疯狂扫射着。李

信号弹

　　用于发布信号的一种特殊枪弹。主要用于发出统一行动的命令、报告简单的情况、识别敌我、指示目标等。有发光和发烟两种信号弹：发光的一般有白、红、绿、黄四种颜色；发烟的一般有红、蓝两种颜色。发光信号弹昼夜均可使用，但昼间的效果较差；发烟信号弹只适于昼间使用。按照规定的信号，发射不同数目、不同颜色的信号弹，可以表示一定的信息内容。

子明摸到工事下，踮起脚尖也没能够摸着工事顶端箱子的角，他向后一挥手，史忠福跑上来，立即明白了班长的意思，就势蹲在工事脚下。李子明跳上史忠福的肩膀，一个箭步跃上工事顶端，手榴弹也随着他那一跃的同时，扔进了敌群，接着，手中的冲锋枪也骤然叫起来。

　　工事内的5个敌人正撞在枪口上的有两个，另3个抱着机枪刚想逃窜，就被冲上来的史忠福等人几脚踢翻在地。

　　后面的敌人狂叫着向后逃去，他们的这一举动，却恰好给紧追在后的解放军突击组"义务"带了路，李子明带着战士们不费一枪一弹就这样向前跑出了宝贵的200多米险关隘道。

　　解放军后续部队在剑门关激战中，绕路由右侧攀援古道，经过人头山、沙沟河向剑门关侧后迂回，在山炮、迫击炮火力掩护下，利用夜暗接敌。在夺取敌主要火力点后，接连突破敌阵地，迅速占领两侧山峰，以一部兵力开始向汉阳场追击。

∧ 我军翻山越岭向前推进。

枪炮的爆炸声，溃敌的叫喊声，使剑门关各线的守敌都惊恐万分。敌人放火烧着了栈道上的木桥。

　　熊熊烈火中，解放军突击组的战士们冲到了木桥前，从火光中可看到，木桥的下面是一道深不见底的水潭，再无别路。战士们便把枪向脖子上一挂，顺着燃烧着的木桥攀援而过。当敌人发现烈火中有人从桥梁上爬过来时，那已是突击组后面的几个战士了。李子明等人的冲锋枪正指向工事中的敌人，但由于火光和夜黑的巨大反差，战士们的眼睛在刚爬过桥来的短暂时间里，却什么也看不到。

　　可巧，敌指挥官在看到燃烧着的木桥上有人爬行时，愚蠢地大叫着："快！快！共军从那边过来了，打！"并把手电筒摇来晃去地给其部下指示着目标，他的举动正好给爬过桥来一时未发现目标的解放军突击组指示了目标，还未等敌人看到他们，李子明的手榴弹已炸响在敌群中。

　　敌全线溃退，突击组的战士们一口气追到了关下10多公里以外的汉场。守卫在山腰等处的敌人见解放军先头部队已过关向前发展，再也没那个胆量死守，纷纷四散。

　　剑门雄关被突破了。

　　这个在中国历史上充满神话色彩的天险，服服帖帖地躺在解放大军的脚下。

　　关顶上，一块大石碑上面铭刻着李白、杜甫、陆游等诗人赞美剑门雄关的诗句。"客主固殊势，存亡终在人"，这是陆游的诗。一旁山岩上，晋朝张载的一首《剑阁铭》也刻石于此，其中有"兴失在德，险亦难恃"两行字，读来真是有些意味深长。

　　剑门关战斗，解放军先遣部队歼灭国民党军1个团的大部，俘敌300余人。入关后迅速扩大战果，勇猛追击，于18日即解放了剑阁县城。

　　12月23日，北线部队在突破剑门关后，又继续向梓潼方向前进。

　　路旁，苏联的电影摄影队在紧张地拍摄着。

　　"这一下，我们可要出国了！"第一次拍电影的战士们高兴地喊着。

　　"快！快！成4路纵队前进。"团政委站在路旁的高坎上向部队打着招呼。

　　队伍走得更整齐了。

　　翻卷的北风搅着漫天的雪花，使人感到格外地寒冷。部队在加速向前步行着，3辆吉普车从后面赶上来，行进中的部队立即使路让吉普车先过。

一辆吉普车突然停下，贺龙司令员从车里走出来。

"是贺司令员，贺司令员来了！"行军队列中顿时响起了欢呼声。

"大家辛苦了！"贺龙把嘴上衔着的柚木烟斗举过头顶，向指战员们问候。

战士们显得非常激动，特别是见笑容满面的贺司令员与大家一同步行向前走时而感到自豪，但也不免感到拘束。

"没关系嘛，咱们随便摆摆龙门阵嘛。"浓重的湖南口音夹杂着各地的方言，在队列中传开："先说说苦不苦？"

一个山西籍的战士先壮着胆子说道："苦和累我们都不怕，只要能消灭胡宗南这帮害人精，早日解放大西南的父老兄弟，我们就再高兴不过了。"

"回答的好啊！"贺龙浓密的八字胡抖动着，他高兴地把烟斗平端在手上，连着晃动了几下，问道："小同志，你们是179师的吧？"

"是的。"战士们争先恐后回答着。

"你们部队里都是哪里人多啊？"

"我们连有好几个省的人呢！"7班长抢着说："我们班就有山西、河北、四川、湖北4个省的，我们连还有广东和河南的呢！"

"好哇！这么多省的人走到一起来了。还有广东、湖北、四川的，他们是不是解放战士啊？"贺龙高兴地询问着。

"是的。"

"哪个是四川的？"

队列中一个体格健壮的小伙子爽快地应声："我是四川的。报告首长。"

"你是哪个县的呀？"

"丰都的。"

"哟！那你的家乡已经被老大哥部队解放了，你一定很高兴吧？"

> 抗战时期的贺龙在延安。

贺　龙 ———————————————————————————

湖南桑植人。土地革命战争时期，任中国工农红军第4军军长，中共湘鄂西前敌委员会书记，红二军团总指挥，红3军军长，红二、六军团总指挥，红二方面军总指挥。抗日战争时期，任八路军120师师长、冀中军政委员会书记、晋西北军区司令员、陕甘宁晋绥联防军司令员。解放战争时期，任晋绥军区司令员、陕甘宁晋绥联防军司令员、西北军区司令员、中共中央西北局第二书记等职。

"那还用说。我真的很高兴。"

"你们部队过去在山西和扶眉战役中打得很好啊!"

"那全靠党中央、毛主席和上级指挥的好,还有广大人民群众的支持,兄弟部队的协同作战。"

"回答的好啊!你们打成都还要继续努力!"贺龙眉飞色舞地早把烟斗中的烟末撒落在漫漫山道上。他又关心地问道:"听说你们打秦岭等得有点不耐烦,是吗?"

战士们都会心地笑了,回答道:"那是因为到处都有胜利的消息,生怕敌人都被兄弟部队打光了,我们不就什么也打不上了。"

"哈哈!哪能没仗可打呢?大西南还有几十万敌军可打啊!"

战士们一说到打仗,来了劲头,忙把积在心中半个多月来的问题全抖了出来,问道:"那为什么你让我们在秦岭以北等那么久啊?"

贺龙一听问到这个话题,也来了兴趣,他向周围望了望,故作神秘地慢悠悠先说了

国民党第98军 ————————————————————————

该军是抗日战争结束后国民党军新组建的中央军嫡系部队,军长段霖茂、刘劲持(继任)。在人民解放军实施战略追击阶段,该军下辖第117、第158师。参加了陇海战役、西南战役等作战。在西南战役中该军在第7兵团编成内于1949年12月25日在四川阆中、南部县地区起义,接受人民解放军的改编。

句:"这个问题嘛?我们都得听毛主席和朱总司令的。"

战士们都竖起了耳朵,急切地等待着贺司令员的下文。

贺龙停顿了一下,向烟斗中又塞满了烟末,点燃后才慢慢说道:"这个道理嘛,很简单。二野部队不从南面将四川的敌人退路切断,我们这边早发起进攻,那四川的敌人不就逃跑了。我们在秦岭'突而不破',为得就是要稳住胡宗南,这叫做关起门来打狗。现在,二野已从南面切断了胡宗南的退路,我们可就要加快速度哟!"

"哈哈!哈哈!哈哈哈!"战士们听司令员这么一讲,心里亮堂多了,大家大笑起来。

部队正走着,前面一座狭窄的桥梁使急于要从此通过的步兵、炮兵和支前队伍拥挤在一起。指挥过桥的调度员尽管使出了浑身的力气,挥动着指挥旗,大声吆喝着,仍难缓解车水马龙争相过桥的状况,前进的速度很慢。

贺龙大步走上前去,站立在桥头上,挥手当起了调度员。

原来拥挤的交通立刻得到了缓解。

中路大军进入剑门关后，部队的行军速度更加加快，20日即进占梓潼；21日，解放绵阳县城；22日，又占罗江；23日再克德阳。26日，继而解放广汉、新都、金堂地区。该路部队是为北线解放大军之前锋。

左翼第61军翻越秦岭后，由汉中向大巴山疾进。时国民党军胡宗南集团第17、第98军及国民党陕西省保安部队（后改番号为新编第5军和新编第7军），主力已退至南江、巴中一线。这时，国民党川陕鄂绥署之第127军和新编第8军第3师等部，也被人民解放军第42军追赶至巴中附近。

大巴山峰峦叠嶂，陡险难行，很多地方栈道开凿在陡崖峭壁上，稍不慎就会摔进万丈深渊。第61军指战员，历尽艰险，胜利地越过天池子主峰，进入四川境内。先头部队于18日进至南江县城北7公里多的马尿溪，得悉国民党军新编第5军第14师两个团当晚在南江城宿营。第181师以奔袭手段，于19日夜突入南江城内，经短时战斗，俘敌副师长姚明德以下1,300余人。接着兼程南进，于八庙垭、两河口等地，歼敌新编第7军一部。21日，解放巴中。

第183师在镇子坝、木门地区发起强大攻势，迫国民党军第127军4个师1万余人投降（后按起义待遇）。第182师在巴中以南迫敌新编第8军第3师2,200余人投诚。为追歼沿成（都）、巴（中）公路西逃之胡宗南集团第17、第76、第98军等部。解放军部队日行50多公里，直插苍溪、仪陇、南部、盐亭、三台地区。23日，解放仪陇。26日，解放南部县城。各部在上述地区全歼国民党军第17、第76军等部，俘敌军长周文韬以下1万余人，并迫第98军宣布起义。

至此，北线3路解放大军战胜了雪山和"蜀道"之艰难险阻，均先后进抵与南线入川解放大军合击位置——绵阳、德阳及其东西一线地区。共追击歼灭国民党军胡宗南集团后尾部队及其国民党军其他部队8万余人于川北，配合第二野战军主力完成了对猬集川西盆地国民党军的重重包围。

到此为止，人民解放军西南战役战略追击阶段基本结束，最后大决战即将在川西盆地全面展开。与此同时，被围困于成都附近的数十万国民党溃军，在蒋介石、胡宗南的指挥下，也摆出了"川西大会战"的架势。

❶我军工兵部队在敌火力下扫雷、架桥，为步兵开辟前进的道路。

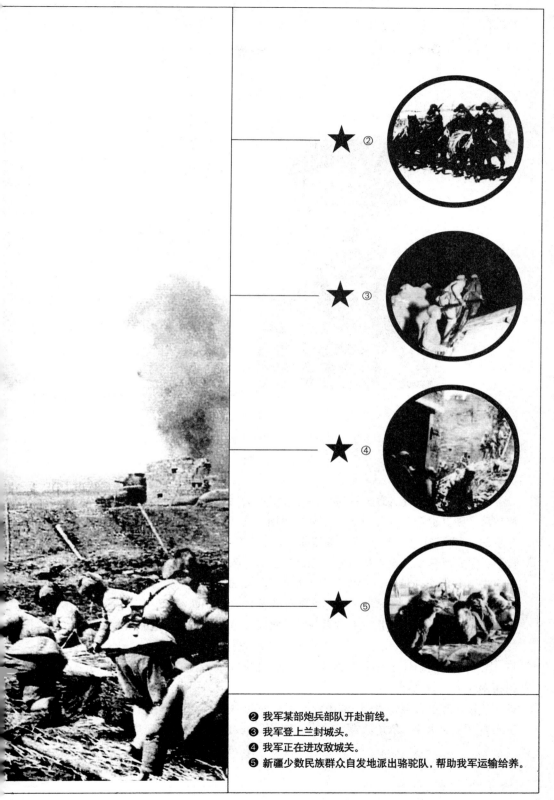

② 我军某部炮兵部队开赴前线。

③ 我军登上兰封城头。

④ 我军正在进攻敌城关。

⑤ 新疆少数民族群众自发地派出骆驼队，帮助我军运输给养。

彭绍辉

（时任第一野战军第 7 军军长）

　　贺龙同志为配合二野大军对西南之敌实施的战略包围，落实毛主席关于"插至敌后，断其退路，先完成包围，然后再回击之"的英明决策，于 11 月 30 日电令我部："7 军应配合 18 兵团，抑留胡宗南于秦岭、巴山之间，以保证二野突入贵州，完成对蒋军西南残敌分割包围的行动，待西南主力完成包围之后，即向陇南出击，务求全歼该敌，配合主力进军川北、解放西南。"

　　在此之前，我一野兄弟部队曾几次佯攻胡匪之秦岭防线，但都攻而不破。胡宗南不知是计，竟洋洋得意，骄傲一时，向蒋介石表功，吹嘘他的秦岭防线万无一失。

　　岂知让我们牵住了他的牛鼻子，防止他过早南撤，以便我南线部队先敌关起川西南的大门。

　　当我二野主力突入贵州，国民党反动政府的"陪都"重庆暴露于我面前时，胡宗南方知上了大当，急忙放弃秦岭、巴山防线，破桥断路，仓皇向成都地区撤退。

——摘自：彭绍辉《挺进西北　解放陇南》

★★★★★

王诚汉
（时任第一野战军第18兵团第61军181师师长）

我师广大指战员参加成都战役，入川作战，是一次伟大而艰苦的进军。

这次南进作战，从1949年12月4日至29日，历时26天，翻越两大山脉，跋涉1,000多公里，追歼先我5天行程之逃敌，大小战役14次，先后解放南江、巴中、仪陇、南部、盐亭、三台6座县城，歼敌3个军部（敌第17、第76军和新8军）又3个师部（敌第10师、新14师、重庆独立师）及第98军1个连。

共毙伤敌977人，俘敌将级以下兵官20,310人，缴获各种火炮143门，轻机枪544挺，重机枪109挺，长短枪6,655支，骡马671匹，汽车6辆及其他大量军用物资……

——摘自：《王诚汉回忆录》

第三章

蒋军大分化，朱德通电嘉奖起义将领

∧ 1949年，朱德在中共七届二中全会上讲话。

刘文辉、邓锡侯、潘文华的川康大起义，震动了整个西南战场和全国。对处于风雨飘摇中的蒋介石更是雪上加霜。

蒋介石黔驴技穷，竟让胡宗南对刘、邓、潘三人施以离间之计。

国民党军心动摇，蒋介石越来越孤立了，胡宗南已是四面楚歌……

1. 川康将领通电起义

12月12日凌晨，川康将领刘文辉、邓锡侯、潘文华通电宣布起义。同日，刘文辉又以西康省主席兼军长名义通电西康省和第24军并转各厅处各县局："一、自即日起摘去青天白日满地红帽徽；二、涂去有关反动标语；三、卸去国旗及蒋像。"并宣布注意事项7点："一、各级部队各阶层民众，应即协助人民解放军，肃清国民党反动派的残余力量，如有溃军向我辖区侵入时，军民决一致奋起予以有力之打击；二、各级军、保、警部队，应各站在自己的岗位，照常维护地方秩序，保护械弹、粮秣、仓库、桥梁、公私学校、医院、文化机关、公共建筑、及其他一切公益事业，静候处理；……七、国民党特务人员，统限三日内，向本军政治工作队缴械登记，悔过自新。本府、部当一体予以保护，否则逮捕严惩不贷。"

第24军随着起义通电的宣布，可说是眨眼间部队的性质就变了。但是，这绝不等于是这支军队官兵的思想也在一夜之间就变了。中共地下党组织在人民解放军未到之前，先对起义部队进行了大量的宣传教育工作，领导他们学习了《八条二十四款》（即《国内和平协定》）、《向全国进军的命令》和《中国人民解放军命令》等，并利用《新康报》刊发寄送起义官兵，使起义部队在有限的时间里得到了有效的教育，掉转枪口打击国民党军。

西康宣布起义后，时在雅安的国民党中统特务头子余仲篪急了，在对起义军领导人威胁利诱不成后慌忙准备外逃。他们分作5批连夜潜逃，装扮成盐商贩，雇了骡马，把电台放在第三批骡马的盐篓里，结果被早有准备的起义军截获。蒋介石知道这件事后，气得直咬牙跺脚，大骂自己的部下无能笨手笨脑。

刘、邓、潘的川康大起义，震动了整个西南战场和全国。已是四面树敌的蒋介石慌乱中令胡宗南对刘、邓、潘施以离间之计，即对邓锡侯和潘文华采取"拉"的手段，对

国民党重庆行营副主任潘文华

四川仁寿人。国民党二级陆军上将。曾任川军第2军第2旅旅长，第4师师长等职。1928年至1936年，任重庆市市长。抗日战争爆发后，任第23军军长。第28集团军司令兼川康"绥靖"公署副主任。川陕鄂边区"绥靖"主任等职。抗日战争胜利后，任川黔湘鄂边区绥靖主任。川鄂边区"绥靖"主任。重庆行营副主任等职。1949年12月，在四川彭县起义。

国民党第七"绥靖"区司令王陵基

四川乐山人。国民党陆军上将。四川武备学堂毕业。曾任川军第二镇标统、北洋军第15师师长、第2军第6混成旅旅长、第28混成旅旅长等职。1925年，任国民革命军第21军第3师师长等职。抗日战争期间，任第30集团军司令兼72军军长、湘鄂赣边区总指挥等职。抗日战争胜利后，任第七"绥靖"区司令兼四川保安司令等职。1949年12月，在四川江安被俘。

李涛

湖南汝城人。土地革命战争时期，任红九军团政治部主任、政治保卫局局长，军委二局政治委员，西北国家保卫局执行部部长，红一方面军政治部统战部部长等职。抗日战争时期，任军委总参谋部一局局长，军委经济建设部部长，军委秘书长兼二局局长，中央情报部第三室主任，军委作战部副部长等职。解放战争时期，任军委作战部部长兼一局局长。

刘文辉则采取打的计谋,胡宗南部受令后即向成都和西昌的刘文辉驻军发动了攻击。12日，胡部向刘部在西昌的守军第136师（师长伍培英）发动进攻，刘部伤亡惨重，突围中伤亡300余人。13日晚，胡部第3军以优势兵力附以坦克在掩护蒋介石逃向机场同时，又向刘部驻成都武侯祠守军进攻，炮声隆隆。祠内驻军原有一个准备营救被关押在国民党特务机关内人员的计划，也因此而未付诸实施。战斗至天明，刘部一部伤亡，大部被俘。

处于强敌压迫中的起义军在人民解放军还未到达之前，情况非常危急。此时，起义部队以较少的兵力分布在北至成都、东至洪雅，南至会理金沙江边，西至康属的广大地区，要以如此兵力来抵抗在武器装备诸方面都较强的胡宗南部，显然有着很大困难。

雅安一度吃紧。

15日后，以胡宗南部近10个军为主力，配属王陵基部地方保安部队10个团的国民党军，开始沿成雅公路向西大撤退。起义部队驻成雅公路上的双流、新津、邛崃等地部队，在接到刘文辉的战斗命令后，均立刻投入战场，迟滞国民党军的行动。激战后，撤至公路两边，相机牵制打击敌人。后与正进击到川西一线的人民解放军一道，开始进入实际配合并肩作战阶段。

2. 电波频传却镇定自若

雅安，王少春的电台自从发出起义通电后，也就不分白天黑夜地紧张忙碌起来。12月17日中午，刘伯承、邓小平电报：

军委并请周（恩来）李（涛）酌告王少春：我先头两个军（16与10军），已于15日进到岷江东岸（青神及下游）。16军之48师并于15日申由乐山以北20公里之板桥溪渡过岷江，其47师正在乐山东南之大石桥攻歼胡匪335师之一个团。10军于15日晚拟由青神南北偷渡，结果待报。

这天晚上8时，刘伯承、邓小平又发电报：

军委并贺（龙）李（井泉）：我先头17军，与10军已于16日攻占乐山、青神，正向西北发展中，战果待报。11军、12军今（17日）可到新津、彭山之岷江东岸地带。请以我占领乐山、青神告王少春。谍息，成都到西昌公路已通车，所过河流均架日式浮桥，请转告刘文辉设法破坏之。

12月18日下午4时，刘伯承、邓小平致电军委：

一、我10军主力昨（17日）进抵眉山以西歼敌65军1个师大部，俘该师正副师长参谋长以下千余。同日，16军已进至夹江、洪雅、峨眉地区，敌人第3军之335师（在乐山被歼一部，战果待查）3千余，向我投诚，今18日开至乐山以西集结。二、12军主力，今12时，渡过岷江向新津攻击，估计皓日可抵邛崃、大邑。11军主力昨在成都以南之太平镇、白沙场与敌36军接触待报。

这个电报在当晚也即转到了雅安王少春的电台，然后又急电传到了彭县。
天宇间，电波频传，北京——重庆——雅安——彭县，彭县——雅安——重庆——北京。中共中央的决策和西南前线的战况随着这几处"嘀嘀嗒嗒"的发报声，化作轰鸣的炮声和报捷的欢呼声在辽阔的大地上高鸣回响。

19日18时，由周恩来亲自署名的专电至雅安。

仅两个小时后，刘伯承、邓小平又电告中央军委并贺龙、林彪等将领：

一、我11军主力17日占峨眉，歼敌69军135师一部，俘460余。其1个师抵洪雅以东与刘文辉部已取得联系。10军主力17日占丹棱、眉山，并在丹棱歼135师大部，战果待查。该军已向蒲江寿安场地区追击。二、11军主力18日占彭山及以北之观音铺，歼敌114军一部，及135师一部1,500余。11军主力在新津以东地区籍田铺、苏码头、太平镇地区，拟协同12军攻占新津。三、18军52师17日在犍为西南以及以西之九井、马庙溪地区歼宋希濂总部及133军一部3千余。53师18日抵乐山。

川西战事越来越急，报捷电报频频传递，但起义军前沿阵地也出现了多次危机。

这天，成（都）雅（安）公路上的胡宗南先头部队与刘文辉起义部队坚守名山百丈关的部队接触，发生零星战斗。晚上，胡部向起义部队发动了数次进攻，但均被击退，两军相持在百丈关一带。

此时，夹江、丹棱方向的胡宗南部，也已进至起义部队前沿。当胡部正准备发动进攻时，解放军南线部队正神速赶到了这一线，洪雅方向的胡宗南部队便向后撤去。原驻洪雅的刘文辉起义部队刘元棕师长与解放军师长在会师协商后，解放军即由洪雅直插百丈，迫使在此与起义部队对峙的胡部向北后撤至邛崃地区。当晚（19日），邛崃县城被解放军攻克。

22日，由川南进军的解放军二野部队终于截断了成雅公路。当日，周恩来在接到刘伯承、邓小平的电报后立刻转告王少春：

我二野已占邛崃，敌已西逃，道路已断，望转告刘邓潘张。

川西国共两军最后大决战进入白热化阶段，到处都是国民党的溃军，弹片四飞，枪炮声不断，满野一片大混乱。

这时，彭县有情报传闻，说胡宗南正准备调动部队向彭县进攻，龙

∧ 我军某部向四川进军途中穿越峡东隧道。

兴寺内的人们闻言后对此莫不议论纷纷，刘文辉、邓锡侯传令说："没什么可怕的，必要时向彭县西北的海窝子山上撤退就行了。"因此，大家见刘、邓、潘都镇定自若，也就不觉紧张，不再当一回事了。

晚上，邓锡侯请了一些人喝酒，席间，他兴致勃勃地说："彭县宣布起义，各路解放大军进兵神速，先声夺人，以及地下工作人员和民主人士的策动，他胡宗南的部队已经是惊弓之鸟，惶惶不安，毫无斗志。如果他敢朝彭县来，我们就派点人打出去，他们是一触即溃的。"大家在笑谈声中举杯迎接曙光的来临，不仅不惧怕蒋介石准备用来镇压起义部队的国民党胡宗南部队，反其道而行之，驻扎在彭县周围的胡宗南部队在这时却成了起义部队再次争取策动起义的对象。

3. 起义背后的泪水

国民党川鄂边绥署副主任董宋珩此时也率第16兵团退到川西，董与邓锡侯是保定军校同学，两人关系也非常密切，所以，邓锡侯也就把策动董的起义当作了眼下的一项重要工作，董也是在这乱世之秋急需邓能拉自己一把，出点主意。12月中旬，董宋珩收到由陕南入川的人民解放军第18兵团司令周士第劝其"就地待命，听候改编"的电报。而董却片面地认为"都是兵团司令，谁也不能指挥谁"，感到问题有些难办，特向邓锡侯求教如何处理。

邓锡侯看完电文后，既诙谐又严肃地说："这位仁兄真可谓是聪明一世，糊涂一时，这个问题是秃子脑壳上的虱子，明摆着的，怎么还来问我？！不错，周士第是兵团司令员，他董宋珩也是兵团司令，好像职务平等，谁也不能命令谁。但他想过没有？周这个司令员是代表共产党和人民解放军来接受和指挥起义部队的，而他既然愿投向人民，就应按照周的话去办，实际上是接受共产党领导的开始，这还有什么不清楚的。"

21日，董宋珩在刘文辉、邓锡侯的影响和策动下，终于率第16兵团所部在周士第兵团抵达前沿阵地前，及时宣布起义，并把起义通电交刘文辉电台代发。这是蒋介石国民党军在川西嫡系部队起义的开始。

刘、邓、潘策动国民党嫡系部队起义成果最突出的，还要数策动蒋介石国民党军第20兵团中将司令兼第2军军长陈克非及其所部。

就在刘、邓、潘通电起义的同一天，陈克非部第15军第243师少将师长段国杰在闻知"友军"在彭县宣布起义的消息后，即忧心忡忡地问与邓锡侯有着密切关系、时在该部负责策反工作的民主人士张钫："时至今日，我们应该怎么办？向彭县那些地头蛇进攻？"由于段师长曾是张钫原第20路军的部下，故两人说话也就没有什么避讳的。

张钫却没有正面作答，反问了段部的现有实力和他与陈克非的关系后，才又问道："你估计你们兵团还能有在成都附近与共军决一雌雄的力量没有？"

"没有。"段国杰的回答很干脆。

"既不能攻川军择地据守，又不能抗击共军的进攻，在两面受敌的情况下，以待后援如何？"张钫又问道。

"全国都成别人的了，等谁来援？川军一宣布起义，我们在此据守等于死路一条！"

"既不能守，又不能攻，那只有把部队拉着跑了？"

"无衣无食又无鞋袜，又拖着家眷，实在跑不动了。而且全国都没有了，又跑向哪里去呢？"

张钫见段国杰一副无可奈何的样子，摇了摇头："既然攻、守、跑都不行，作为军人只有不成功便成仁，杀身成仁吗？"

段国杰没有做声，不用他张口说，他的沉默表明了他并不愿意"杀身成仁"。

"我也不主张走自杀这条路。局面是蒋介石一个人搞坏的，况且现在大势已去，全

周士第

广东乐会人。黄埔军校一期毕业。土地革命战争时期，任红军大学军事教员，军委干部团上干队科长、队长，红十五军团参谋长，红二方面军参谋长。抗日战争时期，任八路军120师参谋长，晋绥军区参谋长、副司令员。解放战争时期，任晋绥军区副司令员兼晋绥军政干部学校副校长，华北军区第1兵团副司令员兼副政治委员，晋北野战军、第18兵团司令员兼政治委员，太原前线指挥部副司令员。

国民党第20兵团司令陈克非

浙江天台人。国民党陆军中将。黄埔军校武汉分校毕业。毕业后，在国民党军第9师任连长，营长，26旅参谋主任等职。抗日战争爆发后，任第49团团长，第9师副师长，湖南军区澧慈师管区司令，第9师师长等职。抗日战争胜利后，任第2军副军长兼第9师师长，第2军军长，第20兵团司令等职。1949年12月，在四川彭县起义。

国都要成为共产党的天下了。我觉得傅作义、程潜和近在身边川康将领的做法是可以效法的。你认为如何？"张钫问。

段国杰抬起头，说："我同意您老的看法，我打算把这个意思转达给陈司令官。"

过了两天，陈克非在段国杰的引路下，果然来拜见张钫。

陈克非关心地问："如果成都打起仗来，您老将到哪里去住？"

"我打算到灌县一带邓锡侯的防地去住，那里偏僻，再者我与邓又有旧交，他当可保护安全。"张钫直言他与起义将领的密切关系。

"听说邓锡侯、刘文辉、潘文华已宣布起义，不知这消息可靠与否？"陈克非说出了又是一句投石问路的话。

国民党豫陕鄂边"绥靖"主任张钫 ——————————————— ▶—

　　河南新安人。国民党陆军上将。保定陆军速成学堂毕业。曾任陕西陆军第2师师长，汉中警备司令，陕西靖国军副司令等职。1928年后，任河南省政府委员兼建设厅厅长、河南省政府代主席。抗日战争时期，任第19集团军司令、第一战区预备军司令、军事参议院代院长。抗战胜利后，任国民大会主席团主席、豫陕鄂边"绥靖"主任。1949年12月，在四川彭县起义。

　　"起义的恐还不止邓、刘、潘，各地将领走此路者不少，这也是大势所趋。依我看，蒋先生的天下算是完了，就目前形势而言，共军对成都已成合围之势，利害系一念之间，时不久待。我们都是一家人，故敢知无不言。一句话，顺应时代潮流，起义！不过我是老军人，性情直爽，想到哪里就说到哪里，不对之处，还请原谅。"

　　"谢谢老先生的指点。"陈克非对张钫的话未置可否，不反驳，也不表示赞成，仅是表示感谢和恭维，但明显是默认。

∨ 曾任国民党西南长官公署副长官的邓锡侯起义后在各届欢迎大会上讲话。

张钫送陈克非到门口，段国杰一转身轻声对张钫说："司令官对起义这条路看来已经认门了，只是还在犹豫难定。"

12月19日，陈克非亲自派出本兵团中将参谋长李俊武和第2军少将副军长段成涛，来到刘文辉、邓锡侯起义军临时指挥部所在地讨教。时已三更，邓锡侯派人到街上买了一些酒菜招待他们。在饭桌上，邓锡侯即从北平和湖南起义的先例说明中共政策的可信性，劝导说："我相信我没有危险，也负责保证你们没有危险。你们都是异乡人，要把军队掌握好，不要让一兵一卒流而为匪，为害地方。你们的官兵离乡已久，投向解放军后，就是编余得到资遣，各人安全还乡归农，你们也是功德无量。我今天不能向地方筹款，但可以保证地方负责供应粮秣。"

在刚开始时一说到起义就失声痛哭的李参谋长和段副军长，听了邓锡侯的劝说后，慢慢消除了思想顾虑，连连代表陈克非表示感谢，表态说不愿再为蒋介石做无谓的牺牲，在情感上彻底割断与蒋介石的关系。

12月20日，陈克非终于下定了起义的决心，在郫县召集本兵团师长、参谋长以上官佐在兵团部开会，参加会议的还有本兵团参谋长李俊武、绥署中将总参议袁葆初和张钫等人。

兵团部内外，岗哨密布，戒备森严。会议室墙上张挂着一张川康一带的军用地图，标有成都附近国民党部队的位置和东、南、北各个方向上解放军部队的前进到达线，解放军的进击箭头均成网状地指向成都。

陈克非首先作开场白说道："今天请大家来开会，目的为讨论研究我军在目前形势下如何行动，请各抒高见。张钫主任是我们的长辈，也是我们的长官，因同住郫县，特请他参加，更希望多加指导。"他说完这些话后，即坐下等待别人的发言，然而室内一片寂静，无继续发言者，谁也不敢在不明陈司令官真实意图的情况下贸然表态。

一阵难堪的沉默。

张钫见无人敢于打第一炮，便先站起来，说道："大家都不说话，我就先谈谈。"他指着地图说："现在的形势很危急紧迫了。解放军南面已过乐山，东面已到达简阳，北面已到达德阳，西面邓、刘、潘各军已经起义，响应解放军。我军方面，蒋先生飞走时原交胡宗南统一指挥，而胡宗南现又丢下各军私自外走，现下群龙无首，补给又绝。在此情况下，咱们应速研究出一个决策，能攻击则攻之，能防守则守之，犹疑不决与消极无为，是兵家大忌，请各位提出具体办法来。"

会议室内仍是万般寂静，无人答言。

张钫停了会儿，见没人发表意见，又说道："各位不说话，我想都是认为无论攻守，均不可能再战了。各位都有实战经验，我同意各位的看法。我们既不能战，又不能坐以待毙，咱们就研究走的办法，请各位发表意见。"

与会者仍然低头无语，沉默复沉默。

张钫停顿了一会，再说到："各位仍不说话，大概是想不出走的办法，我对此问题也想过了，也想不出办法来。现在大势已去，我们所到之处，均会遭到被歼灭的危险，不但不容易走出成都的被包围圈，实在也无处可走。"

张钫吸了口纸烟，叹口气说："唉！既然不能走，军人不成功便成仁，我们不能坐当俘虏。但是，我们是不是应当杀身成仁呢？这个问题请各位发表意见。"

一听到发表意见，刚才还探着脖子仔细倾听的众将领又低下了头，室内又出现了死一般的寂静。陈克非看着一个个惟恐叫到发言的部下，不由地也叹了口气，他也闷坐在那里，没有做声。

"大家对杀身成仁不发表意见，我想是大家都不同意这个作法，我也不赞成。"张钫说："古语说，死有重于泰山或轻于鸿毛之别，在现在全国民众倾向于共产党的情况下，我们如果自杀，那无疑是轻于鸿毛的。连年内战是咱们蒋先生挑起来的，中间有好几次机会可以实现国共合作，获得和平，但是蒋先生一意孤行，终遭失败。他看事不可为，在前几天竟一走了之。可咱们都是带兵人，袍泽多年，生死与共，不能丢下不管，任其背井离乡，流离失所。我们在现在情况下，应默察大势所趋，人心所向，找出一条正路来走。依我看，傅作义、程潜、陈明仁、邓锡侯、刘文辉、潘文华等所走的起义道路就是一条光明正路。因为走这条路，对国家，对民众，对我们自己，都是有利的。我已经老了，你们诸位都还壮年有为，前途无量，请加考虑。"

这时，与会将领都抬起了头，虽无人敢插话，但多数都面露希望之色，也有少数而落下了眼泪，但都没有反抗的神情表现。陈克非见状，心中也就有了底数，他站起来说："刚才张主任的话，说得很透彻，我不必重复。在目前四面被围，补给断绝的情况下，只有起义才是正路。为了保存部队，我们需要起义；为了全体官兵和随军眷属的人身安全，我们需要起义，这是义举。"

陈克非的话音刚落，段国杰声音激昂地首先表示赞同起义。在此情况下，多数将领也表示一切听从陈司令官的，无人表示反对，起义问题就此酝酿成功。

张钫见状，当即将邓锡侯秘派来的牛范九参谋长请进会议室。牛参谋长当场把邓锡侯等人的起义通电底稿和解放军颁发的优待起义人员条例等宣传品散发给大家看。众人情绪一反刚才，有的军官高兴地连声高喊："我们这一下有希望了！"

会议至此，起义的问题已经公开化。24 日，陈克非亲自拟定起义电稿，送交刘文辉电台，通电率第 20 兵团所部在郫县宣布起义。

∧ 1947年，蒋介石与陈诚在一起。

∨ 1949年12月9日，国民党西康省政府主席刘文辉与邓锡侯、潘文华率部起义。图为刘少奇接见刘文辉时的情形。

24 日这天，国民党四川省第 1 区（温江区）行政督察专员冯均逸、四川西南游击总司令田泽孚、温江县县长吴孝先，也在刘、邓、潘起义影响下联合宣布起义，通电也是直接发给刘、邓、潘的，电文称：

彭县龙兴寺刘自乾先生、邓晋康先生、潘仲三先生：战云弥漫，民生难堪。泽孚驻此，目睹兵燹。人民咨嗟饮泣，困苦难言。不即拯救，何脱水深火热。均逸一向做事，但求利民，维局势万分紧迫，惟抱定"保境安人"四字，尽力最后一分一秒。际此过渡关头，为求地方群众不受兵燹，应请三先生派员莅临，指示方略，早安地方。并祈转毛主席、朱总司令、刘野战军司令伯承，并转知前线部队及政工人员。爱护子遗，和平解放。除以召开人民大会宣布起义，脱离蒋政权静候解放军到境接收外，谨电陈情。无任胜盼之至。

至此，刘文辉、邓锡侯、潘文华起义通电发出后，又成功地策动了彭县周围国民党军最有影响力的董宋珩兵团、陈克非兵团等部队和川西地方"父母官"温江等地区的起义。几天后，国民党第 18 兵团司令官李振也率部在成都东郊起义。成都市郊蒋军营垒大分化，极大地促进了川西的解放。由此，川康诸起义将领对西南战局的巨大影响作用，北京方面自然也就刮目相看，由衷佩服，前隙释然。也就在陈克非和温江区宣布起义的同一天，朱德总司令复电刘、邓、潘，对川康将领 10 多天前的起义通电予以嘉奖，电文如下：

刘文辉、邓锡侯、潘文华诸将军勋鉴：
接读 12 月 9 日通电，欣悉将军等脱离国民党反动集团，参加人民阵营，甚为佩慰。尚望通令所属，遵守中国人民解放军总部本年 4 月 25 日约法八章与中国人民解放军第二野战军本年 11 月 21 日四项号召，改善军民关系与官兵关系，为协助人民解放军与人民政府，肃清反动残余，建立革命秩序而奋斗。

朱 德
1949 年 12 月 24 日

毛泽东时正在苏联访问，故未署名。朱德的复电嘉奖，对刘、邓、潘及其所部是一个巨大的鼓舞。同时，起义军对朱德总司令所赋予的配合人民解放军，堵截国民党军胡宗南部的作战任务，也感到异常的兴奋和光荣，因为这充分体现了中共中央对起义部队的信任。起义部队官兵斗志昂扬地坚决表示：一定打好起义后的第一仗。

起义军以自己辉煌的战果向川康的解放献上了自己的一份厚礼。

❶我军用汽车将投诚的国民党军官兵运出城外。

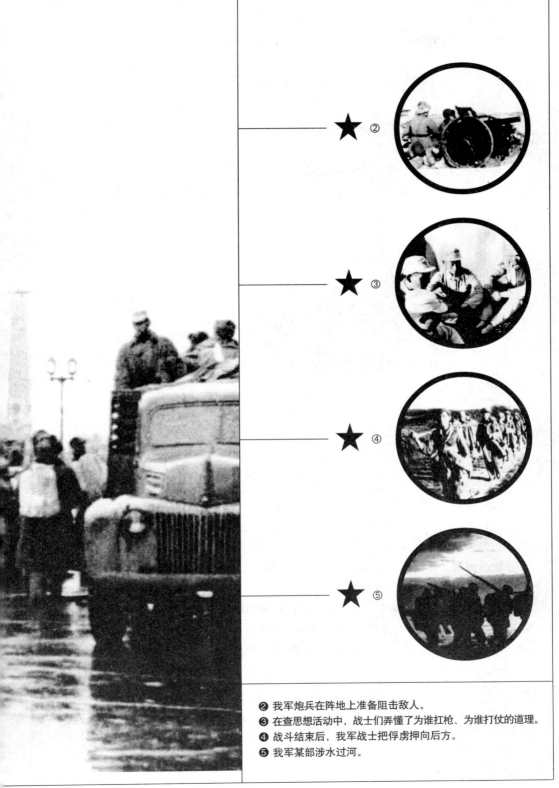

❷ 我军炮兵在阵地上准备阻击敌人。
❸ 在查思想活动中，战士们弄懂了为谁扛枪、为谁打仗的道理。
❹ 战斗结束后，我军战士把俘虏押向后方。
❺ 我军某部涉水过河。

王诚汉
（时任第一野战军第18兵团第61军181师师长）

    绵延**300**多公里的秦岭山路，是古代三国时期诸葛亮六出祁山的千年古驿道。历史上有名的"斜谷"栈道，位于秦岭主峰之一太白山西侧，因年久失修，极难通行。山径狭窄，树木丛生，只容单人匹马；山溪纵横，桥梁又多被敌人破坏，只有徒涉而过；沿途人烟稀少，宿营十分困难。出发之日正逢降雪，隆冬严寒，风雪交加，部队多在风雪中宿营。

    江口镇以南，路更难走，鸡公山、桅杆石梁等山坡斜度都在**40**多度之上，坡陡路滑，人马极易摔亡、摔伤。我们由于做了充分的思想准备和物资准备，在干部、党员的模范带头下，发扬我军尊干爱兵的优良传统，广泛开展互助。

    部队克服了种种困难，始终保持着高昂的战斗情绪。经**9**天行军，顺利越过险峻的秦岭。我们一路疾步行进，沿途的敌人望风而逃。

——摘自：《王诚汉回忆录》

★★★★★

邹趣涛

（原《南京早报》主笔，西康驻汉代表，执行党对刘文辉的统战工作）

　　贺龙同志在向川、康两省军师将领起义祝贺会上指出的那样："川、康将领的起义，政治上的影响，大于军事上的影响。"这是恰如其分的评价。

　　就刘文辉一生来看，由徘徊观望，到决心起义，由大军阀到革命者，绝非偶然，自有他历史的渊源，旅途的轨迹，特别是他在 **1938** 年夏就向党靠拢，是比较早，是难能可贵的。尽管他身上的法宝多，对准蒋介石的独裁政权；后半生变多宝为一宝，迈步走到共产党的统一战线中来，有力地证实了具有中国特色的三大法宝之一的革命统一战线，富有无穷的生命力。

——摘自：邹趣涛《周恩来与刘文辉》

第四章

游击队出山，解放军"黑虎队"潜行

★★★★★

∧ 1949年，蒋介石飞赴韩国镇海访问。

蒋介石仓皇从成都飞离大陆，留下胡宗南等人在川西地区完成他的"孝忠"之战。苏码头战斗，是川西战役中惟一动用飞机参战的一次战斗，而且是距离成都市最近、最激烈的一次战斗。

1. 川西沃土的重要游击武装

在刘文辉等宣布起义后，12月13日，蒋介石从成都逃离大陆，留下胡宗南等人在川西地区完成他们所谓的"大会战"。川西真正的浴血战斗开始拉开帷幕。

川西这片热土，在中国革命史上，曾写下了自己辉煌的篇章，远的不说，仅说中国共产党领导的革命斗争，就曾在这里镌刻下了一串串红色的史印，红军长征时的强渡大渡河，飞夺泸定桥，翻越大雪山等英勇壮举即发生在这里，各地都留下了红军北上抗日的足迹，革命的种子也撒播在川西广大地区。

川西人民有着光荣的革命斗争传统，自1927年初在蒲江爆发过武装反抗国民党政权黑暗统治的"万人大暴动"后，人民群众在中国共产党的地下党组织的领导下，走入邛崃山脉密林，攀上高高的总岗山，打出了与国民党政权对着干的旗帜。到解放前夕，这一地区虽经过了无数次国民党反动派的反复"剿杀"，但中共地下党领导下的游击武装仍是遍布四乡，其主要活动区域即在邛崃、大邑、仁寿3个集中地。

集中在邛崃县境的游击武装，主要由中共地下党员李唯实、牟家顺领导。这支武装组建于1947年冬，在三坝乡（现属大邑县）以抗铲烟苗相号召，发动群众，收缴了县警察中队的武器，拉起了队伍。1949年春，又在这一地区伏击了眉山专署副专员亲率的保警大队。

集中在仁寿县境的游击武装，主要由中共川康特委派去的陈俊卿、吕英和该县田镇的地下党员丁地平、苏世沛、邹玉琳等人领导。1947年夏秋之交，他们以开展"吃大户"相号召，开始组建地下武装，举行了秋收暴动，攻占了乡公所。这支武装又称东山游击队，活动区域沿府河从苏码头至彭山县的半边街，方圆有60多公里，有队员1,000余人，枪支600多支，机枪5挺。

集中在大邑地区的游击武装有两股：一股组建于1946年冬，初有50多人，由刘家言、萧汝霖、周鼎文等人领导，活动在该县西部山区一带；另一股组建于1947年夏末，开始时有70多人，由胡春浦、李安澜等人领导，活动地区除在本县境外，还一度活动于宝兴、懋功等县。

以上3个地区的游击武装，到了1948年4月，经中共川康特委批准，在雅（安）乐（山）工委的领导下，统一组编为川西南人民武装工作委员会及其所属的川西南人民武装工作队。工作委员会主任及工作队队长由萧汝霖担任，吕英为副主任兼党支部书记，李维嘉为副书记。下设直属1、2队，原八路军连长朱英汉曾任直属1队的副队长。这支较统一的游击武装组建后，转战于川西山区，给予这一地区的国民党反动当局以威慑和打击。

临解放前夕，做垂死挣扎的国民党地方政府及武装的嚣张气焰一度笼罩着川西，中共川西游击队领导人萧汝霖、朱英汉相继牺牲，吕英、陈俊卿先后被捕入狱。为了紧密配合即将来临的川西解放斗争形势，李维嘉、李安澜、周鼎文、邹玉琳在成都郊外聚集召开秘密会议，研究决定川西南武装工作委员会党支部和雅乐工委领导的由邹玉琳联系的仁寿等地的党组织合并，组成中共川西边临时工作委员会，又称川康边临时工作委员会；把川西南人民武工队和仁寿等地的地下武装进行大统编，合并改称川西边人民游击纵队，又称川康边人民游击纵队。中共地下党组织以此为基础，发动川西群众，开展游击武装活动，迎接川西的解放。

川西边人民游击纵队组建后，即以大邑县三岔、王泗、元兴等乡为中心，在这年秋收期间发动了有万人参加的武装减租斗争，取得了新的胜利。游击队的蓬勃兴起，使国民党四川地方政府十分恐慌，省主席王陵基派出10多支乡团武装，对大邑县减租斗争中心地区进行了疯狂镇压。中共地下党组织为了避其锋芒，减少损失，面对敌人的血腥剿杀，只好先将地下武装数百人有计划地分散转移或就地隐藏，以便积蓄力量，重新开战。

11月初，人民解放军向四川大进军的步伐已踏上了川东，川西平原上的沉闷空气顿时如卷入了一股飓风，整个大地都震动起来。中共川西边临工委根据形势的迅猛发展，在成都召开紧急会议，商讨配合解放的对策。

会议决定公开打出"川康边人民游击纵队"的旗号，发表宣言，其中写道：

∨ 我军某部向四川进军途中行进在险峻的山路上。

川康人民艰苦支持了八年抗战，但抗战结束后，蒋介石发动内战，破坏和平，致使工厂倒闭，商店关门，农民更是活不出来。我们的共同敌人就是蒋介石集团和他们的军队。现在蒋介石军队节节败退，但还妄想纠集残余力量，在川康边作最后挣扎。川康人民站起来，配合人民解放军，完成整个大陆的全部解放！我们川康人民游击纵队一定遵守三大纪律、八项注意……

　　会议决定：李维嘉任中共川西边临工委书记，邹玉琳任副书记，李维实、李安澜、周鼎文任委员；中共川西边临工委直接领导下的游击武装"川康边人民游击纵队"，由萧绍成任司令员，李维嘉任政治委员，周鼎文任副司令员兼参谋长，李安澜任副政委兼政治部主任。

　　临工委组成后，当即向各地游击武装组织发出通知，要求游击战士们尽快向邛崃、大邑县境西部山区及平原交界一线集结，先以打击国民党地方"清剿军"和地主乡团反动武装为主，相机占领部分乡镇，尔后以川康边山区为游击活动地域，配合解放军的进军，参加解放川西的战斗。纵队部并在成都市设立"留蓉工作部"，负责游击队的城乡联络、后勤补给和参加统战策反工作等。

　　这次会议后，中共川西边临工委成员立即分头传达贯彻会议精神，迅速着手集结和组编队伍，先后组织武装起了1个大队和8个支队，即：临邛大队；大渡河支队、崃山支队、名雅邛支队、邛大边支队、仁简支队、岷江支队、崇大新支队和斜江支队。共有游击队员5,000余人，其中有中共党员250多人，党的外围组织成员400多人。有长短枪5,000余支，机枪70挺，八二炮2门，电台1部。

　　这支游击武装后来还在新津组成了"川东南人民游击纵队第21支队"，在简阳组成了"川康边区游击队川东第1支队"，在资阳组成了"川东支队第9大队"，在仁寿组成了"第11支队"，在彭山组成了"川南人民游击支队"等。这些游击队的人数多在100人左右，在解放川西的战役、战斗中起到了一定的配合作用。

2. 打到敌人后方去

　　11月，人民解放军首先一举突破川东防线，国民党军开始节节败退于川西一隅。川康边人民游击纵队为了打乱国民党军的后方战役部署，配合解放军作战，决定集中主要游击武装力量，袭击敌人的后方重要军事目标。各游击队奉令于12月中上旬运动至邛崃、大邑的山地与平原交界一线，伺机主动出击。

　　12月14日，川康边人民游击纵队纵队部从名山县城出发，同行的有"大渡河支队"和"名雅邛支队"两支游击队，预定到邛崃县石坡乡会合。纵队部率两个支队途经百丈关插入邛崃县境的山间小道，于15日在廖场率500多名游击队员，占领了邛崃县平落镇和平落坝区公所。

16日凌晨，游击队又占领了道佐场。18日，经油榨乡抵达马岩岭，与国民党军发生遭遇战。纵队部直属大队立刻抢占制高点，利用人地两熟的有利条件，打退了敌人的数次进攻。在僵持中，游击队探知敌方系国民党军省保安第9团，所部官兵大多是邛崃、大邑、崇庆等县的当地人，游击队员们当即开展政治攻势，对当面之敌讲明他们在前有游击队，后有解放军的形势下，惟有尽快弃暗投明，立即停止战斗。

敌保9团人心不稳，迫于总的战局形势，勉强表示不以游击队为敌，就地停火。但也表示出对游击队的不信任态度，仅愿即刻转移去西康，投奔刘文辉的起义部队。游击队从大局出发，同意了保9团的选择，让开道路，放其奔西康而去。这个保安团不久即在雅安宣布起义。

国民党西康省主席刘文辉 ——————————————————

　　四川大邑人。国民党陆军上将。保定陆军军官学校毕业。曾任川军第1混成旅旅长，独立旅旅长，第9师师长等职。1926年任国民党第24军军长兼口康边防总指挥，1928年，任四川省政府主席，1935年，任西康建省委员会委员长。1939年，西康省建立，刘文辉就任第一任西康省政府主席。1945年任川康"绥靖"公署副主任。1949年12月，在四川彭县起义。

　　马岩岭战斗，保9团亡3人，伤10多人；川康边人民游击纵队纵队部通讯员何忠良牺牲，名雅邛支队有两人负重伤。这是川康边人民游击纵队自成立以来的第一次战斗，显示了游击队员们为解放家乡而献身的坚强决心，鼓舞了当地人民群众的斗志，扰乱了敌后方。

　　马岩岭战斗后，当夜，游击队员们转移至水口乡场对面的罗坪山宿营。次日拂晓，水口乡的恶霸地方武装向游击队发起围攻，游击队奋力进行还击，毙伤敌10多人，继而占领水口镇，把敌乡团反动武装围困在一个坚固的碉堡里。游击队对其进行政治瓦解工作，这股乡团武装最后被迫表示立即停止战斗，撤除封锁，并厚葬在这次战斗中牺牲的游击队员周万品、刘荣盛。此后，游击队继续向石坡转进，在20日与驻扎在石坡的崃山支队胜利会合。

　　这时，游击队由不远处的激烈枪炮声中才判断得知，解放大军已追击国民党溃军至邛崃县境，在19日即已攻占邛崃县城，截断了国民党军欲取道邛（崃）雅（安）

公路向康、滇逃窜的路线，现正在与敌血战中。川康边人民游击纵队领导当即命令部队，火速奔向解放川西的主战场。

川康边人民游击纵队直接配合解放军作战，最早是12月16日由仁简支队在仁寿县煎茶乡与解放军第12军先头部队联系上以后展开的。时第12军军部进驻煎茶乡，游击支队仁简队部也率300多名队员来到了附近的郭家祠，队领导陈仕英、苏世沛、邹玉琳等亲到解放军第12军军部取得联系和汇报川西地区的敌情和游击队的分布情况。肖永银副军长、李开湘政治部主任热情接见了游击队的领导，并要求游击队派出队员配合解放军作战。

第12军军部当即把军侦察营调来与支队部住在一起。仁简支队即派出3个大队为解放军带路、侦察，渡过岷江后直奔新津战场。

仁简支队队部与解放军1个连队进驻仁寿县籍田镇，接管了乡公所。400多名游击队员奉解放军军代表命令进入仁寿县城，维持社会秩序，并突击收缴了籍田全区乡团等地主武装的枪弹，为该区防止发生匪特暴乱起了重大作用。

这时，被围困在川西邛崃、蒲江、大邑一带的数万国民党部队，正如无头的苍蝇四处乱撞，妄想逃出包围圈，它们在这一地区左奔右突，东躲西藏，成股成群地漫山遍野乱跑。而这一地区，恰好正是川康边人民游击纵队的主要活动区域，因此，当游击队看到国民党溃军逃窜到这一地区后，便主动各自为战，与随之而来的解放军取得联系，共同投入围歼国民党军的战斗。

＜ 肖永银，1955年被授予少将军衔。

肖永银 ————————— —

河南新县人。土地革命战争时期，任第30军军部交通队排长、西路军总指挥部警卫连排长。抗日战争时期，任八路军第129师随营学校连长，385旅14团营长，第14团团长，太行军区第8军分区副司令员等职。解放战争时期，任晋冀鲁豫军区第6纵队18旅旅长，中原野战军第6纵队副司令员等职。

3. 苏码头的枪声

人民解放军各路大军都已抵达川西地区新津附近,在新津以东首先打响的便是抢渡府河的战斗。

国民党军胡宗南部由川北退向成都地区后,集重兵于新津一带,其原因一是为了完成蒋介石所谓的川西大会战,其二是为了便于向康滇或西藏方向逃跑。当初,更主要是为了保护新津机场,掩护国民党军政要员最后逃台起飞基地。所以,在从成都到新津一线各较大的村镇,都有国民党重兵把守,特别在一些桥梁渡口和关隘路口,都被列为重点设防地区,胡宗南部的一些师、团指挥部即专设在此,并在沿路布置了骑兵巡逻队。

当时,从成都到新津,有两条路可走:

一条是大路,由成都市区出南门,经武侯祠、双流到新津。12月13日夜,胡宗南部队为了打通这条道路,掩护蒋介石到新津登飞机逃台湾,曾出动重兵和坦克、大炮等重武器,攻下了这个原由刘文辉起义军把守的关卡,打开了这条从成都到新津的主要通道。

从成都到新津的另一条道路,是出成都市区东门,经华阳县中兴镇西转公兴、普兴两镇到新津,当时这段路,汽车只能通到中兴镇,以西便是乡村土路,只适合步兵和马匹行走。胡宗南为了不使从成都撤出的大批部队挤在一起与坐汽车的高级官员争道,特严令下级军官和步兵统统走这条道路,加之这条路比汽车路要近一些,所以,大批的国民党溃军都拥上了这条小路,如一条滚滚河流向西涌去,路两旁的田地都踏出了灰尘。

中兴镇附近的老百姓,因有了这条从成都到新津的便道也遭了殃。道路上,昼夜人叫马嘶,车轮滚滚,尘烟蔽空。入夜间,路两旁村庄的农民更是人心惶惶,人们从门缝里向外窥视,只见国民党士兵背着背包、水壶和枪支、弹药,"踢踢踏踏"一个挨着一个向西走着;军马拉着炮车和辎重,车轮压得街石发出"咕咕咚咚"的闷响声,在夜空中传得很远。附近,竹林中的宿鸟早不知飞到哪儿去了。

"踢踢踏踏……"

"咕咕咚咚……"

谁也不知过了多少人马!

一夜夜惊魂提心吊胆后,中兴镇的村民们在一天清晨突然发现情况有些异样,街道上除了满街的骡马粪便外,已断绝了人迹。有

∧ 我军先头部队强渡乌江。

胆大的年轻人试探着追出镇西口，来到镇中跨府河的大石桥通济桥桥头，突见10多匹战马立于桥那头，几个荷枪实弹的国民党士兵头戴钢盔，警惕地注视着桥面。桥面中间，几个国民党士兵正在桥上掘挖，然后向坑中放入两个厚约20厘米，长宽约30厘米的炸药包，从坑中牵出一根导线，通向距那边桥头100余米的任家院子竹林内。

桥面上的士兵和原守卫在桥那头的士兵翻身上马，向后撤去。桥这边的几个年轻人不明白那几个人在桥中间放了些什么，这时见那些国民党士兵已走，便直起腰正要向桥中间走去。突然，只听桥那边有人大喊："不能通过！快卧倒！"

"轰隆！"桥中间猛然发出一声巨响。

一股浓烟直冲天际，大小石块随之飞上高空，然后向河中"噼噼啪啪"砸下。桥面上的一块长1米多、方30厘米、重约百多公斤的石条，竟被炸的飞离桥面200多米，落在了镇中曾家祠堂前房顶上，穿瓦而入室内。

桥头上的几个年轻人因好奇心而负伤。

∧ 我军在川东山区行军。

　　这座已有两百多年历史的7孔大石桥被炸塌了东端第三孔。原来，国民党溃军是妄图以此阻止解放军的追击行动。

　　然而，大桥的被炸并未能阻挡住解放军进击的步伐，仅几个小时后，解放军侦察分队追击到了中兴镇，他们见大桥被炸后，便不顾河水的刺骨寒冷，从距大桥下游10多米处涉水过河，继续追击敌人。但是，通济桥被炸，给解放军大部队的行动带来了很大困难。为了更快地追击逃敌，部队决定从中兴镇以南13公里的正兴镇苏码头抢渡过府河。

　　苏码头附近没有桥梁，这一带河宽500多米，水深3米左右，两岸来往全靠木船摆渡。虽然从这里过河到新津的路程要比到中兴镇再转新津近20公里路，但全是难行的小路。因此，国民党军在这里布防较少，仅派有一个连的兵力驻守。12月17日以前，成师成团的国民党溃军从这里摆渡过河，西去新津地区。苏码头一时吵吵嚷嚷，一片混乱，为了争相逃命，大打出手者有，把船挤翻者也有。

　　18日清晨，寒气逼人的晓雾里，往日熙攘拥挤的苏码头，突然显得一下子清静下来。天低云沉的水面上，往日船筏如穿梭的府河，竟再也看不到一只船。与苏码头隔河相望的国民党守军，近日来宣布"水上戒严"，对府河进行封锁。岸上路断人稀，水中船只全部停靠对岸，抛锚停航，并由专门士兵守卫。

由苏码头撤退的国民党军大部队全部过河后，在河对岸担负守卫任务的那个连的杜连长，急忙拉夫派工，让附近村民挖壕担土，修筑沿河防御工事，把轻、重机枪和"六〇"炮安放在河岸上，并责令当地乡丁组成所谓的"精选队"，把守最前沿哨位。

当地乡政府惹不起说不了两句话就横眉竖眼的杜连长和这些溃兵，尤怕他们专向有美貌姑娘和年轻妇女的家中跑，滋事生非，只好挨家凑些钱，给他们送些酒肉米面，并把那个正蹲在电话机旁心慌无聊的杜连长请到四维饭店喝酒打牌，消磨时光。

担负抢占苏码头的人民解放军第11军第33师先头部队，由简阳县境过东山到了双流县境窑子坝，在得知通济桥被炸毁后，奉命转进正兴镇方向。他们在当地群众的带路下，全走山间捷径，经白沙坡、高饭店、漆家店、田家寺，向苏码头扑来。由于先头侦察分队干部战士当时身穿黑色便装，当地老百姓在此后便习惯称之为"黑虎队"。

解放军先头部队1个营到了府河边的田家寺后，为了有绝对把握占领渡口，决定在战术上出奇制胜，派出1个排的兵力先由田家寺浅滩过河，从右翼迂回至敌后，配合苏码头正面攻击部队抢占渡口。

田家寺附近水浅易涉水通过，且无守敌，这个排顺利地过河后，即沿河而下，经临江寺，顺菩萨岩山边，直向苏码头对岸渡口挺进。

其余部队沿府河东岸直取苏码头，在进击到距离码头很近的苏家沟后，又分兵3路：一路由苏家沟顺街后山梁，面对府河对岸战壕里的国民党守军布置火力；一路由街后摸上苏码头附近最高的制高点花生市山布置火力；一路再向前伸至苏码头以南2公里的双燕子渡口涉水过河，从左翼迂回敌人。

"什么人？站住！"河西岸敌前哨工事前传出了乡丁的吼叫声。

"……"来人手提冲锋枪，竟一声不吭地迎着乡丁的枪口大步走了上来。

"你们是老百姓，在这里干什么？"来人直到走近了，才面对面地望着一身当地老百姓服装的乡丁问道。

"……"乡丁竟被来人反问呆了。但他们突然发现来人军帽上的红五角星时，吓得连话都说不出来，枪口像鸡啄米一样，点捣着地面，别说开枪了。

"我们是解放军，反动派完蛋了！解放军和人民是一家人，你们不要怕，快回家吧。"

乡丁们诚惶诚恐地卸下枪机，递给解放军战士，倒背着空枪四下散去。

枪声很快打响在小镇边，解放军已不费吹灰之力冲进了小镇。

正举杯喝酒的国民党军杜连长，惊得把手中的酒杯摔落在地上，夺门而逃，边跑边嚷：

"他妈的！怎么搞的？我的前望哨呢？"

这时，到处已响起了激烈的枪炮声。

苏码头正面的解放军也开始向河对岸发起攻击，据守在沿河工事中的敌人开始拼命抵抗。

"准备战斗！快！快打电话请求派飞机支援！"敌连长的公鸭嗓子一面叫喊着，一面沿街跑过。

重机枪

装有固定枪架，射程较远，威力较大，可搬运的机枪，是步兵分队的支援火力；主要用于射击集群的有生力量、火力点、轻型装甲目标和低空飞机；其枪架具有平射、高射两种用途，射击精度较好。平射的有效射程为800～1,000米，高射的有效射程为500米。战斗射速为300～400发/分。

∨ 我军用重机枪掩护步兵冲锋。

敌人的飞机来的也真快，两架漆着"青天白日"标志的飞机鸣叫着从近在咫尺的新津机场飞来。

"嗒嗒嗒！嗒嗒嗒嗒！嗒嗒嗒！嗒嗒嗒……"敌机向着苏码头两岸疯狂扫射。

炸弹也尖叫着从天而降，在镇中腾起一股股烟柱。

"他妈的！有炮弹也不能向老子身上扔啊！"敌连长被飞机扔下的炮弹片炸伤，他朝着天空大骂。

天空中的飞机显然已顾不得分辨你我了，仍把一颗颗炸弹倾泻在府河两岸国民党守军和解放军攻击部队的头上。先过河进入镇中的解放军小分队，由于人少势单，地形不熟，又被敌机炸的抬不起头来，只好困守一民房中，等待外援。

飞机仍在低空盘旋扫射着。

苏码头全镇，硝烟弥漫，地动山摇。

国民党军与解放军隔河射击长达一个多小时，在解放军两翼迂回部队和正面攻击部队的顽强打击下，渐渐支持不住，在飞机倾泻完弹药后飞回机场空隙间，又失去了空中支援，再也无力与多面夹击的解放军相对抗，纷纷举枪投降。

解放军控制了苏码头渡口，府河上又是船只如梭，大批部队向着新津战场奔去。

苏码头战斗，是川西战役中惟一动用飞机参战的一次战斗，但并不是成都市附近最激烈的一次战斗。然而，在此地以往的传说中，苏码头战斗却被说成是距离成都市最近、最激烈的一次战斗。笔者经过实地考察研究分析后认为，此说法是不对的。

苏码头战斗之所以在川西民众间传闻较广，其原因主要是苏码头在当年地处水陆交通要道，过往行人多，加之此战有飞机参加，立体化的战斗使当地老百姓印象非常深刻，加深了对这次战斗的记忆，也就致使这次战斗在此后漫长的岁月中越传越离奇，并把其他地方的战斗传闻也一齐移并到苏码头来。

苏码头战斗中参战的国民党军地面部队充其量只有1个连的兵力，其战斗规模再大也大不到哪里去。那么，当地民间广为流传的"从白天打到黑夜"、"解放军死了很多人"、"满街到处是尸体"的战斗又发生在哪里呢？这一说法在一些当年参加川西战役的国共双方军人中也多有回忆："那次战斗是距离成都市最近的一次恶战，地名记不清了。只记得那个地方是个沿河小镇，镇中有两个川西少见的较高碉楼，国军正是依靠那两个碉楼制高点阻挡解放军进攻，解放军因此伤亡很大。"

据此，笔者以此为线索，在川西沿金马河、杨柳河两岸细数河边小镇，终于找到了这个有两座碉楼、发生过激战的小镇，这即是东距成都市仅22公里的双流县彭镇。1949年底，这里曾经是炮火连天，血流遍地，国共两军在这里展开了殊死厮杀。

①

★ ②

★ ③

★ ④

❶ 我军快速破坏铁路。
❷ 大批俘虏被押出城。
❸ 群众架好浮桥，帮助我军部队顺利通过。
❹ 我军机枪掩护步兵冲锋。

萧劲光

（时任湖南军区司令员）

　　当时，云、贵、川和粤、桂两省许多地区都还没有解放，湖南成了四野大军挺进广西和二野大军进军西南的必经之地和运输枢纽，湖南省委和军区担负的支前任务就格外繁重。

　　华中局给我们下达的筹粮任务，是要准备9亿斤大米，其中3亿5千万斤需要调出，2亿5千万斤留给湖南党政军食用。另外的3亿斤，只允许湖南留下5千万斤作为机动粮，其余都留给华中局机动调用。

　　1947和1948年连续两年湖南遭受灾荒，粮食减产。全省的税收干部只有1,000人，远远不够分配使用。要完成这项征粮支前任务，困难真是大得很。

　　但是，为了保证战争的需要，困难再大，任务也必须完成。

　　……

　　根据华中局的指示精神，我们借鉴了鄂豫两省征粮的经验。这就是运用区农代会，同时利用旧的保甲人员。双管齐下，发动群众进行民主评议，开展反瞒田斗争，反对地主转移粮食，破坏秋征工作。

　　经过军队和地方干部的共同努力，总算筹集到大批粮食，基本上保证了几十万大军过境的需要。

——摘自：《萧劲光回忆录》

王诚汉

（时任第一野战军第18兵团第61军181师师长）

　　入川道路山势险峻，崎岖难行。在十分艰苦的条件下，指战员们靠顽强的意志，靠吃苦耐劳的精神，靠活跃的政治工作为保证，勇往直前。

　　广大指战员在"快快追，快快赶，莫怕腿疼和腰酸，赶到成都捉战犯"的战斗口号下，攀登上了海拔3,000多米的巴山主峰天池子。

　　面对这些有"一夫当关，万夫莫开"的天险，战士们论说道："要是我们据守这些地方，敌人来攻击，我们仅是用石头砸，也能打退敌人的进攻！"

——摘自：《王诚汉回忆录》

第五章

彭镇血野大厮杀，新津7昼夜大血战

∧ 我军向川东进军途中通过铺设的浮桥。

国民党溃后败将殊死顽抗。如血残阳中，解放军部队用生命和鲜血之铁拳，砸开了国民党军的最后一道防线。

鲜红的红旗在历时 7 个昼夜后，在 25 日拂晓从河南岸插向了新津城头。

邛崃阻击战的枪声正铺天盖地而来……

1. 血色中的彭镇之光

双流县紧挨着成都市，县城在成都以西不到 20 公里处，由成都逃往川西的国民党溃军大多数都是经过此地而西去的，双流的民众也饱受了溃军的骚扰和抢掠。还在 12 月初，双流县参议会议长彭光烈、双流籍省参议会参议员侯健元，即邀集县长缪向辰、副参议长甘伯良、民众自卫总队副总队长彭笑山和参议员傅茂材、张相如等，在成都市西胜街 15 号彭宅召开"应变会议"，拟定县属武装以保境安民为主，不离县境。这为双流县城的顺利解放打下了较好的民众基础。

随着解放大军的步步逼近，时在川西的一些国民党军将领迫于形势纷纷表示起义投诚。24 日，温江专区专员等也通电所属各县"脱离蒋政权静候解放军到境接收"。这天，双流县城内，县府负责人聚集在一起，紧急商讨"迎接解放"问题，决定立刻拟定起义通电，并经与会全体人员通过签字，通电全文如下：

特急！成都临时治安委员会主任委员熊克武请转北京人民政府主席毛、人民解放军总司令朱、司令员刘、司令员林钧鉴：

本县全体人民暨机关法团人员，素爱和平，服从真理，尤深信历史发展之规律，条

国民党蜀军北伐军总司令熊克武 ———————————————

四川井研人。国民党陆军上将。1904 年入日本东武陆军学堂学习军事。早年加入同盟会。曾参加广州起义、护国战争、护法战争等。先后担任四川靖国军总司令、四川督军、四川讨贼军总司令、建国联军川军总司令及蜀军北伐军总司令等职。1925 年被蒋介石囚禁于虎门，释放后参加反蒋军事活动和爱国军事运动。1949 年 12 月与刘文辉等策动川西起义。

条道路均通向共产主义，而新民主主义之革命，尤人人有责。自此次四川解放战争开始，既已决定保全县人民安宁，维持地方秩序，以等待解放。今始脱离蒋政权桎梏，谨电拥护人民政府，并盼我人民解放军迅速派员进驻本县，接管一切，不胜翘首伫望，谨电奉闻。

四川省双流县参议会议长彭光烈、副议长甘伯良暨全体参议员，国大代表吴景伯，省参议员侯健元，县长缪向辰，自卫总队副总队长彭笑山，警察局长秦育中暨各机关法团叩。寝亥印。

会议还决定维持好地方秩序，严防国民党溃军的骚乱，派人与解放军联络，书写欢迎标语，准备物资供应解放军等。

双流县的起义通电于26日发出后，当即引起了很大反响。28日，成都《新新新闻》报摘要登载了起义电文，30日，登载了通电全文，并以《双流县的老百姓笑了》为题报道了双流解放的实况：

解放军于26日午后1时50分进城。当日为赶集期，民众均笑容可掬，鼓掌欢呼，燃放鞭炮，欢迎人民解放军，并由彭参议长领导参议员，暨县长、机关法团负责人，谒见解放军高级人员，表示欢迎。刻由参议会委托缪县长谕知各代表员工，继续任职，以待接收。各界民众拟于元旦举办军民联欢大会，届时定热烈空前云。

双流县城由此没有遭到战火的洗劫，较顺利地回到了人民的手中。然而，双流县全境的解放却并没这么简单，许多地方是经血与火的战斗后才解放的。该县境内围歼国民党军的战斗，较大规模的要数彭镇战斗。

彭镇，在解放前是川西较大的一个场镇，方圆有1平方公里，地处双流县城正西4公里处，金马河、杨柳河从其镇西流过，其中杨柳河由南向北纵贯全镇，两座大桥沟通东西两岸，是双流通向川西几县的水陆交通枢纽。在川西决战中，有许多国民党溃军便退到了这里，在走投无路的情况下，企图利用这里的易守难攻险要地势，作困兽之斗。

新津解放后，国民党溃军西逃的道路被截断，原守在双流县城的国民党军两个团便试图向西突围，打通与李文兵团的联络，26日上午，当走到彭镇一带时，恰遇由南向北直插过来的人民解放军第二野战军第11军第33师追击部队，便收缩兵力，退回彭镇据险防守。

彭镇居民王齐锐目击了国民党军到此后烧杀抢掠的一切，他回忆当时的情况说，溃军到了彭镇后，立即加强内部控制，枪杀逃兵抛尸杨柳河中。在街上进行反动宣传，在墙壁上书写反动标语："解放解放如同绑上"，"共产先共妻"，"八路军要开红山"。把抢来的鸦片烟摆在街上廉价抛售，凶神恶煞地逼着群众参加国民党军，搬运子弹，修筑工事，强迫老百姓烧水煮饭，放纵官兵抢劫奸淫，两少妇被几个国民党军官兵轮奸。匪徒们钻进民房翻箱倒柜，有的抢钱财，有的找便衣，准备化装逃跑。

彭镇在川西平原是一个不可多得的战略要地，这支国民党溃军选中这里作为最后与解放军的决战之地，在军事地形上可说是先胜了一筹。这里地势四周略高，东南北3面有几平方公里的扇形开阔地，其间沟渠纵横交错，散落着一些坟包，可作天然防御屏障。镇中当时修有3座高10多米的碉楼，名称分别为"哨楼"、"天乙楼"、"地落楼"，登高在其上能俯视全镇，布置火力可控制镇内镇外几公里的区域，3楼相望又可互相以火力支援。镇内又有刘家碾沟穿街而过，可借助沟沿实施防御。镇东西两头街口外200余米处，在公路两侧各修一座坚固的土石结构碉堡，是为入镇必经门户。

国民党军做好了迎战解放军的一切准备，此时的彭镇真好像是"固若金汤"了。镇中的天乙楼上，当地的乡团武装团首向国民党军王师长指点着说：

"彭镇自古以来就是兵家必争之地，明末张献忠的农民起义军、太平天国后期的李永和造反军、辛亥革命时期的双流同志军等，都曾在这里扎过寨，与我们当地民军浴血拼杀，结果都葬身在这方圆几十里的土地上。"

王师长敲着手中的马鞭，站在这高楼房上，似也要欲骑马任意驰骋。他好像是没有听到团首的话，未做声，而是接过副官递过来的望远镜，鸟瞰四方，思考着如何指挥部队作战。

从高楼上望，这时的彭镇到处都是蠕动的人群，一片大战前的紧张忙碌气氛。

国民党溃军来到这里后，企图作最后垂死挣扎，勒令老百姓在每条街上抢修地堡，在街房中间打通墙壁作为秘密通道，在街房上架起了机关枪，让乡丁把重机枪架守哨楼上。把40多门山炮成一字形地部署在镇外街口，对准了解放军可能发起攻击的入镇方向。

在镇外围的国民党军，正利用沟渠、坟地挖修防御工事和单兵掩体。由镇外至镇内成环形构筑了3道防线，依次是：在镇东南方向开阔地前沿的燃灯寺、刘家坎、火烧桥、碉堡、两根石桥、殷家墙边、灯影树坟地，部署第一道防线；在湖广馆场口、大巷子、川主庙场口、管家桥、刘家碾场口部署第二道防线；在镇内利用街道防御设施部署第三道防线。并在镇外大小道路口上，布满了警戒，时刻有游动的国民党士兵巡视四野。

这一切都使镇中天乙楼上的王师长感到十分满意，他放下望远镜，显出一副得意的样子。团首忙指着对面的地落楼房，又胁肩谄笑地向王师长献媚说：

"师座，您知道这'天乙楼'和'地落楼'的名字来历吗？这是取'天乙生水，地落沉之'之意，原来的本意是防火。我们这个地方的建筑多是土木结构，最怕火烧。也真灵验，自从修此两楼后，镇上还真的少了火灾。火是红色的，现在我们用来防共，也必定灵验。哈！哈！哈！哈！"这末尾的笑声笑得很不自然，经碉楼高处的急风一吹也走了调，像是半夜中猫头鹰的哭声一般。

"好哇！好一个'天乙生水，地落沉之'，我必定在这里把共匪打一个落花流水！"骄横的王师长望着四野的沟渠坟包，恶狠狠地说道。

彭镇果真固若金汤吗？

26日上午，人民解放军第33师部队先锋团由南向北追击国民党溃军进入双流县境后，即从现今红花乡出击过府河，经傅家坝，一路横扫残敌，然后从九倒拐下牧马山，沿杨柳河到达黄水镇。下午1时，又顺成（都）雅（安）公路抵达双流县城，方知敌主力已退至彭镇。师侦察连奉命立刻出县城西门，向彭镇先行追击。

午后3时，解放军师侦察连进占彭镇以东1公里处的平安桥一带，与布防在正对面殷家墙边第一道防线的国民党军接触，该师先锋团闻枪声立即分左右两翼迂回包抄过来，彭镇战斗随即拉开了战幕。

侦察连从正面奋勇战斗，以凌厉攻势步步逼近，前进半公里，与敌在蔡家桥又形成僵持状态，双方仅隔有不到10米的河沟。

侦察连指导员冲在全连的最前面，到了火烧桥防线，向碉堡内的敌人高喊着："解放军优待俘虏！""你们不要再作无谓的牺牲！不要再打了！我们可以停火谈判！"

∧ 在解放战争皋南战斗中，我军重机枪手在房顶向敌人射击。

机关枪 ————————————————————————— ◀

　　即"机枪"，利用部分火药气体的压力和弹簧伸张力推动机件使之连发射击，并有枪架（脚架）或其他固定装置的枪械。机枪以杀伤有生目标为主，也可以射击地面、水面或空中的薄壁装甲目标，或压制敌火力点。通常分为轻机枪、重机枪、通用机枪和大口径机枪；根据装备对象，又分为野战机枪（含高射机枪）、车载机枪（含坦克机枪）、航空机枪和舰用机枪。

∧ 我军某部涉水向前挺进。

　　碉堡内的守敌果然停止了打枪。

　　天乙楼上的敌师长显然看到了这一切，亲自把电话要到了火烧桥阵地。

　　火烧桥碉堡前，侦察连指导员和战士们见碉堡内的敌人停止了射击，有人便大胆地探出半个身子向敌展开更积极的政治攻势。

　　入川以来没有多少硬仗可打的千里追歼战，无形中也滋长了指战员们的轻敌思想和麻痹情绪，他们未想到拉网到最后，彭镇当面之敌竟作出了拼个鱼死网破的准备。突然，碉堡前发出震天动地的枪炮声，敌人在师长的怒骂声中又开始射击。

　　猛烈的炮火不断袭来，指导员和几名战士中弹牺牲。

　　侦察连的指战员们被激怒了，一阵冲锋号响，冒着敌人的密集弹雨发起冲锋。感情的一时冲动，怎能代替严峻的现实，侦察连虽然连续发起了两次冲锋，但都被敌人密集的火力阻挡在碉堡前，又有10多名战士倒了下去。

　　火烧桥前鲜艳的红旗未能跃过桥头，但也未倒下，仍飘扬在阵地前，这对天乙楼上的敌军官来说，无疑是眼中刺，集中炮火欲把红旗下的那片土地炸翻。

火烧桥前一时炮火连天，浓烟翻滚，泥土四溅。而那面红旗仍奇迹般的屹立在硝烟中，愈加惹人显眼。

就在敌人集中火力阻挡火烧桥方向的解放军侦察连时，解放军先锋团见从正面难以突破，便迅速改变主攻方向，采取迂回战术，由距彭镇2公里的花园桥分左右两翼向敌发起进攻。

右翼迂回部队，向彭镇东北方向插出约2公里，经罗汉桥、白家院子抵达蔡家桥小河上游的和尚堰、彭家石堰、裴家林一带，与敌接上了火。他们利用河沟、坟地为依托，向燃灯寺、刘家坎守敌连续发起了几次冲锋，均因敌布防严密未能奏效。

身先士卒的帅连长被敌击中头部，他在生命的最后一息，仍以顽强的毅力从地上爬起来，摔掉手中的驳壳枪，从战士手中夺过机枪挺立在阵地前，打出一串串复仇的子弹，把当面之敌打的人仰马翻。帅连长又身中数弹，英勇牺牲。

左翼迂回部队，向彭镇东南方向插出约2公里，经蔡家桥小河下游，抵达许家桥、余家碾、字库桥一线后，又分兵两路向敌纵深进击——

经许家桥进击的解放军，借助附近坟地土包和竹丛的掩护，先向殷家墙边、两根石桥守敌发起进攻。他们利用坟堆作掩护，匍匐前进，接近了镇边，与敌形成了对峙。一位连长牺牲在了王齐锐家的屋檐下。

经字库桥进击的解放军，由于迂回路程较远些，到达指定位置后，其他各路迂回部队向敌发起的进攻已遭到挫折。该路部队接受其他路迂回部队的教训，没有急着发起进攻，而是先找到了本地的保长周京全，在对其进行说服工作后，由周带路走较隐蔽的河沟树林潜伏到邓家坟地，然后以迅雷不及掩耳之势，向殷家墙边之敌突然一阵猛射，敌人冷不防遇到好像从地下钻出来的解放军，顿时被打得晕头转向。解放军乘势猛攻，利用附近民房、竹林、坟包作掩护，交替跃进，顺利攻下了敌人据守的灯影树坟地，把敌人的第一道防线打开了一个缺口。

解放军北路迂回部队，在得到南路迂回部队突破敌第一道防线的消息后，积极借鉴南路的经验，就地寻找当地老百姓带路。但这一地区的青年人大多数已被敌人抓走了，剩下的为了躲避战火，也都藏了起来。在和尚堰旁的一家农舍中，解放军找到了一位名叫吴子章的老人。这位躲藏在房中的老人，早从门缝中目睹了解放军在战火中不损害老百姓财产、不扰民的严明纪律和英勇牺牲精神，对比国民党军队的抢掠行径，他欣然同意为解放军带路。

该路解放军除留下一个营的兵力在此继续监视裴家林当面之敌外，其余部队在吴子章老人的带路下，不是迎敌而上，却是背敌向东北方向离去。

吴子章老人冒着生命危险带领解放军沿河沟竹林摸到和尚堰，他指着前面不远处火烧桥侧的李家院子和敌碉堡说：

"看！那个院子连着他们的第一道防线，两边都有他们的火力点，可以互相打得到。由堰头连着的放水沟，沟坎高，冬天无水，你们可隐蔽着猫着腰走，插到李家院子后，钻到他们第一道防线的鼻子底下，那样打就容易多了。"

解放军在吴子章老人的指点下，沿放水沟向敌防线隐蔽前进，把兵力有效地集中到

∨ 在进军西南途中，被我军俘虏的国民党军官兵。

了敌人眼皮底下，突然以猛烈火力向燃灯寺守敌侧翼扫射，裴家林方向的解放军也同时向敌再次发起进攻。

黄昏时，北路迂回部队攻入李家院子，该院后面的土墙正对着彭镇街口，解放军居高临下，从敌背后集中火力射击，防守镇北的国民党军死伤惨重。镇中之敌原只注意到镇东方向，没想到解放军突然从镇北方向打来，气得站在天乙楼上的敌师长用马鞭抽得墙壁尘土飞扬。

被视为入镇咽喉门户的敌碉堡和火烧桥阵地迅即崩溃，国民党军设这彭镇外围的第一道防线全线被突破。

国民党军的第一道防线被突破后，其精神防线也逐渐垮了下来。解放军却越战越勇，趁着暮色实施全线进击，抵入镇外扇形开阔地，逼近了敌人的第二道防线。

∨ 我军乘胜追击溃逃的敌人。

枪声炮声接连不断，响成了一片。

暮色中，夕阳晚照，余光与火光连成了一体，尘烟弥漫了整个天空。

在发起攻击的解放军侦察连中，有一位中等身材的青年人多次冲在队伍的前面，他就是彭镇本地人李树清。他望着熟悉的田野，为亲自参加解放家乡而高兴，兴奋地说道："我终于打回来了！"然而，他没有看到彭镇天乙楼上飘扬起红旗的那个时刻，在过去南征北战的枪林弹雨中，枪炮未曾伤着他一根汗毛，此刻，他却倒在了距离家乡解放仅几个小时的夕照中。

解放军攻击部队伤亡惨重。

阵地医院紧靠在距前沿阵地仅1公里的花园桥侧，暂借当地农民应海如、李文山等人的家中房间和院坝，安放和治疗伤员。伤员摆满了附近的院坝，担架又摆上了路口，伤员仍源源不断运下来。

解放军第33师预备队从花园桥一侧也疾步奔向彭镇，战斗已到了白热化的程度。

炮火连天，杀声动地，整个彭镇都在晃动着，呐喊着！

解放军左翼迂回部队突破敌第二道防线后，由湖广馆街口冲入镇中，向杨柳河上彭镇第二大桥猛攻。由彭镇以南黄水镇方向进击而来的另一个团的解放军，溯杨柳河攻击前进，在这时也赶到了彭镇，从侧翼向敌展开进攻。各路解放军进入镇中后，与敌展开了巷战。

国民党军依靠既设防御设施，进行疯狂垂死挣扎，战斗异常激烈，街面上尸体已成堆，铺面门板上溅满了血迹。

解放军侦察连的勇士们早已打红了眼。"为指导员报仇"的喊杀声如飓风刮过街面，泪水和着血水洒落在滚滚火光中。弹如雨注，他们就势躺在地上，抱枪强行滚过小桥，勇士们的壮举把碉楼上的敌人也惊呆了。

如血残阳中，解放军部队终于用生命和鲜血之铁拳，砸开了国民党军的最后一道防线。

敌师长见大势已去，慌忙撤离天乙楼，率残部向杨柳河西岸逃窜。乡团保长早已跑得不知去向。

国民党溃兵纷纷夺路而逃，解放军踏着沿路扔满枪支、弹药、金条和鸦片的"路标"，紧紧追在后面压了过去。一直追到彭镇以西10公里的金马河东岸擦耳岩镇，因夜色太暗，才收兵停止追击。

当时被国民党军拉夫充役的彭镇泥瓦匠王世荣回忆说："我被迫带路跑到了擦耳金马河，溃退的士兵争相拥挤逃命过河，把金马河上的桥板都压垮了。"

彭镇战斗，从26日午后打响，一直打到晚上10时后才结束，前后历时8个多小时，击溃国民党军一个师，毙敌300余人。缴获枪支堆积如山，仅轻、重机枪就有200多挺，在庆祝解放大会时，摆放在从彭镇东街口到鱼市拐长100多米的两边街沿上。

这次战斗中的溃逃之敌，次日便在大邑县境被另一路解放军围困，被迫起义投诚。其中在彭镇荞面店当学徒的李福元，被国民党溃军拉壮丁当了一夜的国民党兵，第二天也随着起义士兵戏剧性地参加了人民解放军。

彭镇一仗，解放军部队付出了较大的代价，牺牲40多人。27日，第33师后续部队在彭镇就地买了棺木，安葬牺牲的战友，然后匆忙离开彭镇，又奔向新的战场。当时，人民政府还未成立，烈士的安葬也很仓促。部队为了执行新的作战任务，把40多具棺木合葬在一起，烈士的姓名没有能留下来。以至解放后，当地政府把这些烈士的遗骨移葬进双流县烈士陵园时，许多烈士的墓前石碑上没有姓名、出生年月、部队番号和牺牲地点，而只刻着"烈士之墓"4个大字，但当地的人民群众都清楚地知道，这些烈士即是在解放彭镇战斗中牺牲的解放军第33师革命烈士，每年清明节，附近的人们便来到这里献上花圈，祭奠为解放家乡而洒尽热血的英灵。

双流解放了，28日，庆祝双流县解放的大会在彭镇召开。镇中台子坝前，1万余名群众隆重聚会，倾听解放军团政委王羽楚的讲话。王政委在开始宣讲"三大纪律八项注意"和《中国人民解放军布告》前，先提议向在彭镇战斗中牺牲的解放军指战员默哀致悼，悲哀的民间乐器声中，王政委和千万群众一起流下了泪水。

远处，时紧时缓的枪炮声还在响着，飘入会场。邻近的新津战斗又进入白热化状态。

2. 红旗飘扬在新津城头

新津在川西平原的历史上是建县较晚的，自公元557年建县后至临解放时，其发展也不大，人口仅有17万多一点，与附近县比仍属一个小县。县城武阳镇也是一个小城，当时南北宽仅约300多米，东西长也仅1公里多点。但是，由于此地处于水陆空交通要道，川西战役在这小城地域上却打了一个令刘伯承都感到意外的旷日持久大战。

最早出现在新津外围的解放军部队，是南线第3兵团第12军第35师。

第12军作为南线攻击的先头部队，其3个师在17日夜间分别在半边街、江口、永丰乡双漩子等渡口渡过岷江后，一路猛攻，向前发展。兵贵神速，12月18日，该军兵分3路。

第35师则向前伸出20公里，进至彭山、新津交界的丘陵地带，于19日凌晨连克新津以南的狮子山（海拔568米）等要点，并依次向北面的老君山（海拔617米）、塔子山（军用地图正规标名，但当地老百姓习惯多称此山为宝资山，海拔554米）发展，与新津县城南郊之敌接触，监视城中之敌动态；

第34师由新津县城以西渡过南河，进至新（津）邛（崃）公路以北地区，准备相机攻占大邑。

第36师占领彭山后，作为军的暂时预备队，在此地奉命待机，盘马弯弓。

各部很快截断了国民党军胡宗南部企图向南退往康滇地区的道路，并插入到了敌在川西的守卫腹地。

就在18日这天的晚9时，刘伯承、邓小平自重庆发出急电，命令进入川西战场的各部队立刻做好下一步的作战准备：

一、在我军进占新津、大邑、邛崃、名山、雅安后，则敌胡匪去西昌之退路即被完全截断，该匪现均猬集成都周围，试图顽抗。为准备协同我18兵团合歼该匪和实行政治瓦解，争取该匪放下武器，特调整部署如下：

1.11军在攻占新津后，应移集简阳及以西贾家场、太平场、大林场、毛家场地区。

2.10军应接替11军之任务，移集彭山、新津及以东之普兴场、籍田铺地区。

3.12军在攻占邛崃、大邑后，即在该两城及以东之唐场、固驿镇地区集结。以上3个军着由杜义德统一指挥之。

4.杨、潘应令16军主力集结名山、丹棱、蒲江地区，另以小部带电台进驻雅安，了解报告情况，并注意与刘文辉部之统战工作。令18军集结眉山、青神及岷江东岸地区。

二、各军进入指定地区后，应积极做歼敌作战之准备，并多方恢复精力，在18兵团到达后，合歼胡匪第一线之3个军。除对胡匪侦报情况与警戒其逃窜外，并应以各种方法加强对匪之政治工作以瓦解该匪。

∧ 我军某部从川北向成都进逼。

三、已令 50 军主力集结遂宁地区机动。

正忙于准备向新津城南诸山守敌发起进攻的第 12 军前线指挥员肖永银，接刘、邓此电令后，立刻令本军部队停止向新津的攻击，遵照野司命令转兵向西，攻占邛崃、大邑两县城，截断敌军妄想由此逃向康藏地区的道路。这时，第 10、第 11 军先头部队距新津一线还有一天多路程，后续部队离的更远。如此这样，第 12 军理所当然地成了"关门打狗"的主攻手。

任务是非常艰巨的。作为前线总指挥的第 12 军副军长肖永银，首先感到的是时间太紧张。他抓起电话筒："喂！邢荣杰！"（邢是第 36 师师长）肖永银急得直呼其名命令道："你在明天下午一定要在邛崃打响战斗！"

"是！是！……快看看这里离邛崃县城有多远。"邢师长在电话中坚定地回答，一面

又低声向身边的作战参谋说道。

"你在给谁说话！稀里马哈的，完不成任务我让你跳岷江！别看了，你们那里距离邛崃县城大概有 50 多公里，走小路，现在就必须出发。"肖永银连忙说。

第 36 师指挥所里，经肖副军长这一声电话声的呼叫，人人都紧张起来了。邢师长一边与肖副军长通着电话，一边把写着"通知各团立即向邛崃前进"的纸条推给了站在身边的作战参谋。

肖副军长的嗓门很大，站在邢师长周围的人都能听得到："邢荣杰！记住！一定要保证在明天下午打响。据估计，打下邛崃县城不成问题，但走这百多里路是个大问题，你们如果在前进的道路上没有受阻，就不要把部队散开，贪图小便宜，免得耽误时间。34 师在你们左翼一同北进，他们的任务是在协同你们占领邛崃后夺取大邑，实施钳形突击。35 师正准备待兄弟部队抵达后，从新津现在阵地向邛崃的高桥、高山镇地区出击。"

刘伯承、邓小平的判断和决心是非常正确的，就在第12军接令行动的同时，国民党军胡宗南部主力即由成都等地转向川西地区，其先头部队也抵达了新津地区。担负抢占邛崃、大邑一线的解放军第36师和第34师部队，恰在国民党先头部队抵达新津一线前几个小时，通过了这一地区，抢先一步向仅有国民党军地方保安武装守卫的邛崃、大邑地区奔去。

本来，占领新津的任务从以上刘、邓电报中可看出是赋予第11军的，但该军主力抵达新津一线的时间明显晚于其他军一两天，所以，在这时奉命接替第35师新津阵地继续向城内之敌发起攻击的解放军部队，是近在新津以西10多公里的第10军部队。该军第28师于12月19日从丹棱北上，翻越长秋山，解放蒲江县城，县自卫团700余人投诚。然后，顺蒲（江）新（津）公路向东北方向发展，当天连克寿安镇、高河场、回龙镇、永兴场，直逼新津县城。该军第30师部队在这时也抵达新津县城西南一线。20日，军命令第30师由蒲江速向新津挺进，与第356师部队协同作战。

第30师第89团在接替第35师部队的阵地后，即在当地地方游击武装工作队的配合下，1营沿公路向新津县城南郊的老君山侧翼运动，2营沿山脊向老君山守敌第1军一部正面发起攻击。两营互相配合，将敌截成数断，逐股歼灭，抢在敌人前面，占领了老君山西部分山地。

但1营主力在攻至老君山以西的独柏树附近时，遭到了商隆场之敌的顽强阻击。1营将各连分作数股，从不同方向接近敌人，突然实施猛烈火力攻击，把敌人赶出了商隆场。解放军部队攻进商龙场后，正在忙于清扫战场，刚被赶出场镇的敌人却借机在镇东口100多米处的小山包上紧急重新部署了兵力，集了10多挺机枪，用火力封锁住了镇口，他们还丧心病狂地为了阻击解放军的进攻，急欲炸毁镇东口的小石桥，在桥上还有行人时，即按动了起爆开关，当场炸死老百姓8人。1营被这股敌人所阻，隔断桥相战，一时难有新的突破。

这时，由新津以南青龙场向狮子山脚下攻击发展的第88团，在攻占附近的吴家山等地后，即向北进击，与北面的第89团协力攻打老君山、塔子山之敌。

第89团在攻占老君山后，来不及有片刻休息，立刻让1营在前面密切监视敌人动向，2、3营紧急在后侧构筑防御工事，准备迎击敌人的疯狂反攻。

老君山是新津外围的重要制高点，在山顶上居高临下，用望远镜可以清楚地看到新津城内敌人的活动，重火力对其构成了很大威胁。驻守在老君山北侧塔子山（海拔554米）与新津县城仅一河之隔的国民党军见丢失了老君山后，便倾巢出动进行反扑。敌人先向山上进行猛烈炮击，各种炮弹呼啸着向老君山顶袭来。但此山在地形上由于面临新津县城的一面较陡峭，解放军指战员利用山坡作掩护，敌人的炮弹不是落在山坡前，碰撞在山崖上爆炸，或滚落下山岩，就是打到山坡背后很远的地方，对守卫在山头上的解放军部队威胁并不大。

新津城下的国民党军在老君山上倾泻了上百发炮弹后，成群的步兵便开始号叫着向上进攻，企图把这个制高点夺回去。霎时间枪声、喊杀声把整座老君山震的直打颤。

两军相交，短兵相接，国民党军的炮火也就再也不敢向山上乱打，停了下来。交战双方便以机枪、手榴弹、刺刀等武器对搏，在地形上处在劣势的国民党军也就更明显地处在劣势。山脚下，国民党士兵的尸体叠成了堆。屡攻屡败的国民党军仍在不惜余力地发动又一次的进攻，因为他们明白，不夺取这个制高点，由此向南的逃窜之路就会被卡在这里。

当晚，第89团老君山阵地一角曾被敌人突破，解放军指战员们浴血拼夺，从两翼实施强攻，发挥近战夜战的特长，于午夜时分又夺回了老君山制高点。

老君山山顶上的正面阵地面积有限，是摆不开更多兵力的，第89团为了有效地消灭敌人，保存自己，在阵地上仅部署了1个营的兵力，3个营交替着作战和休息。

20日这天，北京、台北都在密切注视着川西战局的进展。满脸愁容的蒋介石，终于在胡宗南请示"放弃成都"的电报上签了字。

此时，北京总部也在关心着川西的战况。21日，新津前线的战况即由刘伯承、邓小平等报到了北京，电称：

19日我16军军直抵乐山，主力夹江、丹棱及洪雅以东，一部峨眉。18军先头53师，已到乐山以东。10军主力进至蒲江及以东以西地区，俘敌104师、暂3师、保13团、骑1团等各一部，共千余，战马250余匹，汽车11辆。11军1个师在新津以西太平场俘27军60余。12军进占新津以西之羊场、韩场，一部占邛崃，俘保警队200余，获汽车11辆。另一部在新津南郊与敌对峙。

同时，刘伯承、邓小平对新津这种呈胶着状态的战况也很忧虑，新津为什么如此长时间攻而不下呢？他们向新津前线各军分别发电探明情况和作指示。

< 鲍先志，1955 年被授予中将军衔。

鲍先志

湖北麻城人。土地革命战争时期，任红4军司令部书记，红4军卫生部政治委员等职。抗日战争时期，任八路军129师385旅769团政治委员、独立第2团政治委员，太行军区第6军分区副政治委员等职。解放战争时期，任晋冀鲁豫军区第3纵队8旅政治委员，第6纵队政治部主任，中共鄂东工委书记，独立旅政治委员，皖西军区副司令员，第二野战军11军政治委员等职。

20日18时，第11军军长曾绍山、政委鲍先志、副军长郑国仲、参谋长杨国宇电复刘、邓：

据现在情况判断，敌在新津城（可能较多为桥头据点），及南面之中和场、龙泉驿之线构筑工事，集结固守，在此情况下采取追击，撤退转移运动之敌冲击方法不行了，现我们准备稳打，对新津攻击，拟弄清情况准备好再打。

仅隔2个小时后，原进占新津以南与敌对峙的第12军前线总指挥肖永银，也特将近日战况总结性地向刘伯承、邓小平报告称：

据我们昨（19日）作战已发现，新津内敌69军、27军、114军、1军的番号都有，该敌有坦克，昨已出动与我作战，重火器、化学炮、榴弹炮均有。我们昨19日路过双河场（新津南）时，35师已占西南狮子山等山地，与敌老君山对峙。据观察城南正面不宜攻击，对该敌若无较强的火力配合攻击，则不宜奏效。今31、35两师主力已转至城西及西北，他们拟明21日，31师攻占城西太平场，35师迫近敌人，尔后两师协同攻击。

> 郑国仲，1955 年被授予少将军衔。

郑国仲 ————————◀——

　　湖北黄安（今红安）人。土地革命战争时期，任红1军第3团排长，红4军第10师30团连长，师政治部交通队队长，红4军第10师28团营长、团长。抗日战争时期，任八路军129师385旅769团营长、副团长、团长，太行军区第3军分区副司令员。解放战争时期，任太行纵队第3支队支队长，晋冀鲁豫军区第3纵队9旅旅长、纵队副司令员，第二野战军11军副军长。

　　刘伯承、邓小平又致电询问行至于新津以东的第11军可否抄至新津之敌背后进行侧击。

　　21日，第11军曾军长、鲍政委、郑副军长、杨参谋长连名向刘伯承、邓小平专门报告新津前线敌我态势和本军的建议：

　　一、敌仍坚守新津城及外围太平场、老君山之线，近日敌似均向成都周围及新津、双流集结，而伸到以南137军、114军1师等残部已缩回新津。

　　二、根据现实情况，我们意见如打则须集中力量，周密准备，如敌现态不动，我们可以3个军于新津、双流之间歼敌3军、36军、114军主力，对新津城以小部队待动钳制即可。如先打新津，不易全歼敌人，消耗又大，如不攻击敌守备据点，待机再动的话，我各军主力可集结邛崃、蒲江、彭山之线，一个军于籍田铺及以东地区休整待机。

　　刘伯承、邓小平把第11军的这个电报转到了川西前线指挥所，时在彭山县城的杜义德于22日黄昏向刘、邓汇报新津之线战况和下一步的作战计划：

　　一、新津为敌65军、1军所据守，商隆场、太和场、东岳庙、齐一寺、狮子山均有敌，狮子山为敌 1 个师（另见 2 个团），企图据守新津阻我逼近成都。据此，我为便于整补防匪逃窜与互助及时策应，以 11 军就苏码头、籍田铺、太平镇、三岔坝地区集结，12 军就固驿镇、唐场、邛崃、大邑地区集结（大邑可置 1 个团），10 军仍就普兴场、新津、彭山地区集结，并以 30、28 两师视情况许可时攻歼狮子山之敌，万一不可能，则就狮子山、普兴场之线以南，彭山以北地区集结。

二、10 军 29 师应与 11 军籍田铺地区之部队切取联络，30 师应与固驿镇地区之部队切取联络。

三、建议 16 军在蒲江寿安场之线集结整补（以 1 个团去雅安做统战工作），18 军在眉山、思蒙之线集结整补，以利及时策应 3 兵团作战，另 50 军可否于简阳集结，盼示。

杜义德在这个电报中还特别提出："报请杨（勇）潘（焱）速到彭山，以确定召集各军首长交谈近日作战经验及商讨今后作战事宜。"

在此期间，新津前线各解放军部队根据上级命令，迅速调整作战部署，进抵预击位置。与新津之敌对峙的第 89 团 3 个营，硬是在此轮流坚守阵地 4 天 4 夜，先后打退了敌人的 9 次冲锋，始终把老君山牢牢控制在了手中。

同时，解放军第 88 团向老君山以南附近的狮子山、象鼻子山（海拔 673 米）等几个山头实施迂回包围，占领了这一带的山头，保证了第 89 团后侧的安全，但也牺牲 10 多人，伤 80 多人。

新津之战，自第 35 师部队与敌相持开始到第 30 师接防阵地再与敌激战多日，对峙时间如此长，这在整个西南战役中都是少见的。所以，这不能不使刘伯承、邓小平着急，电报由重庆一个接着一个传到前线来。

24 日，已坚守老君山 4 昼夜的第 89 团在军的统一作战部署下，开始向老君山以北仅 1 公里处的塔子山进击。塔子山，与新津县城隔河相望，耸立在河的南岸边，山头正对着河上的一条浮桥，是新津国民党军守城和逃跑必须控制的重要制高点，有 2 个营的兵力守卫。

解放军第 89 团 1 营先派出 1 个排，在此日白天作试探性进攻。敌在密集的炮火支援下，用机枪封锁住了上山的道路，地形对其非常有利，解放军的进攻队形一览无余地暴露在了阵地前。1 营连攻数次，接连受挫，有所伤亡，被阻在了山下。团、营紧急召开阵前"诸葛亮会"，研究新的进攻方案，确定在晚上再进行火力掩护下的突袭，并选定由 1 连 2 排担任突击排。

晚 8 时，第 89 团集中所有火力，将敌火力先压制下去，突击排在排长张长柱的带领下，向已被炮火包围了的塔子山扑去。由一侧突然出现在守敌的面前，一阵猛烈的手榴弹爆炸声后，敌人已乱作了一团。没有料到解放军会从一侧摸上来的敌人，枪都

> 杜义德，时任第3兵团副司令员兼第10军军长。1955年被授予中将军衔。

摸不到了，慌乱中竟赤身露脯挥起了铁锹，向攻入战壕内的解放军砍下来，一梭子子弹打去，连锹带人重重地摔倒在壕沟里。守卫此地的国民党兵因奉死命令坚守阵地，这时也真的玩起命来了。双方在夜幕中扭打在了一起，如此近距离，长枪已没用，拳头、石块、木棒成了最好的武器。

解放军第89团立刻实施全线进攻，杀入阵地，国民党军增援部队还未来得及过河，刚才只听到喊叫声，少闻枪声的塔子山上，突然骤然响起枪炮声，密集的子弹向河北岸倾泻。城中国民党守军方知解放军已经控制了塔子山，山上国民党守军全部被歼灭。

次日拂晓中，硝烟还未散尽的塔子山上已换了主人，红旗飘扬在了山顶上。解放军在晨曦中立即巩固阵地，打扫山上战场，清剿残敌，发现敌营长已被击毙，敌被俘20余人。同时第89团也付出了沉重的代价，牺牲19人，伤120余人。

第89团胜利占领了塔子山，以居高临下的火力威逼新津县城，扼守住了新津南郊的门户。城中之敌，仰视城南山顶上的红旗，就如插在了自己的头上，慌乱不堪，在城内再也待不住了，纷纷弃城而逃。停在城东机场的飞机见势不对，也慌忙起飞溜掉。

23日晚，在新津担任掩护任务的国民党第3军开始进行撤退前的大破坏，在炸毁城东北五津镇附近的弹药库后，24日凌晨又将堆积在机场上装满汽油的油桶来不及运走带走的军用物资用机枪点燃，将满河停放的汽车、战车捣毁破坏，一时到处浓烟翻滚，火光冲天。

城中之敌在撤退之前，把大批的汽油桶堆积在城内各处的浮桥旁，准备随时放火焚

∨ 我军某部在进军途中。

烧新津城和浮桥。溃兵还趁混乱之际，窜入民房大肆抢劫，随意枪杀无辜老百姓40多人，并将老百姓押至县参议会等处分别囚禁，纵火烧毁民房210多处，企图以火海废墟来阻挡解放军的进攻。

但解放军的攻势却越来越猛。在第89团攻占塔子山的同时，第88团以2个营的兵力由狮子山以西出击，突袭新津城以西5公里处的铁溪桥，迂回成功。这支如尖刀插入敌阵腹地的小部队，在敌众我寡的极度悬殊情况下，奋力拼杀，机枪连全体指战员抱着机枪在前面开道，飞快地扫射，打得敌人不知所措，四处乱逃。3营机枪连连长马天邦一人掌握2挺重机枪，一口气向敌群中打了4,000多发子弹；射手袁朝玉抱着机枪扫射，一人打死敌人100多人。

24日黄昏，国民党军李文兵团在新津的主力开始全线向邛崃、蒲江方向溃退并企图实施突围，敌先集中密集而猛烈的炮火向突围的方向不停地轰击，以图用炮火打开一条血路。炮击之后，狂跑的敌人像潮水一样沿公路向西涌去，公路两旁的稻田都被踏出了新路。处在铁溪桥一线封锁口子上的解放军各部队，在与敌激战后又尾敌紧紧追击。

新津战斗，解放军部队先后共计牺牲100多人（当时由于各种原因，烈士的遗骨分散就地安葬在牺牲的地方，直到1957年12月，新津县在县城西郊的黄鹤楼至纯阳观的通道右侧建成新的烈士陵园后，才将本县境内100余座烈士坟墓集中迁到一起）。

鲜艳的红旗终于在历时7个昼夜后，在25日拂晓从河南岸插向了新津城头。

此日，**解放军第10军第28师第82团奉命由彭山青龙场开向新津**，部队在副师长卢彦山的率领下于上午9时攻入县城东门，守城残敌慌忙西逃，新津就此宣告解放。第10军政治部部分人员奉命来到新津进行军事接管，掩埋烈士遗体，收容俘虏，清理战利品，接管旧政府档案等。下午，第82团除留一部继续在新津县城维持秩序外，团主力及第83、第84团又奉命出新津以西追歼逃敌。

3. 迎接那枪声

解放军前线指挥员杨勇、杜义德根据战局的发展，立刻命令第10军分为互为掩护的3路，向敌发起总攻：右路为第29师，首先夺取新津城东的飞机场，后出朝场、唐场、大邑；第28师为左路，夺取新津后，向西直出邛崃方向追击；第30师居中，由狮子山向西平行追击邛崃、蒲江交界地带之敌。

25日中午，第3兵团副司令员兼第10军军长杜义德、第10军副军长范朝利、副参谋长赵晓舟在彭山召集各师指挥员，传达上级指示，部署向敌李文兵团发动最后的进攻。下午2时，会议正进行着，得悉敌人开始突围。杜义德立即果断停止开会，令各师指挥员火速返回本部，实施追歼逃敌计划。同时，急电向刘伯承、邓小平发电报告：

一、新津之敌今晨弃城西逃，昨将数十部汽车烧于飞机场。

二、发现敌27军、65军残部、90军及凤字部队均由新津逃邛崃、大邑方向，刻我已令派队出击（向羊场、新场南北之线），协同12、16两军合歼逃敌。

三、曾鲍郑（第11军）即查明苏码头、成都方向敌之动态，视情况出击逃敌。

紧急会议在紧急情况中匆匆结束。第30师师长马忠全和政委鲁大东策马疾驰向本师指挥所奔来，翻身下马不到一刻钟，师作战会议即已开完。10多分钟后，鲁大东来到了刚进至新津以西铁溪桥的第88团，亲率该团主力的2个营和侦察连，快步向逃敌追去。经羊场，过固驿镇后，当得知敌主力正向西峡场方向逃窜，马忠全师长当机立断，率部下公路直追而去。

25日下午2时，杜义德电令时在邛崃的第12军指挥员肖永银、李开湘：

匪5兵团向蒲江逃跑，已被我16军围歼一部，并在中兴场围敌167师，寿安场逃敌甚多。16军3个师已全部出击，应速注意与他们联络。我军亦全部向固驿镇、大邑方向出击，请告各师坚守阵地，视情出击。

邛崃阻击战的枪声正铺天盖地而来。

★★★★★

①

★ ②

★ ③

★ ④

❶ 战斗中的我炮兵阵地。
❷ 我军西北野战军一部向前方进发。
❸ 我军攻占敌人的主阵地。
❹ 我军搭人梯攻上敌军城墙。

黄克诚
（时任中共湖南省委书记）

　　1949年10月1日，我在北京参加了开国大典后，1949年10月中旬动身前往长沙。那时，大军纷纷过境。

　　刘邓大军从江西过来，两个兵团，一个由陈赓、谢富治率领去广东，路过湖南；一个由陈锡联、宋任穷、杨勇、苏振华等率领经湖南入四川、贵州。

　　湖南省委发动沿途群众，欢迎大军，组织支前……毛主席高瞻远瞩，决定对两广和西南各敌，均取大迂回动作，迅速插至敌后，先完成包围，再回头歼灭之。

　　二野刘邓大军在广东的部队，一步不停地占领了雷州半岛，封锁敌军退占海南岛的道路。

　　这一路的敌军，全部被陈赓的部队吃掉了。陈赓部又是一步不停地从广西、越南边界插到云南的河口，使敌在云南的军队也不能越境逃往越南。两路大军封锁了广西、云南的国境线和广东的海上通路，实现了中央军委、毛主席对敌大包围，切断其退路的计划。

　　这样，我军很快地歼灭了全部敌人。零散逃向国境外的残军为数极少。

　　这时杨勇率军进入贵州，陈锡联率军进入重庆。贺龙亲自率领我18兵团，经宝鸡进入四川成都。我军战无不胜，所向披靡。

　　　　　　　　　　　　　　　　——摘自：《黄克诚自述》

★★★★★

刘伯承

（时任第二野战军司令员）

西南进军是在毛主席的战役指导下在全国胜利的局面上进行的。

在部署上为出敌不意，突然拊其侧背，断其逃路。

在行动上，则猛打猛追，使敌人无喘息余地，更来不及变动原有部署，被动应战。

在政策上，尤本军委布告的八项（即《中国人民解放军布告》）切实执行，收效很大。

——摘自：刘伯承为第 3 兵团《西南进军作战经验汇集》的题词

第六章

刘伯承出手绝招：
"点穴"邛崃县城

★★★★★

∧ 解放战争期间，刘伯承司令员在作动员报告。

王陵基"又向文君井畔来"苦心策划脱逃之计。

刘伯承早就盯上了战略要地邛崃城，使出了出手绝招"点穴"邛崃，将脱逃的现在进行时变成了完成时。

11名解放军战士把大邑县城大街上的敌人搅得晕头转向，魂飞魄散，不费吹灰之力，就诱降了国民党一个团。

1. 怎一个"酒"字了得

邛崃，是拱卫成都的重镇，位于川康要道的咽喉之处，历来是兵家必争之地。如果把整个成都战役比作一个有机整体，那么邛崃县城就是这个整体上的"经穴"所在。交战双方无论何方先占领控制了这里，在此后的决战中就会在地形上处在极为有利的优势地位，而对方则会付出血的代价也不一定能再如愿。因此，解放大军南线部队一进入川西与国民党军交手，即把邛崃作为夺取成都战役胜利的关键所在。

交战前的邛崃县城，是一座名副其实的兵山。

对于邛崃县城的重要地势，国民党四川省主席王陵基也是看得非常清楚的。所以，在他的一道道密令下，国民党邛崃县的县党部、县特委会和县政府，先后组织了国民党邛崃县防谍保密组、国民党邛崃县党员工作队、邛崃县民众自卫队、邛（崃）大（邑）蒲（江）名（山）4县联合的山防总队、反共救国别动队、反共救国军邛崃师等应变武装组织。

刘文辉宣布起义后，原来想通过此地逃到康藏地区的国民党各色各样的军队和官吏，在这时相继被阻，也退到邛崃县城这个交通要道上，等待转机。国民党四川省保安司令部的军械弹药，也随着王陵基的西窜，源源不断地运到了邛崃县城内。

国民党阎锡山的行政院战斗内阁司令部，原是准备退到西昌的，这时也暂时搬到了邛崃县城的新公园内。

邛崃县城的5道门，最初也就由阎锡山的"战斗内阁禁卫军"把守。

各种军用物资塞满了大街小巷，到处是抓拿骗吃的国民党官兵，他们强占民房，拉丁抓夫，无恶不作。

邛崃县长薛奉先，也慌忙在县政府大门口挂出了由县特委会张孝和书写的"反共救国军邛崃司令部"的招牌。并宣布本司令部由薛奉先任司令，杨显铭任副司令，张有仁任参谋长。下设参谋、军械、政工等7个处。以区为单位编辖6个团，共任命正、副团长22个。

12月16日，王陵基带其随从及其保安第8、第9团，西逃至邛崃县城，他在县政府内住下后，立即又任命薛奉先为"川康宣抚司令"，令其拉起武装做好总岗山一带的布防，然后西进康藏。命令各保安团集中兵力击溃刘文辉起义军：以3个保安团由洪雅方向袭击雅安的左侧；以另外3个团由邛崃绕到芦山转雅安攻击起义军之右侧；再以2个团配合国民党正规军胡宗南部，由名山正面出击。同时，王陵基还面许杨显铭以师长头衔，许以枪支弹药，声称要"死守邛崃，与共军决一死战"。

邛崃古城，素有"酒乡"之称，所产"邛酒"，历代为好酒者赞赏。加之有西汉时期临邛新寡美女卓文君，夜奔名士司马相如的风流韵事为各代骚人墨客所渲染，"酒"与"美女"也就成了这里的两大特色。诗圣杜甫有《琴台》诗云："茂陵多病后，尚爱卓文君。酒肆人间市，琴台日暮云。野花留宝靥，蔓草见罗裙。归凤求凰意，寂寥不可闻。"所以，外乡人来此，莫不以尝美酒、赏美女为快事。王陵基每次来此，当然也不例外，17日一整天，他就即是在借酒浇愁中度过的，县长薛奉先也极尽一地之主和下属拍马屁之能事。

饮美酒自然应有美女相伴，往日的王陵基来此必定是两全齐美的，但这次住进县府却因军机所需，取消了美女执壶伴酒。在县府特为王陵基洗尘的酒席宴间，由薛奉先亲自执壶倒酒。但大家都好像是受了王陵基的感染，为眼前的战局所惊恐，满桌的唉声叹气。

"一樽尚有临邛酒，却为无忧得细倾。喝！喝！"薛奉先见王陵基不乐，连忙举杯劝酒。

王陵基端起酒杯，故作镇定地又说了一通"誓死坚守邛崃"的话，与大家碰杯。

18日晚，王陵基在县府大院内召集幕僚们再度策划"进康灭刘"的战斗计划，参加者除了先大启、王崇德、王永庆、吴守权、任望南等随行的省府人员外，还有国民党中央立法委员、邛崃县前任县长任和平、现任县长薛奉先等人。

连日夜晚，向以走一地嫖一地著称的王陵基，不顾近日旅途跋涉之艰苦和连日苦思外逃计谋之辛劳，在县长薛奉先的精心安排下，出县府后院很少人知晓的便门，潜入小北街一漂亮的公馆内夜宿。一曲唐代进士后入蜀做宰相的韦庄所作《河传》词有人低吟："……惜良辰。翠娥争劝临邛酒，纤纤手，拂面垂丝柳。归时烟袅，钟鼓正是黄昏，暗销魂。"有人唱和："落魄西川泥酒杯，酒酣几度上琴台。青鞋自笑无拘束，又向文君井畔来。"这是曾任此地邛州通判陆游在苦于不得志，沉湎于酒杯之中的《文君井》赋诗。

好一个"落魄西川""惜良辰"。

∧ 时任国民党四川省主席的王陵基。

< 曾任 12 军军长的王近山，1955 年被授予中将军衔。

解放军第 12 军

　　1949 年 2 月 5 日由第二野战军第 6 纵队改编而成，军长兼政治委员王近山。该军下辖第 34 师、第 35 师、第 36 师，归第二野战军第 3 兵团建制。该军成立后立即参加渡江战役，后又奉命进军大西南。1950 年 1 月，第 34 师兼四川重庆警备司令部；第 35 师兼川东军区璧山军分区；第 36 师兼川东军区涪陵军分区；1951 年 3 月，第 11 军第 31 师归第 12 军建制。

　　就在王陵基"又向文君井上来"苦心策划脱逃之计谋的第 3 天，人民解放军第 12 军第 36 师，已神速地进军到蒲江、名山等县境，在刘文辉起义军前面再形成了一道坚强的封锁线，打乱了国民党军妄图打通此地通道的作战部署。显然，作为川中名将的刘伯承是非常熟悉川西地形的，他早也盯上了战略要地邛崃县城，使出了出手绝招："点穴"邛崃！

2."放下武器，弃暗投明！"

　　19 日上午，解放军已到蒲江西峡场的消息传到邛崃县城。县府内，众人围着王陵基，好像这位省主席一定会有什么锦囊妙计，连问：

　　"怎么办呢？"

> 李家钰，抗战时期任国民党第36集团军总司令。

国民党第36集团军总司令李家钰

　　四川浦江人。1924年任护国军第1师师长。1927年任四川边防军总司令。1936年11月任国民党军第47军军长。1939年夏任第4集团军副总司令，同年冬晋升为第36集团军总司令，率部转战于山西、河南抗日前线。1944年5月21日，在督师河南陕县秦家坡的战斗中，不幸壮烈殉职，被国民党政府追赠为二级陆军上将。

　　而在这同时，王陵基紧皱着眉头，也在重复着这句话：

　　"怎么办呢？"

　　"怎么办呢？"

　　"只有先到大邑再说了。"这是王陵基在邛崃县府内最后的决策。他说完这句话后，即慌忙带上少数随从，出县城北门，向大邑县逃窜。王陵基的屁股后面，转眼间也排起了一长串跟随逃窜的人群，这些人大概总认为王省主席在关键时候一定会有办法。

　　城内的国民党各色各样的部队闻讯，也拼命向城北拥去。

　　城北的公路上，人叫马嘶，汽车马匹互不相让，争相逃命。县党部的书记长陈仲侯在之前就逃往外地了。

　　薛奉先在王陵基离开邛崃后，立刻找到山防总队副总队长杨显铭，商讨上山打游击的计策。杨显铭原系国民党军著名爱国将领李家钰部的旅长，1946年在河南滑县

∨ 川康边游击队员向我军报告敌人动向。

曾被解放军中原野战军第12军俘虏,后经教育释放回川,恰好在此时,他闻知来邛崃的部队正是原俘虏教育自己的第12军,便私下产生了接应解放军进城的打算,只是鉴于国民党军部队还在城中,不敢轻易妄动,在薛奉先拉其外逃时,便以自身的利害关系,婉言相拒,留在了城中。

这天中午,当王陵基从邛崃县城亲率3个保安团,与国民党第1军、第65军、交警总队等残部数千人携带大量辎重和家眷,从邛(崃)大(邑)简易公路回窜大邑时,正逢川康边人民游击纵队邛大边支队在公路中段的大邑县王泗营乡集结。该队立即投入战斗,在黎庵子、罗院寺、肖岗、芦大林、王泗营街口、飞羊浦、官渡河等地进行伏击拦截。战斗至20日,俘敌500余人,缴获王陵基的轿车和吉普车各1辆,电台1部,六〇炮1门,枪支130多件。王陵基逃到大邑县城,惊魂难定。

下午4时,人民解放军第12军第36师第106团,经彭山、蒲江西崃场,抵达邛崃县城南郊。然后,又兵分两路,由南北两个城门向县城内发起进攻,实现了刘伯承、邓小平所赋予的在12月19日下午打响邛崃战斗的任务。第108团也在两个多小时后尾第106团赶到了邛崃县城下。

国民党军守卫邛崃县城南门的部队是本县警察中队,他们奉县长薛奉先之命,紧闭南门,凭借南门城墙顽抗。在南门打响之际,薛奉先慌忙一面下令防守5个城门的警察部队抵抗,一面将县府的大印交给杨显铭,然后带上少数随从,仓皇逃出北门,向大邑县城逃去。

邛崃城,是四川4大古城之一,城墙之坚固在川中各县城中是首屈一指的。自秦代建城2,000多年以来,城墙经历了从木城墙、土城墙到石城墙的不断修建加固。到临解放时,城墙的修建已日趋完善,个别地段虽有倒塌损坏,但在王陵基、薛奉先的命令下,也很快得到了修复。

据那时《邛崃县志》载,城墙:"周回九里,高五丈,砌石为之,有女墙,砌砖为之,而置楼橹炮台焉。"外城墙全是用1米半以上见方的大石块垒砌而成,中间用石灰捶棉花,和糯米浆搅拌成黏合剂,把整个城墙粘的如铁筒一样。城门用铁板护木,门洞、门楼既可屯兵,又可作为理想的防御工事。四周有城垛3,700多个,5座炮台伸出城墙外。"城外周围有壕,堰水环绕。城内四隅有田,堰水灌耕。"壕上有桥,四面城门一关,要想入城是非常困难的。如在此解放邛崃战斗仅几个月后,解放军一个排和游击队崃山支队300余人,依托此城墙,依靠城中群众,抗击上万土匪的围攻,坚守7昼夜而取得胜利,即可见此城墙之易守难攻。

所以,解放邛崃县城,一打响,就是一场相当激烈的战斗。解放军攻城部队先用迫击炮从正面强攻大南门,并压制住了国民党军守城部队的猛烈火力。在城楼上担任指挥的国民党军县警察中队长廖培荣被炮火击中身亡，其部又由分队长乔现庭继续率队依托高高的城墙抵抗，解放军攻城部队被压制在城下，再难前进一步。

解放军见从正面攻城一时难于奏效，在当地老百姓的帮助下，决定出奇兵派人从城东南角施水碾附近的下水道潜入城内，里应外合；并用慈竹赶造登城工具，从小南门附近架起云梯强攻。

强烈的炮火终于先使大南门城楼房守敌失去招架能力，解放大军由此攻入城内，国民党军沿街而逃。西门守敌，闻知南门已被攻破后，也弃枪而逃。在南门打响时，杨显铭正送薛奉先出城。杨显铭登上北门城楼，待薛奉先远去，下令守卫东、北两城门的县第一警察中队停止抵抗。解放军迂回部队到达城北门时，北城门守敌即大开城门向解放军缴械投降。

是日傍晚，解放军攻城部队在城内仅作短暂停留，又急速开出北门，向大邑县进军。此时，解放军后续大部队相继进入城内，邛崃县城宣布解放。解放军第12军政治部授权杨显铭，组织邛崃县解放委员会，以协助解放军的工作。

杨显铭立即着手组织解放委员会，联络一些拥护共产党和解放的民主爱国人士，组成了以原民盟邛崃分部主任方瀛西为主任委员、杨显铭为副主任委员、张开阳等人为委员的委员会。会址设在东街的原县参议会的"议事堂"。积极宣传中国共产党的"共同纲领"，维持地方治安，协助人民解放军筹集粮草，为川西全境的解放做最后的努力。

这天，解放军第36师侦察连、工兵连也尾第106团于下午3时抵达蒲江西峡场，然后经新场、宝林寺，从邛崃县城以东直出桑园，准备配合主力占领大邑县城。

川康公路上的咽喉要道邛崃县城上空，飘扬起了"八一"军旗。刘伯承先发制敌"点穴"成功。

20日夜，当刘伯承、邓小平接到川西肖永银发来的"我已占领邛崃县城"的电报后，立即开始部署下一步围歼国民党军胡宗南残部的作战，并向北京中央军委报告川西战场的这一重大进展：

我已攻占简阳、彭山、邛崃之线，正准备协同18兵团合击成都周围之敌。请告18兵团各军到达位置。

仅隔1个小时后，关于围歼川西胡宗南部的作战方案拟出，刘伯承手握毛笔，在上面重重地写了一个"发"字，邓小平特别向译电员吩咐道："发10、11、12、16军和5兵团各首长，并报贺李和军委。"

一束束电波由川东传向川西、川北，传向北京：

我 12 军已占邛崃，至此胡匪向康滇逃窜之路，业已截断，敌势必依托成都周围作困兽之斗。我军追击阶段已告结束。

对当前之敌，绝非一两个冲锋所能歼灭，严防轻敌乱碰，须知敌尚有反击的力量和局部进攻的可能，我们必十分慎重，尔后各军应就现地调整态势，掌握部队，恢复体力，调集火器，鼓励士气，瓦解敌军，特别加强对敌作精密的战术侦察，提出你们的作战意见。今后的作战方式，仍用先打弱点和集中力量割开敌人，一点一点吃掉的战法，千万不可进行无准备无把握的战斗。

11 军对新津（敌人系 1、27、36、65 等 4 个军的番号），既无十分把握，即应停止攻击，免伤部队元气，至要至要。

为使各军密切协同，决定杨勇、杜义德两同志统一指挥 3、5 两兵团，及 50 军，并望杨、潘即率兵团指挥机构赶赴杜义德处会合，并召集各军首长开会，提出作战方案，报告我们批准实行。

国民党第 21 军军长王克俊 ————————————————

山西临猗人。曾任绥远省政府函电组主任。1936 年参加绥远抗战。后任国民党政府第 7 集团军总部、第八战区副长官部机要室主任，三青团绥远支团部书记，第十二战区长官部、张垣"绥靖"公署、华北"剿总"司令部秘书长。1949 年随傅作义起义。

这一束束电波如一根根网绳，结成一个个网目，连接为一张巨大的网落向邛崃地区。解放军指战员从每个人到班、排、连、营、团、师、军，都化作了这张大网上的一丝一环，即使是当地人民游击武装也主动拧成一股绳，加固在这张网上，使敌人无脱逃之处。而这网纲就在刘伯承、邓小平的手里。

在邛崃县城解放的这天夜间，集结在邛崃乡石坡乡的峡山支队，正准备出发接应自名山县率队前来的本游击队纵队队部时，突然获悉大批敌军正从邛大公路向大邑涌去，原因不明。此时，游击队并不知道解放军已到了邛崃，邛大公路上的敌人正是被解放军追赶所致。纵队部领导站在石山上，隐约听到平原上传来的密集枪炮声，估计可能是敌人正在那一带袭击该地的游击队，便当即决定天亮后先行分两路冲向平原地带，截断邛大公路，救援被围困的游击队。

20 日早晨，游击队纵队部刚准备出发时，突然发现大股敌人正从盐坝方向接近石坡场，游击队石坡区队立即抢占附近山头制高点，开枪阻击，摇旗呐喊。敌方是国民党西南长官公署所辖的第 21 军军长王克俊亲率的第 3、第 6 两团和军直属部队 4,000

∧ 1949年12月20日,我军一举攻克邛崃县城。

∧ 我军在进军西南时，文工队员沿途进行战斗鼓动宣传。

余人，刚从乐山、彭山、新津逃窜于此，企图由此地绕道窜入西康山区。在受到游击队的突然截击后，敌军迅速展开队形，用大小火炮、轻重机枪对着游击队阵地猛打，企图夺路而逃。

川康边人民游击纵队所部1,000余人，当即在石坡、西河等地的山丘地带展开队形，与西逃的王克俊所率部激战竟日，将敌围困于此地。敌军凭借精良的美式装备，与游击队的土枪土炮"竞赛"开了火力，但终未能突破包围。

游击队利用山坡和树林作掩护，并隐蔽接近敌人，冲到距离敌人仅有10多米的地方，突然开火，重创敌军后再回守阵地，使敌在此地未能前进一步。王克俊面对"土八路"，却是无可奈何，只好去找此地西河乡参议员周允慕、副乡长万福安前来谈判，表示愿意交出部分武器买路。游击队怎么会答应放敌通过的条件，双方激战又起。最后，王克俊被迫派出政工处长打着白旗来到游击队阵地来谈判。

谈判的地点在石坡场的一个大院内，游击队特调集了一批轻重机枪警戒以显示自己的力量，给敌以威慑。宣传队在会场外高呼："放下武器，弃暗投明！"敌政工处长对游击队提出的缴械投降条件，表示回去商量后再作答复，以图拖延时间，寻机突围。

时已至傍晚，游击队仍没有得到王克俊的答复，但意外地得到了解放军已进入邛崃县城的消息。游击队阵地上一片欢腾，口号声、发自肺腑的笑声震荡在山野中，使当面之敌顿感莫明其妙，十分慌张。

喊话声从游击队阵地上传来："解放军已经攻进了邛崃大城，马上就要到这里了，你们必须立即投降。"

敌阵地上一片寂静，死一般的沉寂，然后才有一个声音颤巍巍地回答道："我们投降，但只向解放军部队投降。"意思非常明白，他们在此时并不相信游击队但又不得不请求由游击队负责联络向解放军投诚的事宜。

游击队当即答复敌军的这一条件，纵队部迅速派出裴瑛赶去邛崃县城请解放军来此地接受敌王克俊部的投降。

21日上午，解放军第12军派代表来到石坡乡，王克俊的国民党第21军在游击队的监视下，摘掉国民党军帽徽，倒挂枪支，按照指定路线，退出战场，然后由解放军第36师处理。

此次战斗，游击队缴获各种武器300多件，其中轻重机枪8挺，炮3门。游击队队员余朝光、雷开云牺牲，重伤2人，轻伤10多人。

游击队纵队部于21日率队进驻王泗营，控制了邛大公路中间的交通要点，并与解放军第12军建立了联系。川康边人民游击纵队政委李维嘉和中共邛崃城厢支部书记聂瑞麒带领所部，在此时与解放军胜利会师后，遂即率领游击队员在自己熟悉的乡土上配合解放军参加了围歼国民党军的战斗。

19日晚至20日上午，游击队邛大边支队罗院大队和斜江支队王汉卿所部路过此地的几十人相配合，在王泗乡度牌坊和芦庵子歼灭了从王泗营方向窜来之敌1个营的残部和1个通讯班，俘敌200余人，缴获各种武器200多件以及电台、军马等。

游击队崇大新支队的安仁区队，在大邑县安仁乡场口两侧，伏击向大邑县城逃窜的一股国民党黄埔军校学生队，游击队员们边打边喊话，迫使敌军在2个多小时内不敢轻举妄动。此战，缴获卡宾枪300多支，轻重机枪8挺，炮3门。

川西之战渐入最后决胜阶段，交战双方都开始作最后一个回合的拼搏。交通要道"经穴"所在地邛崃，也就显得愈加重要，硬卡在此地的解放军第12军仅有的2个师的4个团，还散布在邛崃至大邑地区30余公里长的战线上，也就显得兵力过于单薄。为此，刘伯承、邓小平于22日中午特别急电川西前指，调整兵力部署：

21日午酉两电悉。我们同意将31师调籍田铺，并以35师略为移靠邛崃方向，即可归还12军建制。整个第二线各军态势，望杨杜统一调整之。

3. 焦急的军号在寂静中吹响

解放军攻下邛崃县城后，当日夜晚9时，第36师先头部队第106团3营和第108团3营又乘胜连夜沿邛（崃）大（邑）公路攻击前进，直奔大邑县城。

夜漆黑，寒风刺骨，远处近处都不断传来稀疏的枪炮声。

第106团由邛崃出发时，是以3、2、1营的前后顺序进击的，后因3营沿途开道，战斗规模不大却很频繁，被迫分散了兵力。团领导为了集中兵力，改以1营为前卫营，强攻官渡河；2营看管好缴获的汽车和俘虏，并在沿途担任搜索和警戒本团后卫任务；3营随1营尽量靠前跟进。不过，原本是本团先遣部队尖刀连的3营7连，在这时却不知道团关于改1营为前卫营的号令，仍是一股劲地直向大邑县城扑去，这个连实际上是走在了全团的最前面。

这时的7连，连长、副连长和本连1/3的战士由于在刚刚结束的邛崃县城战斗中负了伤，留在了邛崃，7连缺员很严重，但这个连队仍是士气高昂，求战心切，在攻下邛崃县城后，按照团的原战斗部署，连夜向大邑县进发，以致与团部暂时失去了联系。

7连指导员王银虎带着本连战士，一股劲地向前冲。从邛崃到大邑县城的公路上，到处都扔的是国民党的运输汽车、吉普车和炮车、马车。解放军指战员们就在这些丢弃的车辆和遍地的枪支弹药中穿行。

漆黑的夜晚，国民党军也在借着夜幕的掩护运动着，他们是在忙于逃命。解放军指战员却也不顾一切的一股劲地向前冲着，7连已顾不上有时间收拾这些残兵。国共两军就这样擦肩而过，自然是有一方心中清楚，一方心中是糊里糊涂。

7连为了争取时间，抄小路，走捷径，一直向北奔跑着。

深夜2时，一条大河横在了7连指战员的面前。河面宽约100多米，一座不到1米宽的木桥通向对岸。7连有两个战士刚跨上桥头，对岸桥头突然发出一声"站住"的吼叫声，随着叫声，一梭子弹紧跟而来。

紧趴在地面上的战士们，立刻做好了应战准备。

王指导员和营长低声商量着对策。然后，两人从地上站立起来，大摇大摆地向对岸桥头走去，营长还边走边破口大骂：

∨ 我军在进军四川途中，摄影记者拍摄部队行军的照片。

"他妈的，你们是哪一部分的？怎么乱打枪！"

"你们是哪一部分的？"对岸国民党守军也毫不示弱地反问。

"胡先生的部队！你们的指挥官是谁？谁再敢乱开枪，我要他的脑袋！"

河对岸没有做声，接着一个声音嘶哑着解释说道："刚才是我们误会了！请贵部现在过桥吧！"

"没弄清情况就瞎打枪，你们不想活啦！"王指导员的声音，好像他非常地气愤。几声低沉的命令又从他口中传出："部队过桥，快速前进！"

随着王指导员的手势，7连的战士们跃上木桥，奔过了桥面。

对岸桥头两边，正聚集着一个连的国民党军，守卫着桥头。

国民党军连长讨好似的说着："就是吗，我猜着就是我们自己的部队，共军离这里还远着呢！"

"不许动！我们是中国人民解放军，缴枪吧！"王指导员突然用手枪顶住了敌连长的胸膛，低声而严厉地命令道。

敌连长这时才瞪大眼睛，伸着头分辨着站立在面前几个人的帽徽和胸章，吓得浑身发抖，举起双手，让部下赶快缴枪。

3连紧跟在7连的后面从桥面上奔跑而来。7连在解决了守桥的这连国民党守军后，即向大邑县城关跑步前进。

天刚蒙蒙亮，7连赶到了大邑县城下，只见南关和城里到处都是乱哄哄的国民党军，也不知究竟有多少人，聚集在这里的敌人少说也有几个营。

仅有两个排兵力的7连，在这时已处在进退两难的地步。王指导员思量着，要想吃掉城里的敌人是不可能的，但又不能让敌人跑了，怎么办才好呢？

对！先打下南关再说，踞守住南关再等待后续部队的增援。

"2排长，你带你那个排卡住城南的公路要道，切断敌人的逃路！"王银虎命令道："剩下的人跟我来。"

王指导员带领战士们向南关西南方向迂回，已近城关，1排长在指导员的部署下，带1个班用火力封锁住城楼上的守敌。其余人又在指导员的带领下直接向南关大街冲去，直到这时，王银虎才注意到沿途经过层层留人设防，本来战斗人员就不多的7连，算上自己仅还剩11人。事不容迟疑，王银虎坚定地带领战士们向前冲去。

6时整，城内枪声大作，本已是惶恐不安的国民党部队被这突然近在身边的枪声吓慌了，他们没想到解放军会来得这么快，更不知道解放军有多少部队进了城，你挤我，我撞你，大家惊慌失措乱作了一团，枪声满城。

王银虎带战士们冲到一座大庙前时，从庙右侧的小门里忽然窜出一股敌人，就地架起机枪即要向这边扫射。王银虎跃步一跳，飞起一脚踢翻了一挺机枪，同时手中的驳壳枪也响了，另一挺的机枪射手应声倒地，其他敌人被王银虎的左右开弓吓得呆若木鸡。战士们冲上前去，解决了这股敌人。

"卧倒！"王银虎紧贴着墙角突然大声疾呼。

战士们急忙滚在地上，一排排子弹从头顶尖叫着飞过。9班副班长的动作稍微慢了一点，流血负伤。

20多米远的一个巷口边，一挺机枪吐着火舌正向这边猛烈地扫射着。

王银虎向后回头呼叫，命令3排副排长带1个小组，借助街房屋檐下堆积物的掩护，靠近敌人射击。与此同时，王银虎带领其余战士向庙中投出一排手榴弹，他们借着烟雾的掩护，冲进大庙，里面还活着的30多个敌人乖乖地做了俘虏。

这时，满街的敌人到处乱跑，像一群无头的苍蝇，一会跑向东，一会奔向西，不知道究竟解放军在哪里。

11名解放军战士就把整个大邑县城大街上的敌人搅得晕头转向、魂飞魄散！

王银虎见仅靠11人去捉一个个满街跑的敌人，显然是力量不足，于是就大声向着敌人成群的地方喊到："你们被包围了，缴枪不杀，我们优待俘虏！"

"缴枪不杀！"

"你们被包围了！"

"我们优待俘虏！"

战士们也跟着喊起来。这喊声好像是向沸腾四溢的开水锅中倒入了一瓢清凉的冷水，乱跑的敌人呆滞地就近靠向大街边，不再喧嚣和乱动了。

"不要打！我们和你们谈判！"这声音从不远处一家店房的门缝里传出。随着"吱呀"一声店铺门的打开，一个身穿黄色呢子大衣的国民

∧ 邛崃战斗中我军缴获的美式山炮。

卡宾枪 ▼————————————————————————

短轻型步枪，又称"骑枪"、"马枪"。原为骑兵作战使用，西班牙人称骑兵为"卡宾"，故名。后来卡宾枪用于炮兵等特种兵作为自卫武器，也曾广泛装备于步兵，成为步骑枪。主要特点是比普通步枪炮管短，口径小，初速略低，重量较轻。按其发射性能可分为非自动、半自动和全自动3种。第二次世界大战中，半自动和全自动卡宾枪迅速发展，曾在战争中大量装备作战部队。

党军官，在两个手端卡宾枪的国民党士兵护卫下，走了出来。他们一边走还一边喊叫："千万不要开枪！我们是来谈判的代表！"

在50多米远的地方，国民党军官站住了，他铁青着脸，疑惑地望着一身威严正气的王银虎，连忙解释说："我们是来和贵军谈判的！"

敌军官身边的两个士兵手中的卡宾枪仍然平端着，枪口指向正前方。

王银虎见状，冷笑了一声，干脆把原提在手中的驳壳枪插进了腰间，一手提着一个拉出弦的手榴弹，向前走去，用命令的口气说到："没什么好谈的，放下武器，立即投降！"手榴弹在他的手中摇摆着。

"哎！哎！别……别……千万别这样。"敌军官的眼睛没有看着越走越近的王银虎，却是盯着那两颗手榴弹，生怕从那里忽然冒出青烟来。

"我要见贵部的指挥官。"敌军官说道，看来他对满身硝烟的王银虎并不相信。

"我就是这里的指挥官，我劝你们老实点，否则马上就把你们消灭！"王银虎的回答斩钉截铁，没有丝毫的商量余地，俨然就是这里的最高指挥官。

敌军官再也不敢怠慢了，十分惊慌地问道："你……你……你能保……保证我们的生命安全吗？"

王银虎平静地说道："只要你们放下武器，老老实实地投降，就能保全生命，得到宽待。解放军的俘虏政策你还不明白吗？"

"可是，你们贵军现在还在射击……"敌军官慌张得已话不成句。

"在你们没有正式缴枪之前，我们决不停止攻击，要想活命，就赶快投降！"

"是，是！我立即命令部队投降。请问，我们到哪里集合？"

"就在那块场地上！"王银虎指着不远处的一片稻田命令说。

"是！是！"敌军官转身对两个士兵说："去传达我的命令，叫1、2、3营快速到这里集合。"他又回转身，双手把自己随身带的手枪交给了王银虎。

王银虎威风凛凛，向司号员文兴旺大声命令道："吹号！命令各团暂时停止攻击，原地待命！"

"警卫员，去叫46团派一部分人来带俘虏！"王银虎又向身边的另一个战士命令道。那个战士机警地回答了一声"是"，就跑步向后奔去。

敌军官看着王银虎在调动部队，部署作战，心中揣摩不出面前这个解放军的官阶究竟有多大，顿时傻了眼。

司号员小文站到一个土台子上，用劲吹起了军号，一遍又一遍地吹着，的确非常卖力。敌军官吃惊地望着眼前的一切，一副失魂落魄的样子。其实，司号员小文哪里吹的是停止攻击号，他一遍又一遍地吹的是调动部队的号声：不赶快把部队调来，仅靠现有的11个人，怎么能把整整一团的俘虏带走啊！

在国民党军团长的命令下，该部3个营很有秩序地在各自营长的带队下，一群群地进入集合场，垂头丧气地坐在地上。1,000多人，黑压压地挤了一大片，崭新的美国武器还在他们的肩上扛着。

王银虎严肃地扫视着周围的一切，好像没有什么事似的。其他的战士们心中却都非常地清楚，指导员的心中正翻江倒海。大家都在担心着同样的一个问题：没想到敌人这么多，万一敌人知道了来的解放军人少，有个风吹草动，变了卦，这11个人一个当十还可以，要当百，可就难了！

此时的大邑县城内，静静的。

王银虎从口袋中摸出一盒香烟，慢悠悠地抽出一支，在火柴盒上用力顿了顿，那声音仿佛几十步内都能听得到。他侧耳细听着县城外的声音，天空中除了传来一阵阵枪炮声外，总没有听到熟悉的军号声。

王银虎泰然自若地把烟放到嘴上，"嚓"一声，划燃了火柴，悠哉游哉地吸起了香烟。一边，敌团长向他报告着本团的人枪数目。那边土台上，司号员小文还在用力吹着军号。

"嘀嘀嗒，嘀嘀嘀嗒，嗒嘀嗒……"小文用力吹着，他简直要把那把军号吹炸了。但不论远处近处仍没有任何回号声。

去联络后续部队的那个战士也不见回影。

∧ 我军某部向成都进军途中准备渡过嘉陵江。

那个国民党军团长向王银虎报告说："本团全部到齐，请接收。"

王银虎也吸完了烟，见后续部队仍不见影子，只好能拖多久就先拖多久，等待后续部队的到来。他站起来，开始训话。人群中发出轻轻的议论声和骚动。

"弟兄们，你们愿意放下武器，不再替蒋介石卖命，我们欢迎你们！解放军宽待俘虏，不打不骂，不搜腰包，受了伤的给医治，愿回家的发路费，……"

这一团的俘虏大多数都在静静地听着，但也有几个鬼鬼祟祟的人在低声商量着什么。王银虎提高了嗓门，继续讲着。他是一方面通过讲话宣传解放军的俘虏政策，打消这些俘虏们的思想顾虑，另一方面主要还是为了拖延时间，等待后续部队快点上来。他从讲俘虏政策说到国内外形势，又结合实际讲到蒋介石政府欺压百姓，地主剥削穷人，再转回到俘虏政策上来，可谓是口若悬河了。

司号员小文累得也是急得满头大汗，他也索性不吹了，端着枪警惕地守卫在指导员的身边。其他几个解放军战士个个都是面宽心紧，端枪瞪眼地注视着会场，急得头上直冒汗。

王银虎真是搜肠刮肚地把能想到的、能讲出的都几乎说完了，他脑筋一转又讲起了另一次战例，讲起了刚打完的邛崃战斗。刚刚有些骚动的敌人又被王银虎的有声有色地表述吸引住了，这一话题也是俘虏们非常关心的。

司号员小文又跑到土台上，向着天空吹响了军号。一遍，两遍，三遍地吹着。忽然，远处传来了微弱地熟悉的军号声。

"联系上了！"小文惊喜地叫了声，又接连吹了两遍联络号，都得到了回声，军号声告诉远处的部队，赶快到这里来，大邑县城内有紧急情况！

王银虎的嗓门更大了，他趁机讲道："你们不要听信坏分子的造谣欺骗，要把死心塌地的反动分子检举出来。"他这话是说给俘虏群中那几个不怀好意的人听的，果然这些人的周围的士兵，就把愤怒的目光一齐投向这几个窃窃私语的人，那几个人低下头，不再嘀咕什么了。

10多分钟后，王银虎高兴地看到本团的团长带领3连跑步而来。俘虏群周围立即被战士们围了起来。这群俘虏不知发生了什么事，动也不敢动，仍坐在那里等待着发落。

王银虎向团长报告着战斗的经过，一边的俘虏听得清楚，直到这时他们恍然大悟，原来这个威武的解放军仅是一个连级干部，他所带领的兵也仅有10个人。

这群俘虏在王指导员的口令下，把手中的武器扔在地上，官兵分开向场外指定地点走去，一堆堆半自动步枪、卡宾枪、轻重机枪和六〇炮、八二炮，像柴禾堆一样堆在了空地上。驻大邑县城的这团国民党军，当他们用惊奇的目光看着王银虎身边仅有的10名战士时，眼睛睁得老大老大。

10时，第106团2营占领西关，1营2连占领了东关。大街上，浩浩荡荡的人民解放军大部队，正不见头尾地开进大邑县城。这时，王陵基刚刚逃出县城不远。

国民党县政府的大堂上，日历刚翻到12月20日，这正是前几日刘伯承、邓小平所预定的日期。

4. 遍地枪声响鏖战的序曲

这天清晨6时，第108团3营也控制了由大邑县城向西进入山区的交通要道敦义场、张店子一线；7时，该团除留2营控制邛崃要点外，其余部队也全部进至邛崃县城以北的桑园和大邑的王泗营地区，在此与军侦察1营共同作战，俘敌第65、第1军及交警各一部计3,000余人。

此时，大邑县城周围的战斗正在四处打响，遍地响彻着枪声。

20日晨，中共川康边人民游击纵队萧吉章所带游击队在王泗营阵地上偶与解放军相遇，双方误会，发生战斗，游击队员直到看清对方的帽徽是五角星后，方知是解放军来了。经联系后，得知对面解放军是第106团和第108团。于是，游击队员主动提供敌情，并带路紧追国民党溃军至大邑县城南官渡河，协助作战。此战斗，解放军俘敌 4,000 余人,缴获汽车 200 多辆。有 1,000 多名敌军冲过了官渡河,被解放军第 106 团追歼于大邑县城南郊。大邑县城郊一些地区相继解放。这次战斗中,游击队邛大边支队肖岗大队长萧吉章和副中队长刘志和牺牲。

在这一段时间内,此线的游击队配合解放军全面展开了堵截国民党军的作战,主要战斗有:

20 日,国民党军 1 个营在团长唐绍尤带领下,逃至大邑县三岔乡黄晒谷坪、神寿寺、唐庙子一带,被游击队斜江支队 5 区队分割包围,迫其缴械投降。这天中午,解放军 1 个班被国民党军 1 个营包围在元兴乡的陈牌坊,游击队斜江支队 2 区队见被包围的是解放军,立刻对敌人实施反包围,由此里应外合,歼灭了这股敌人。

晚间,游击队斜江支队 2 区队在大邑县元兴乡代营附近迫降敌军 1 个连,缴获枪支 100 多支。在元兴乡和三岔乡交界的天王寺附近,缴获了敌人两个连的械。

国民党第 65 军

中央军嫡系部队。军长李振球、副军长李明,隶属第 18 兵团,下辖第 160、第 187 师。该军先后参加了陕中战役、扶眉战役、陇陕战役、西南战役。在扶眉战役中,该军被人民解放军歼灭一部。在西南战役中,该军军部和第 160 师被人民解放军全歼,第 187 师在李振率领下于 1949 年 12 月 25 日通电起义,接受人民解放军的改编。

国民党军 1 个连从邛崃县君平乡窜至大邑县三岔乡齐天庙,游击队斜江支队 5 区队和 2 区队一部分队员配合袭击,俘敌 50 多人,缴获 40 多支枪和两匹战马。这时,国民党军第 65 军第 87 师和军辎重营,正逃窜至此地,企图由此向新津方向与其主力会合。游击队斜江支队 2 区队 100 余名游击队员,将这股敌人追至大邑县城东南之元兴乡街口,附近的游击队也赶来将敌团团围住。敌误以为当面部队是解放军正规部队,遂就地赶筑野战工事,固守待援,双方竟战一天一夜未有结果。次日下午,游击队派人到苏家乡请解放军第 34 师第 100 团的 1 个营赶来参战,全歼了这股敌人,俘敌师参谋长、团长以下 1,700 余人。这次战斗结束后,解放军送给游击队 300 多支新枪。

20 日晚,由新津向大邑方向进击的解放军第 34 师第 102 团,随师主力进至川康公路以北的龙马等地时,与由太平、顺江方向退下的 1 个师的敌人遭遇。第 102 团先派出 1 个营向顺江一线进攻,同时派出两个班化装成国民党军向前探明敌情。21 日,顺江之敌在密集炮火的掩护下,向第 102 团东岳庙阵地发起攻击,企图夺路而逃。解放军指战员奋勇拦阻,激战竟日,打退敌数次反扑,迫其退至顺江附近的林盘固守待援,后被全部歼灭。第102团在此战斗中牺牲15人，伤80多人。

21日，国民党军第65军一部和黄埔军校第二十三、第二十四期学生总队数千人，经大邑县安仁、苏家乡向大邑县城逃窜。游击队崇大新支队安仁区队在周公馆附近进行伏击，当地与游击队有联系的保甲武装也从四面八方进行袭扰。时在大邑县城的解放军闻枪声也前来参战，军校学生总队第2总队总队长李邦藩被击毙，该股敌人折向崇庆方向逃窜。

游击队纵队早在10月就已派中共地下党员驻黄埔军校的唐星民在校中做策反工作，12月18日军校撤出成都时，唐星民又随第二十四期学生总队长徐幼常同行，以便相机率队起义。这时，解放军第34师第107团3营邱营长率队来攻，唐星民、徐幼常与解放军取得了联系，当场宣布第二十四期学生总队、第1军官训练班、教导第3团约300余人起义。解放军特奖游击队安仁区队一批武器。

是日，游击队邛大边支队在王泗营附近阻击敌军，俘敌50余人，缴枪40余支。

22日上午，国民党军1个通讯营的残部，窜至三岔乡唐庙子，游击队斜江支队10区队四面截击，敌被迫投降。缴获电话机10余部，轻机枪10多挺，六〇炮3门，长短枪100余支。约2个小时后，又有1个团的敌人向游击队阵地逃窜而来，游击队奋起阻击，敌军攻势甚猛，游击队被迫分散撤出阵地。这股敌人逃向童桥，被正堵在那里的解放军歼灭。此次战斗，游击队10区队副队长李伯梁、峡山支队大队长邱升廷负重伤。

同日，游击队邛大边支队的队员王文俊向解放军报告：国民党军1个营在20日逃至邛峡县西禅乡睹佛台上据险顽抗。王文俊并提供了进攻睹佛台的路线。游击队王泗营、新场的两个游击大队配合解放军从睹佛台正面向上攻，游击队纵队部交通队、峡山支队直属大队从张坝出发，由睹佛台两侧的陡岩处向上攻。解放军与游击队互相配合，全歼该敌，俘20多人。游击队队员刘宗南、刘光远牺牲。

这时，游击队崇大新支队安顺区队，在崇庆县安顺乡八阵祠附近阻击国民党军1个连，该敌逃至杨水碾又被游击队包围，全部缴械，计收缴100余支枪。游击队区队在邛峡的冉场与敌激战，俘获敌1个连。次日，该区队在唐场陈林盘附近堵截一股敌军，夜战中，与赶来参战的解放军发生误会，互有伤亡。这次战斗中，区队长陈孟君和队员王绍清牺牲，副区队长余俊修和队员王俊伦负重伤。

23日，国民党第65军第645团电台台长率全台人员和电台，向驻在大邑县王泗营的游击队纵队部投诚。游击队肖岗大队，在王泗营太普寺堵击化装成游击队模样的国民党军1个连，激战4个多小时，将敌追至大邑县高山镇，被解放军消灭。

遍野地喊杀声中，解放军与游击队互相配合，将国民党军分割于川西平原，形成了以山、以路、以村庄等自然物为各自战场的大混战局面，鏖战仅仅是刚开始。

★★★★★

①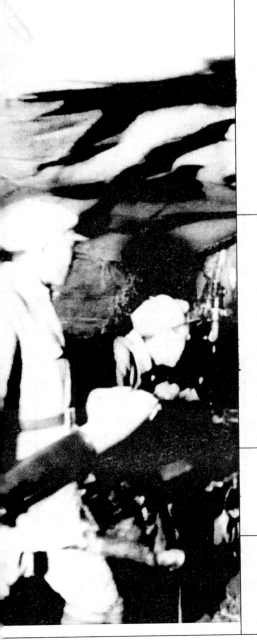

 ②

 ③

 ④

❶ 我军炮兵准备向敌军阵地轰击。
❷ 我军某部开往前线。
❸ 我军战士正在抢修炮阵地。
❹ 我军某部战士在前沿阵地上待机歼敌。

刘伯承、邓小平

（刘伯承时任第二野战军司令员，邓小平时任第二野战军政治委员）

　　国民党残余力量经我人民解放军在华东、华中、华南、西北各地给予接连不断的歼灭打击后，现已接近最后覆灭之期。贵阳已经为我军占领，国民党的所谓东南门户亦已洞开，重庆、成都、康定、昆明等地短期内亦将获解放。

　　蒋（介石）、李（宗仁）、白（崇禧）、阎（锡山）等残余匪帮企图收拾残余力量，退集康、滇、桂边之计划已为实际所不允许，其退路即将全部为我军截断，蒋、李、白、阎等匪首倡言所谓"美援"和"反攻"，所谓"第三次世界大战即将到来，一切有待于第三次世界大战"，均为诸匪首之梦想，其目的纯系为帝国主义张目，为了欺骗尚在驱使之所属，使其为该匪首等一同进入坟墓……

　　西南国民党军政人员们，早日进入和平建设，恢复多年战争创伤，这是全国人民一致的热望。

　　你们不应再作无谓的抵抗，徒然增加自己的罪孽。如能立即觉悟，投向光明，为时还不算晚，还有向人民悔过的机会。若在延误，将永远不能为人民所谅解，其应得后果，必身受之。继续反对与立即回头，黑暗与光明，死与生，两条道路摆在你们面前，不容徘徊，望早抉择。

　　　　　　——摘自：刘伯承、邓小平向西南地区国民党军政人员提出的忠告

★★★★★

王诚汉
（时任第一野战军第 18 兵团第 61 军 181 师师长）

　　我师翻越大巴山的具体道路是沿古米仓道行军，先过海拔 2,000 多米的米仓山，还有车家坝、大竹垭、贵门关、木竹尧、罗家坝等大山，也是一个比一个陡险。山高路难，比秦岭有过之而无不及。时值隆冬，全师指战员不畏风雪，在"当年红军能通过的路，我们也能走过"的口号鼓舞下，大家吃尽"蜀道难"之苦，仅以 3 天半的时间就走完了敌人 8 天所走的路程，终于在四川南江追上了逃敌。这一地区是红四方面军时期通（江）南（江）巴（中）苏区的中心地区，沿途石壁上当年由红军刻下的号召人们闹翻身、求解放的标语口号尚依稀可见。人民群众欢天喜地欢迎子弟兵归来，给部队以极大鼓舞。我师入川经过"通南巴"革命老根据地，广东人民群众在精神和物质上的积极支援作用不可低估。

——摘自：《王诚汉回忆录》

第七章

急决策"放弃大邑，固守邛崃"

∧ 解放战争期间，刘伯承在大别山。

山雨欲来风满楼，元兴场战斗的枪声，震响在方圆几十公里的战场上，一场大战就将打响。

一个几乎是用人堆积排列成一线的阻击阵地前，转眼间发出了激烈的枪炮声。

邛崃大地，弹火四起，浓烟翻滚泥土四溅，石头都在燃烧。

国民党第5兵团司令李文向部属咆哮怒吼道："拼光亦光，不拼光亦光！"

1. 无头战场上的血痕

解放军第12军各部队在抵达邛崃地区后，立刻形成了一道封锁线，闸住了川康公路。成军成师的国民党军队像突然被拦住去路的惊缰之马，在一惊之后，狂啸暴跳起来。

国民党第65军第87师（附军辎重营）于19日在邛崃县城遭到堵击后，20日黄昏逃窜至邛崃县城东北10余公里处的元兴场，企图由此突围，向南到新津与其主力部队会合。但在21日上午刚准备行动前，即遭到了当地游击队的阻击。该敌在不明交战对方情况的急促战斗中，误以为遇上了解放军主力部队，怕在运动中被歼，慌忙退回到村庄中，并在村庄四周立即构筑防御工事，做坚守准备，与游击队形成对峙状态。

这天中午，解放军第36师师部接到游击队的紧急求援报告，称："元兴场有敌人1个交警团，已与游击队接触。"该师遂令时位于大邑县城东南方向苏场的第100团，以第2、第3两个营前往歼灭这股敌人。战士们在副团长张超的率领下，在"打倒蒋匪帮，缴获卡宾枪"、"活捉蒋匪兵，猛打加猛冲"的政治口号鼓动中，未等部队到齐，即全体轻装，急促地向4公里外的元兴场奔去。

在距元兴场还有1公里路的时候，第100团的奔袭行动被敌发觉，各种火器向着这边突然打来。这时，该团的兵力总共才有4个连，基于对方是一个交警团的敌情报告，团领导遂急令7、9两连由村西北正面攻击方向，向村东南迂回。7连处于村南，9连处于村东南，与游击队并肩作战，阻断了敌人向新津方向的逃路；5连由村北，6连由村西北方向，利用村边有利地形，从正面向敌展开攻击。这时解放军的前沿阵地正面，对原来直奔东南方向新津的国民党军来说恰好相反，他们为了突破游击队设在村东南的封锁线，敌前沿阵地当时在村庄东南方向。这一反一正，对最初互相不明对方情况的交战双方来说，都付出了巨大的代价。

战斗在瞬间全面展开,子弹如蝗虫般漫天飞舞,此时是下午3时整。

第100团意想不到的是竟打了一个莽撞仗,由于轻敌思想和所掌握敌情有误,战士们的作战行动虽是勇敢和迅速的,但却麻痹得照直地一路小跑,暴露在敌火力之下进行攻击,而不是注意隐蔽,作跳跃式前进。第一个攻击波次下来,不但没能突破敌人的外围防线,反而伤亡较重,在对面严密的火网封锁下很难接近敌阵地。

村西北,5连连长打红了眼,他见数次攻击都被敌堵了回来,气得连声大叫:"我就不信今天攻不下这几个土碉堡来!同志们,冲啊!"他驳壳枪一挥,穿过一片开阔地带头向前冲去。然而,在距敌200余米的开阔地上,他和数名战士被敌密集的弹雨击中,不幸牺牲。

村东南,9连也是硬拼冲锋,从开阔地里向敌展开了进攻,不但未能成功,反造成了副连长以下10多人的伤亡。

敌情显然和游击队的报告和预料有很大的出入。通过交手发现,当面之敌沿村庄四周构筑工事很多,重火力很强,绝不是交警团的火力所配系,而且从几乎是人墙似的密集兵力布防看,其人数也绝不止1个团,而是1个建制师以上并且没有受过重创的敌主力部队。

第100团当即改变原猛打猛冲的战术,一方面立刻向师部反映敌情有变,是非4个连的兵力所攻取的,请求派部队和炮兵增援;一方面令部队疏散队形,构筑工事,重新组织火力,原地封锁敌人的逃路,寻机再次发起攻击。

各连队在与敌相持中主动寻求战机,向附近发展。

由于村东是一片开阔地,国民党第560、第561团两个主力团,将担任迂回任务的3营,配备在这个作为其主要突围的方向,非常不利于攻击,解放军第100团只好将7、8两个连队和游击队作线式配置,封锁敌人主要逃路,作为整个战斗的钳制方向。

担任正面进攻的2营阵地,处于村西北房屋密度较小的攻击地形中,周围并有竹林、土包等遮蔽物在掩护,较利于接敌。于试探性出击中发现,在此作为主攻方向的村西北角,是敌军的较弱兵力部署所在,敌在村庄西北角一个大院中,聚集了明显混乱无秩序的部队,遂侦察得知是敌第65军辎重营,村西头是敌第499团残部,战斗力也不强。

解放军第100团立即决定把村西北作为整个战斗的突破口,集中所有火力于一点,首先向敌辎重营发起冲击。

∧ 我军涉河追歼逃敌。

战斗力较弱的敌辎重营怎能经得起这一集火突击，首先乱了阵脚，呈现出各自逃命的混乱局面。解放军5连迅速向纵深发展，由此撕开一个口子后乘势冲进村庄；6连由右翼侧应，从另一街口突进村庄。2营的侧后攻势与3营和游击队的正面攻击形成了夹击之势，敌虽仍在继续顽抗，但其士气明显不如前。时第100团的8连赶到了前沿，即编入2营作为第2梯队，在总攻击开始后，由5、6连之间插入敌阵。

敌阵营开始出现动摇，随着逃兵的相继扔枪寻机溜走，其火力渐渐减弱。解放军当即乘机发起冲锋，在增援部队未到之前即将这部敌人全歼，俘敌师参谋长、团长以下1760人。在这次战斗中，解放军第100团伤亡连长以下20多人，教训深刻。

元兴场战斗的枪声，震响在这方圆几十公里战场上，时国民党军胡宗南部的大批部队正由成都一线向邛崃、大邑、新津一带运动，一场大战马上打响。

∧ 1949 年，邓小平（左一）、刘伯承（左三）与李达（左四）在重庆。

2. 川西大地烽火连天

川东山城重庆，二野作战室内，参谋人员正紧张地在巨大的成都地区地图上忙碌着。负责标图的参谋从刘伯承手中接过一张电报，便开始移动图上原有的小红旗。电报是贺龙发来的，上写：

我 60 军 180 师先头部队今（21）日 3 时 40 分占领绵阳，获弹药甚多，汽车百辆。守敌中 177 师及 12 师 1 个团，向罗江逃窜。

一面鲜艳的小红旗标志，标定在成都以北的绵阳版图上。

地图前，刘伯承、邓小平的目光，随着标图参谋的手在移动着。他们的目光已由成都以北转向以西，在紧密地注视着新（津）邛（崃）一线。参谋长李达手拿另一张刚收到的电报，读道：

杨（勇）杜（义德）22 日戌时来电说：据俘供胡匪 27 军 30 军沿新邛公路西逃，1 军、3 军、69 军逃至铁溪桥即下公路，向西南方向逃窜，刻永兴场（30 军）、牟场均有敌。11 军应即集苏码头、中兴场机动，10 军 28 师、30 师刻在羊场、牟场线，与逃兵战斗中，今夜如敌继续西逃，系敌运动中以有力一部打乱其队形，否则，小部队须切断逃敌，待后续视情况即全线出击，协同 10 军、16 军合歼逃敌。

刘伯承和邓小平都没有做声，他们的目光仍随着标图参谋的双手，不停地在地图上移动着。

地图上，红色的标志包围圈已紧缩在邛崃以东、新津以西的方圆 40 余公里地区内。

"下面就要看 12 军堵口子的了！"李参谋长也凝视着地图，对刘伯承和邓小平说。

川西邛崃县城，解放军第 12 军前线指挥部内，一片临战前的紧张状态，若在以往的战役、战斗中，能使军级司令部如此高层次的指挥机关直接处于火线上，还属鲜见。12 军的 3 位师长尤太忠、李德生、邢荣杰都围在一张不大的木桌前，急切地听着副军长兼参谋长肖永银的战斗部署，共同研究布置截击国民党军李文兵团的具体作战方案。

裹着一身硝烟味的第35师侦察科科长突然上气不接下气的闯了进来，行礼的右手还未放下，便匆忙报告道：

　　"报告参谋长和师长……"，侦察科长见本军的3位师长都在场，又把刚放下的手举右额，向其他几位师长行军礼，然后继续报告说：

　　"黄昏时，敌人已由新津出动，现已经西出新津30公里，过了羊场西大河，距我军警戒线仅有3公里。"

　　随着侦察科长的报告，肖参谋长和3位师长的目光刷地一下都扫向了作战地图上的羊场西大河一带。李德生师长的目光尤显焦灼，因为在那一带布防的部队正是他所率领的第35师，师指挥所即设在邛崃县城以东7公里的东岳镇（现前进乡）。

　　"李师长，你现在马上回师指挥所去，了解情况，准备战斗。"肖参谋长望着地图，下命令说。他的手指在地图上滑动着，头也未抬一下。

　　"是！"李德生师长大声回答道。他与侦察科长等人当即返回设在县城东郊的师指挥所。窗外传来马蹄的"嗒嗒"声声，由近向远传去。

　　肖永银看了一眼手表，已是晚间10时。若按常规，这个时间不该是敌人主动出击的时候，应是善打夜战的解放军发挥特长之良机。但困兽犹斗做垂死挣扎的敌人在这时显然已是慌不择时了，集中尽可能收罗到的兵力突然压向一点，企图从包围圈中打开一个缺口。这对当面仅有6个团兵力的解放军第12军来说，无疑有着巨大的压力。作为前线指挥所主要负责人的肖永银，此时额头上渗出了豆粒般大的汗珠，这也是可以理解的。

　　夜整11时，电话铃声又急促地响起来，肖永银一手向外扯开早已敞开的棉衣，一手抓起电话筒。电话中传来李德生师长的声音：

　　"据侦察，当面之敌现在来了7个军，已确定的部队番号是第3、27、36、57、90军等5个军。我师前方遍地都是敌人的闪光器（即照明弹）的光亮。据俘虏说，他们要学习我们共产党的两万五千里长征。我师部队正在调整战斗部署，参谋长你有何指示？"

　　肖永银大声说道："根据情况判断，敌人肯定要西逃，但他们如何行动，我们还不很清楚。你师要准备明天先阻击一天，看情况调整部署。你马上命令部队，在拂晓前一定完成一切战斗准备和工事的修筑。"

夜已很深了，但川西平原上的这一夜似乎到处都是在当作白昼来过，伺机攻击的国民党军是如此，连夜构筑工事准备阻击的解放军更是如此。

灯火通明的第12军司令部内，电话铃声响个不停，在天空到处呼啸着炮弹爆炸声和枪声中，深夜响起的电话铃声倒显得并不刺耳，若在这时听不到电话铃声，那才真会急得让人跳脚呢！

尤太忠师长也急着回师部去了，肖永银留下了邢荣杰师长，与军部作战处长等人一起，仍伏在地图上认真地分析着战局的态势，预测着情况的发展。

大家分析情况认为：当面之敌是国民党军主力之一的胡宗南部，以如此大的兵力

> 邢荣杰，1964 年晋升为少将军衔。

邢荣杰 —————————— —

河北无极人。抗日战争时期，任冀西游击队第5大队大队长，司令部参谋长兼三支队支队长，冀豫抗日义勇军参谋长，太行军区第5军分区34团参谋长，第8军分区参谋长。解放战争时期，任太行军区第5分区参谋长，晋冀鲁豫野战军第6纵队16旅参谋长，第18旅副旅长兼参谋长，中原军区军政大学总队长，第二野战军12军36师师长。

向西运动，其目的必是想从这里打开一条突围的逃路，求得将其精锐部队转移到康藏地区去。而若去康藏地区，则非要经过邛崃不可，也就势必与正堵击在此的解放军第12军发生殊死的搏斗，特别是正面阵地第35师防线，1个师若要阻挡住敌人7个军的进攻，其艰险苦战是难以避免的。

"35师啊！35师！"肖永银焦虑地失声叫道。他估计到，敌人舍夜逃窜，天亮后肯定即与第12军部队接火，其首当其冲的必是李德生的第35师。

肖永银点了一支烟，放在嘴上，来回在房间中走动着，房间内已是烟雾腾腾。作战处长在一旁提醒说："在我军背后的邛崃县城以西5公里多的山地一带，据侦察现

< 李开湘，1955年被授予少将军衔。

李开湘

　　四川苍溪人。土地革命战争时期，任援西军政治部秘书、宣传干事。抗日战争时期，任八路军129师政治部宣传干事，先遣纵队政治部组织科代科长，129师政治部组织科科长，太行军区第5军分区政治部主任。解放战争时期，任晋冀鲁豫野战军第6纵队政治部组织部部长，第二野战军12军政治部主任。

∨ 我军第12军某部在向四川进军时准备渡过汉水。

在还有国民党王陵基的地方部队3个保安师的9个保安团，对我们也存在着很大威胁。我军在阻击东面之敌时，还必须注意派出部分部队，向西在西河河堤一线警戒，以防止腹背受敌。只是目前我军兵力已很有限……"

"从当前情况看，是否可考虑暂时放弃大邑，先集中兵力于邛崃。只要能固守住邛崃，也就形成了包围圈，完成了上级歼敌于成都平原的战略意图。"邢荣杰师长建议道。

"可以作这样的打算！邛崃是由成都西出两条公路的汇合点，新津方向也好，大邑方向也好，敌人要南逃康滇，一定要走邛崃这条必由之路。这样，邛崃也就成了敌我必争的战略重地。"肖永银思索着，权衡着利弊："当前若将我军现有的6个团全部都集中到邛崃方向，这是符合战术原则和上级总要求的，我们不应计较一城一地的得失。对！先放弃大邑，加强邛崃地区的防御。"他下定了决心。

军政治部主任李开湘刚从大街上回来，便参加了这场紧张的战前兵力部署决策，说道："敌人虽然10倍于我，但他们的大势已去，军心动摇，士兵都不愿打仗了。我们虽然人数相对较少，仅有的6个战斗团，都没有炮兵和直属队，又没有后方，粮食弹药难以补充，困难很多，但我军士气旺盛，战斗情绪高昂，其他兄弟部队很快又会增援过来。只要我们指挥正确，部队机动灵活，是可以阻挡住敌人的突围，并获最后胜利的。"

肖永银接着说道："只要我们守住邛崃，胡宗南的部队就别想西逃。因此，我军应先集中力量在邛崃地区阻敌，在防御中挫败敌人的锐气后，再视情况转守为攻，各个消灭敌人。我准备以4个团阻敌，两个团作预备队。要做一点最坏的打算。"

此时大家的心情都很紧张，没人插话，肖永银继续说道："要留点预备队。这样既能挡住敌人，也可以防备万一，又能最后组织对敌人的攻坚和反击。主要力量必须放在县城的正东及东北、东南方向上，阻击胡宗南部的进犯。对于城西的那些保安部队，可以暂时用警戒部队监视起来，同时施以政治瓦解。"

"放弃大邑县城，我们可没这个权力。占领大邑县城是刘、邓首长一直关心的事。"作战处处长在一边小心翼翼地提醒说。

"是啊！我们是无权这样做的。放弃大邑必须经过刘、邓首长批准，但是那个让人头痛的通讯联络，没有10多个小时是得不到答复的。"肖永银搓着双手，显得很着急："我们必须马上放弃大邑！再晚了就来不及了。这样吧，如果这个方案错了，就由我承担全部责任，砍脑壳我去！"

"情况非常紧急，我提议我们立即召开一个军临时党委会，研究决定肖参谋长刚才所说的这一战斗部署。出了事大家一起承担。"李开湘说。

军临时党委会说开就开，来不及到会的几名党委委员在电话中也参加和交换了意见，大家认为这一决策是正确的，是符合上级总的作战意图和战术原则的，该军的前线党委委员最后一致通过了"放弃大邑，固守邛崃"的战斗方案。随即将此方案用电报急传重庆刘伯承、邓小平首长，与此同时连夜火速调动部队，调整作战部署。

党委会结束后，已是半夜12时，他们已等不及重庆的回电，速把尤太忠师长叫到军部。肖永银命令道：

"你马上打电话给你们副师长贺光明，在天破晓前必须把部队由大邑调到邛崃县城东北角。用一个团放在县城北关外的张庄一线，担任阻击任务，右翼应和李师衔接起来，另一个团放在北关作为预备队。"

这时大家都清楚，让部队突然从一个刚占领的县城主动撤出，又来不及讲更多的理由，部队中难免不产生一点嘀咕。但眼下已没有时间讲什么详细道理，惟有强调执行命令。

善于做思想政治工作的政治部主任李开湘，有些不放心地叮嘱道："要尽可能地向部队讲清楚，放弃大邑只是暂时的，是为了夺取更大的胜利。现在时间已来不及了，没有什么多讲的，一句话，执行命令。"

肖永银等人焦急地等待着重庆的回电，他们也明白，在这时，刘邓首长也不可能有什么神技妙法，能把还在100公里之外的兄弟部队转到邛崃，兄弟部队也无缩地之法一夜之间走出100多公里。摆在12军面前的艰巨任务是如何用有限的6个团的兵力，阻挡住敌人7个军的疯狂进攻。

此时的第12军前线指挥所里，每个人的脑海中都已呈现出一副解放军指战员与成群的敌人在血泊中殊死搏斗的画面，而且这个画面越来越立体。

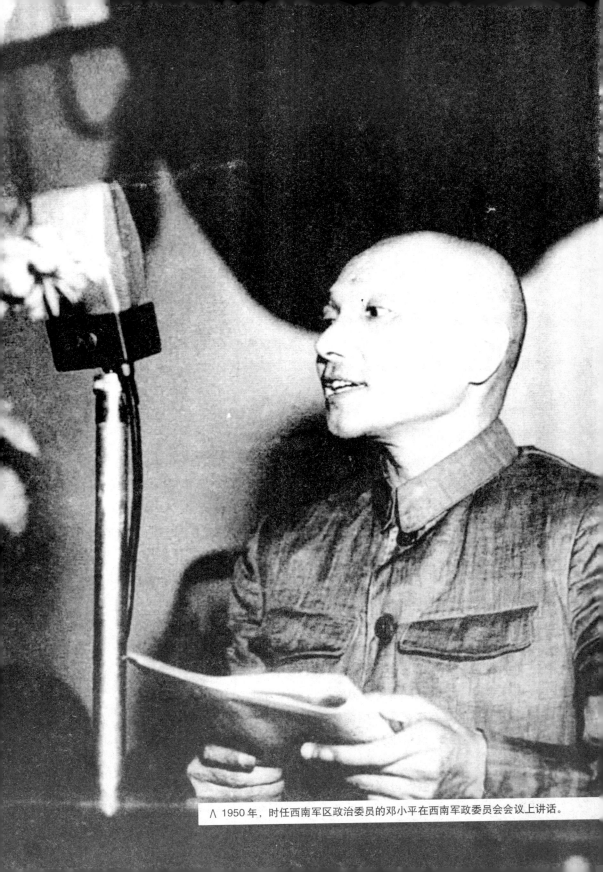

∧ 1950年，时任西南军区政治委员的邓小平在西南军政委员会会议上讲话。

报务员一溜小跑冲进房内，将重庆的来电交给肖永银，电报上写着："同意所拟方案。固守待援。"肖永银没想到几个小时前发的电报批复得这样快。

"固守待援"，李开湘脸上毫无表情地重复着这4个字，大家都知道此时这4个字的分量有多重。

固守到何时才能有援，当面之敌可是7个军啊！若是抵挡不住，与敌接触几个小时后就会被压垮防线。第12军前线指挥所在这时不能不作较长时间固守和最糟糕的打算，而且这时所说的"较长时间"，已绝不是以往讲的以天、周或半月计算，是紧张到以时、分、秒算计。在战场上，半分钟就足能定乾坤啊！

李开湘望了望脸色严肃沉重的肖永银，说："我去处理一下粮食和弹药的筹备，这一仗肯定是相当过硬的。准备固守……"

"还要考虑一下伤员的安置问题。"肖永银向已走出门外的李主任说道：烈士的遗体一定要集中安放好。这是最后一仗，全国都解放了……"

肖永银的话还未说完，急促的电话铃声响了起来，邢荣杰师长从城南关打来电话报告说："敌人已过邛崃大河，正向南关冲来。"

邢师长所说的大河，即当地人习惯称谓的南河，距城南关还不到1里。冬季的南河是枯水季节，国民党军涉过浅不到膝盖的河水后，当即向邛崃县城南关发起了攻击。

南河沿岸未能构成对国民党军的天然屏障威胁，这使防守在这一带的邢荣杰第36师2个团只好节节退守于县城南关，借助这一地区的沟坎和民房等，重新构成了对敌的阻击阵地，决心不再让敌人前进半步。

城南关地区正面宽不足1公里，瞬间聚集了成千上万的部队，但国民党军由于受地形限制，兵力虽多，也只好成群多波次地向前涌来，黑压压地一大片蠕动在晨雾中。

肖永银速令邢师长部署1个团放在南关作为预备队，另1个团坚守在城南关，其左翼与李德生师相衔接。

一个几乎是用人堆积排列成一线的阻击阵地前,转眼间发出了激烈的枪炮声。

县城东北角，刚由大邑撤回的第34师也投入到激战中。邛崃县城处于激烈的战火笼罩之中，枪炮声震天。双方死伤都非常严重，阵地前摆满了国民党军官兵的尸体，硝烟滚滚，战场上那种特有的皮肉烧灼的焦臭味，灌满城中，飘向四野，浓烈得刺鼻。

解放军第100团团长李耀光中弹牺牲在阵地前，他是川西战役中牺牲的解放军最高指挥员。

邛崃大地，弹火四起，浓烟翻滚泥土飞溅，石头都在燃烧。

3. 战略布署，全面阻击

25日凌晨，时在彭山的杨勇、杜义德急电邛崃肖永银和李开湘：

24日22时、23时两电悉。温江敌（罗广文部）24日占崇庆，小部队伸至白头铺。24日午，老君山、狮子山、普兴场之敌均撤退回新津，继续向西急进，经羊场刻与肖李主力于固驿镇、高山镇接触，判断该敌图占邛崃。

我切断敌逃跑路，扼守邛崃极为重要。第12军即应将邛崃固驿镇线之主要阵地筑坚固工事扼守之，并将置大邑阻敌师靠拢邛崃。我已令16军46师即由中兴场开固驿镇，48师由大兴场开邛崃，配合你军侧击该敌。尹吴未到前，归肖李指挥之（情况许可时，48师可先受降平落坝、水口镇匪万人，以除前后顾虑之虑），10军30师即由永兴场向羊场侧击该敌，视新津情况再抽调别团亦出羊场。

匪既已出动，我歼敌于运动中比攻坚歼敌有利，应看火口先给敌人以杀伤，尔后移动将该敌歼灭我阵地前，情况变化盼随告。

仅隔1个多小时后，杨勇、杜义德又急电肖永银和李开湘，并通报新的情况：

30师向羊场出击，已俘67军60余，获电台两部，战马10余匹，刻继续侧击该敌。48师、46师刻已出动，请派人赶向中兴场接引46师，赶向大兴场方向接引48师。应鼓励全军坚守邛崃，待主力赶到，看准敌弱点即行出击，须知你攻击之敌战力不强。

肖永银手握电报，兴高采烈地向本军各师接通了电话，令邛崃县城

以东的李德生师注意与第10军第30师的联系；县城以南的邢荣杰师注意与第16军第48、第46师的联系。他大声向着电话筒呼喊："要鼓励全军坚守邛崃，待主力赶到！"

前沿阵地上的激烈枪炮声顺着电线鼓动着肖副军长的耳膜，话筒里也充满了硝烟味。

24日拂晓，固驿镇防线正式揭开了邛崃阻击战的序幕。国民党军先头部队第90、第27、第36军各一部，开始向解放军第35师阵地发起进攻，激战一天，敌未有任何进展，到下半夜，只好把主攻目标转向高山镇。

25日，刘伯承、邓小平急电杨勇、杜义德等川西前线指挥员，下达了关于全歼胡宗南部于川西的作战方案：

在18兵团到罗江及三台地区，在原孙震部于什邡起义后，估计胡宗南部可能突围，并可能一路向西康、乐山，另一路由金堂、简阳向叙、泸。现我12军已于高桥及以北发现敌人，似系向大邑、邛崃方面突围。50军应由遂宁兼程开赴简阳并于26日赶到，堵击截击可能由简阳突围之敌。

第3、第5两兵团部队统归杨勇、杜义德指挥，应以第一线12军在战斗中切实查明敌人动向，如系突围，则诱敌人脱离阵地抓住敌人。16军与10军适机由纵深施行钳击与迂回在其运动中迷惑围歼之。11军、18军即在现地区为机动部队，但11军须对龙泉驿、简阳地区侦报敌人是否由此突围。杨、杜应根据实情部署，并将部署与战况电告，加强电台联络。

为此，杨勇和杜义德在接到刘、邓的指示后，认真分析敌情，对围歼胡宗南第5兵团，特调整作战部署，命令所属各部：

第10军除留第29师1个师驻防新津外，另2个师由新津南向西南尾击敌人；

第11军移集简阳及以西地区，堵击可能由成都向简阳逃跑之敌，并力求在运动中将敌全歼；

< 李德生，1955年被授予少将军衔。

李德生 ———————————————————————————— ▲

河南新县人。土地革命战争时期，任红四方面军第4军12师35团供给处政治指导员。抗日战争时期，任八路军129师385旅769团排长、连长、副营长、营长，太行军区第2军分区30团团长。解放战争时期，任晋冀鲁豫军区第3纵队7旅19团团长，第6纵队17旅旅长，第二野战军12军35师师长。

第 12 军扼守、巩固邛崃固驿镇之阵地;

第 16 军第 46 师和第 47 师进击蒲江东北之敌;第 48 师由大兴场开邛崃,配合第 12 军侧击敌人;

第 18 军第 52 师由眉山西北出寿安场;第 53 师由眉山以东向简阳西南三岔前进,配合第 11 军堵击可能向简阳逃跑之敌。

各部队按指定位置集结就绪,并迅速调整好了部署。

就在这时,国民党军李文兵团也正开始突围,杨勇和杜义德立令川西各军迅速向敌

解放军第 18 军 ————————————————————————— ◀

　　1949 年 2 月 18 日，豫皖苏军区部队及中原野战军第 1 纵队第 20 旅合编组成人民解放军第 18 军；军长张国华，政治委员谭冠之。该军下辖第 52 师、第 53 师、第 54 师，归第二野战军第 5 兵团建制。该军成立后立即参加渡江战役，后又奉命进军大西南。1950 年初，奉命向西藏进军。1951 年西藏和平解放。1952 年 3 月 17 日，改为西藏军区，第 18 军番号撤销，各师改归军区领导。

∨ 我第 50 军部队准备渡过饮马河。

发起全面攻击。前指根据2个兵团5个军的总部署，将第10军的3个师分为互为掩护的3路：右路为第29师，首先夺取新津以东的飞机场，后出朝场、唐场、大邑；左路为第28师，夺取新津后，出新津、羊场，向邛崃方向追击；中路为第30师，由新津南狮子山向西平行追击，经羊场、邛崃、固驿镇插入国民党军第5兵团部。

这天上午10时过，解放军各部在"坚决把残匪消灭在成都平原上"的口号鼓舞下，以邛崃地区为中心发起总攻，相继攻占各要地，展开了全面阻击。

4. 一点一点吃的战法

解放军第12军于19日进占邛崃后，截断了国民党溃军妄图经过此地逃向康藏的道路，将数十万敌人围困在川西平原。

当敌人南逃的道路被彻底截断后，处在人民解放军包围圈中的什邡、郫县、彭县等地守敌纷纷被迫宣布起义，这突如其来的胜利，也使参加最后围歼国民党军胡宗南部的解放军部队指战员产生了一些轻敌麻痹思想。所以，刘伯承、邓小平在近日的作战部署中一再特别指出：在本野战军占领乐山、青神、眉山、邛崃、大邑一线后，胡宗南集团等向康滇逃窜之路业已截断，至此，本野战军追击阶段已告结束。下一步的作战是，胡宗南集团势必依托成都周围作困兽之斗，而成都及成都以南、西南之新津、双流地区，地形较平坦，战场开阔，道路纵横，交通方便，便于大兵团作战，正适宜围歼麇集于此地的20余万国民党军，但敌虽是被团团包围，仍有可能集中主力突围或突围不成作最后拼死顽抗，故对其作战要十分慎重才行。

20万，这个数目可不是个小数字！况且这都是些犹作困兽之斗的国民党军所谓王牌部队。作垂死挣扎的国民党溃军中仍有不甘心失败者，第5兵团司令官李文即在这时向部属咆哮怒吼着："拼光亦光，不拼光亦光！"

因此，刘伯承、邓小平特别向所部提醒：对当前之敌绝非一两个冲锋所能歼灭，要严防轻敌乱碰，必须充分准备，慎重对待，在战术上仍使用集中兵力、先打弱点、各个击破的战法，辅之以政治瓦解。强调："今后的作战方式，仍用先打弱点和集中力量割开敌人，一点一点吃的战法，千万不可打无准备无把握的战斗。"

23日，解放军第12军35师师长李德生在接受军的作战任务后，立刻分头找各团的负责人到师部受领任务。驻防于邛崃以东高山镇的第103团团长蔡启荣和参谋长谭笑林，于当日下午赶到了设在邛崃县城的师部。

李德生师长先简单地介绍敌情说："国民党第41、第47、第118军及罗广文、陈克非部，已先后在什邡、彭县、郫县地区宣布起义。仍企图与我顽抗的还有国民党军2个兵团有7个军左右。"

"7个军！哪7个军？现在的具体位置在哪里？"蔡团长关注地问道。

手中拿着一根小棍的李师长，指着墙上的军用地图说："在这一带。据分析判断，敌人现在是想沿着这条川康公路逃往康藏去。如果让这股敌人跑到那些地区去，那对我们解放全中国会带来很多麻烦。"

随着李师长手中小棍的移动，从地图上看，由于解放军各路部队迅速向西方猛插，已经将国民党第5兵团的7个军分割包围在川康公路南北几十平方公里的平原和丘陵地带，北面之敌第90、第27、第36军，正由新津地区向西南边打边撤；南面之敌第5兵团司令官李文带着其他4个军，正等待其北面的3个军靠拢后，一同突围外逃。而敌人西窜的兵锋正是指向邛崃一带，但解放军的堵击线也正卡在了这里，邛崃地区看来势必要发生一场恶战。

李师长放下手中的小棍，走到蔡团长和谭参谋长的面前，坚定地说："因此，刘邓首长命令我们军，坚决堵住敌人的退路，待机配合友邻把敌人围歼在川西平原上。"他喝了一口水，然后神情严肃地继续说道："但是，目前掐断敌人退路的只有我们军，而我们师正堵在敌人西逃的要口上，我们肩上的任务很重啊！"

蔡团长和谭参谋长都急着想知道本团的任务，急切地问道："请师长谈谈我们团的任务吧，请求把最艰巨的任务交给我们。"

师长李德生向师政委李如海交换了一下眼色，笑着说："哈！哈！有你们干的。最艰巨的任务总是留给你们团的！"

"你们团的任务是坚守住这里！"李德生又从桌子上抓起那根小棍，指着作战地图上的高山镇说道："你们团绝不能让北面的敌第90、第27军和第36军向固驿镇以南的敌人靠拢！"

李德生的小棍在地图上跳跃着。

地图上，从成都向西有3条公路：一条伸向西北方灌县方向，通向川西北阿坝地区，解放军由北线入川的第18兵团部队已封锁住了那条道路，敌人的大兵团是不会逃向那边的；另外两条道路，西出成都市70多公里，北路经温江、崇庆、大邑县城，南路经双流、新津县城，在邛崃县城东门外汇合成一条，直通康藏地区，这是敌人西逃康藏的惟一道路。解放军第103团要坚守的高山镇，即位于邛崃以东10多公里的两条公路尚未汇合之间，镇的周围是一片丘陵地

∧ 我第 12 军向西南进军中徒涉湘江。

∧ 1948年3月，邓小平在干部会议上作报告。

带。第105团守卫在高山镇以南4公里的固驿镇，正在公路边；师部所在地也是正在公路边的东岳镇，西距邛崃县城6公里，东北方向4公里处即是高山镇。

所以，当李师长下达完作战任务后，第103团参谋长谭笑林就感到难以理解本团是否真正是担负了"最艰巨的任务"，沉不住气地问："师长，刚才不是说把最艰巨的任务交给我们团？怎么把我们团放在不靠公路的高山镇？"

蔡团长也纳闷地站在一旁，没有说话。

师李政委微笑着望了望大家，说："怎么？你们不相信这是艰巨的任务。我说现在谁也不敢保证，敌人一定非要沿着公路和我们争夺，而不会用迂回侧击的办法夺取公路，是不是这样啊？"

蔡团长和谭参谋长听着，开心地笑了。"坚决完成任务！"两个人向师首长敬礼告别。

"准备南下的敌人现在还在新津、彭县一带，还未出动。你们要抓紧时间睡一觉啊！"李师长伸了一个懒腰，揉了揉红涨的眼睛，他已两天没有合眼了。

李政委送出师部门口，笑着说："你们的任务很艰巨，一定要有这个思想准备。你们站在'高山'之上，那倒是一个'坐山观虎斗'的好地方，但不要忘记你们自己要做一只下山的猛虎。高山镇，一个多么气派的地名啊！"

其实，未到过高山镇的人还以为这里一定因山高而出名，实际不然，在高山镇，较高的山要数镇北的狮子山，海拔才506米，但它在这一带却是最高的山，其他的山如野猪山等多都在海拔490多米左右。在这川西平原的小丘陵地域，登上由低矮

170

的土包众"峰"簇拥的狮子山，也就有"一览众山小"的味道了。所以，这高山镇在方圆 10 多公里内也算是名副其实。又有进江河，一条宽约 50 多米、水深不过膝的小河从镇西绕流而过。因此，高山镇自古也就成了兵家必争之地，仅仅听听这地名，便足使手展军事地图的指挥员望而生胆，一定会把这里作为必控制高点，屯兵据守。解放军追击国民党溃军至此地后，自然也高度注意到了这一点，把第 103 团放在了这里。

再说第 103 团蔡团长和谭参谋长在接受了师的作战任务后，立刻赶回高山镇团部。路上，两个人边赶路边商量兵力的部署：

"老蔡，我看回去后不必召开会议了，时间已经来不及。从电话上把师的作战计划传达下去，叫各连替换着挖工事，抓紧时间休息，要准备打一场硬仗。至于兵力配备，你看怎样合适些？"

"把 1 营放在高山镇东南面的野猪山，2 营放在镇北的狮子山，3 营放在镇西北的那几个小山包上。团指挥所就设在 2 营的后面，紧靠高山镇。预备队就抽 3 营的一个连作为团的预备队，3 营那边的任务稍轻些。把团直分队和其他人员，还有俘虏大队，放在镇西的白衣庵村庄一带，派警卫排负责他们的安全。你看怎么样？"

谭参谋长点头表示赞同。

两人还未回到团部，李师长的电话已打到了高山镇。蔡团长急忙把路上想过的兵力部署向师长作一汇报，末了还加一句："只是兵力好像单薄了点。"因为他总是记得师长所说的敌人几个军的兵力，而第 103 团捉襟见肘的 3 个营，从人数上看，那可是与敌对比悬殊得很。

"蔡团长，就这样你也不要高兴得太早了。现在我告诉你，师已决定抽调你团 1 营作为师的预备队，就放在野猪山不动。"

"什么？抽调 1 营！"一旁的谭参谋长吃惊地向半张着嘴巴的蔡团长问道。几乎是不相信自己耳朵的蔡团长，更是把话筒紧扣在耳朵眼上，向话筒中同样重复着这一句话。

本来人数就很紧张的第 103 团，再抽走 1/3 的兵力，剩下两个营也就只有 800 多人了。蔡团长想到刚才自己部署本团的兵力，抽了防守任务不太重的 3 营一个连，想必同样道理，本团担负的任务在全师可能不是最艰巨的任务。本师现仅有本团和第 105 团两个团，充其量也就 2,500 人，调在哪个方向都是这两千多号人，要对付敌人 3 个军近 20 倍于自己的兵力，其即将打响的战斗真不知道要艰巨到何种程度？第 105 团担负的任务一定更重啊！

蔡团长想到这里，没有再向师长说什么。放下话筒，立即通知 1 营改作师的预备队，坚守野猪山。　丶

❶群众自发帮助我军搬运武器。

★★★★★

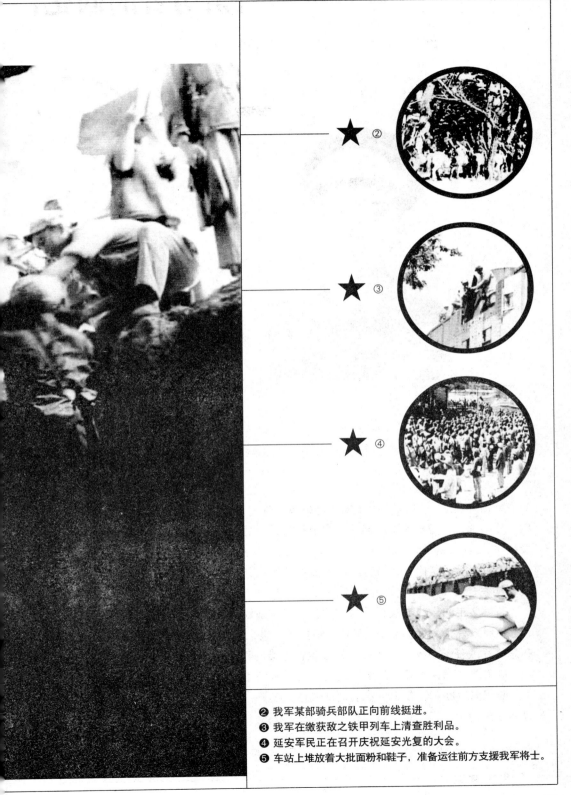

❷ 我军某部骑兵部队正向前线挺进。

❸ 我军在缴获敌之铁甲列车上清查胜利品。

❹ 延安军民正在召开庆祝延安光复的大会。

❺ 车站上堆放着大批面粉和鞋子，准备运往前方支援我军将士。

王诚汉

（时任第一野战军第 18 兵团第 61 军 181 师师长）

　　进军西南作战，我师部队积累了许多宝贵的经验。就我个人来说，作为一个师的主要指导员之一，回忆这段往事，历数各个战斗，总结作战经过的成败得失，仅就作战指挥说，至今留下深刻印象的是兵团司令员周士第同志在战役发起前的那段话："战前，你们听我的，我指挥你们；仗打起来后，我听你们的，你们指挥我。"

　　周司令员的这段话，对前线指挥员指导作战有着极其重要的作用，对我的启发尤其大。

　　通过多年的作战实践，我深刻体会到，在前线的临机处置很重要。

　　一般来说，战中总的说来仍是上级指挥下级，局部服从全局，但打起来之后，在总的作战任务前提下，不能机械地执行上级的指示。

　　这也即是《孙子兵法》中所说的"君命有所不受"。

　　要想取得胜利，在于争取主动，中心点在于一个"活"字，要有高度的机动灵活性⋯⋯

——摘自：《王诚汉回忆录》

向守志

（时任第二野战军第15军44师师长兼政治委员）

西南地区兄弟民族多，长期以来受国民党政府大汉族主义的压迫，民族隔阂大，加上又是新区，群众对我党我军政策不了解。

对此，师党委出发前作了《关于执行政策纪律的决定》。全师一面进军，一面加强教育，开展查思想、查政策、查纪律和评思想、评工作、评团结、评政策纪律等"三查四评"活动。做到："三不进、三不走"（即住房时老乡不愿意不进，内房不进，房东没有准备好不进；出发前水缸不满不走，地没扫干净不走，借东西没还清不走）。

师、团统一组织检查，营、连进行讲评。由于部队严格遵守三大纪律八项注意，认真执行了各项具体规定，深受沿途群众的好评，部队每到一地，群众敲锣打鼓、放鞭炮、贴标语，热情迎送。

——摘自：《向守志回忆录》

第八章

"地狱之门"开启在
高山镇

★★★★★

∧ 南京人民欢送二野西进时,张际春副政委向群众挥手致意。

暮色中的川西平原，雾霭中夹杂着淡淡的硝烟，别有一番战地气味。

如决堤洪水的敌人踏着满是血迹的泥土，从师预备队1营坚守的野猪山脚北端冲过，又从东岳镇北端过了师指挥部，向着邛崃县城方向奔逃。

如惊弓之鸟的敌人，已慌不择路。

1. 重任在肩，不要让敌人有还手之力

入夜，微风吹动的竹林沙沙作响。淡淡的月色中，解放军第103团阵地上传出一片叮叮当当的挖工事声，战士们挥汗连夜奋战，以高昂的热情决心打好解放战争最后一次大决战。

夜幕中，传来一个四川口音战士的问话："班长，打仗咋个样才能立功？"

"立功简单得很，服从命令听指挥，多杀敌人多缴枪。"一个山东口音瓮声瓮气地回答说。

四川口音又说道："你看着吧！这些条件我保证做到。我和你们老同志不同啊！你们都打了很多仗，立过功，我们才参军，这次不立功，以后就没机会了。"

"对！一定得立个功！"是几个战士七嘴八舌的声音。

"过去立的功都不算什么，这次是解放战争的最后一个大仗，要是立上功，那才有意义呢！"又是那个山东口音。

已是下半夜，阵地上的叮当声更响了，与远处的枪炮声交织在一起，沿地平线遁去。

团部内，几天来没有好好休息的蔡团长和谭参谋长，在床上却是翻来覆去，怎么也睡不着。若在以往，蔡团长在战斗空隙里是最能抓紧时间休息的，在部署完兵力有把握打好这一仗后，就是外面响着呼啸的炮声，他照样睡他的大觉。而如今他却有些反常。

"老蔡，怎么？睡不着？"

"你也不是没睡着吗。"

"你在这样的情况下，睡不着觉可是少见啊？"

"老谭，你不知道啊，这些天来我想得很多。全国的解放战争马上结束了，我们当指挥员的谁都没曾想过，打这战争结束前的最后一仗，该是个什么滋味？现在这

个味道，马上就要尝到了，我们又有幸参加这最后一次大决战，嘿！这是最幸福的时刻啊，我怎能睡得着觉。"

谭参谋长也陷入深深的遐想中，他也有着与蔡团长同样的心情。

蔡团长翻身下床，在房间内转了一圈，桌子上的马灯燃得很亮，一切都是大战前的准备。此刻，周围却是静得出奇，蔡团长好像是想起了什么，坐在了灯下，用那只曾挥舞过10多年驳壳枪的大手，捏起针线，缝补自己那件在抗日战争时期缴获来的黄呢子大衣。这件大衣跟随他打过许多恶仗硬仗，已是补丁上撂补丁。

"哟！"蔡团长倒吸一口冷气，针扎了拇指，血迹染在大衣上，与大衣上过去染上的血迹重合在一起。

"嗬！嗬！老蔡啊，等胜利后我一定把你这个狼狈样写到我们的战斗总结里去。"谭参谋长这样说道。几十年后，他真的把这段最后大决战中的小插曲写进自己的回忆史料里。

"老蔡，别补了，等胜利后我送你一件崭新的。"这话谭参谋长实际上不知说了多少次了，可每当一场战斗下来，蔡团长总是说什么也不愿换件新大衣。

蔡团长放下了手中的针线，把大衣披在了肩上，自语道："挖工事的同志们不知是不是替换着休息了？"

"走，咱们到各营去看看。"谭参谋长说着就翻身下了床，与团长一起走进了浓浓的夜色里。

轻风中，传来他们与战士们的谈笑声。

次日拂晓，从南面不远处传来铺天盖地的枪炮声。高山镇阵地上的指战员翘首向南张望着。

"那边打起来了！是105团！"

"真热闹！听！"

固驿镇方向的枪炮声从清晨响到傍晚，竟一刻也未停过，像是除夕之夜的鞭炮声，与第103团高山镇阵地上的冷冷清清景象形成很大反差。

"这过年的鞭炮咱是买不起了，只好听着人家放。"站在高山镇阵地上的指战员羡慕不已，话音中无不带有嫉妒之意。

蔡团长站在团指挥所的电话旁，他真希望这时电话铃声"叮叮铃铃"地响起来，但那电话在这天好像是哑巴了一样，全天都无一点声响。

"这电话是不是坏了？快查一下，耽误了大事，我要你的脑袋！"蔡团长把电话兵不下10次地喊到面前，询问道。可电话兵每次都蛮有把握地回答说电话是畅通的。

直到太阳落山，团指挥所内那盏马灯又燃放在军事地图前，那电话才激动人心地叫了起来。蔡团长正呆坐在床沿上，瞅着黄呢子大衣发愣，那块补丁仍翘尾张边，显然还没有补好。站在电话机旁的谭参谋长急忙顺手拿起了话筒。

"喂！我是3团啊！"

"笑林吗？听到没有？105团和敌人干了一天啦！"话筒中传来李德生师长的声音。

"1号，是不是叫我们去支援？"握着话筒的谭参谋长和提着大衣站在电话机旁的蔡团长几乎是同时说着。

"支援？哈哈……老蔡也在？哈哈！……你们听着，别急，等着吧，不是你们支援他们，而是他们要支援你们！我说过，最艰巨的任务在你们那里呢！现在赶快向我谈谈你们那里的准备情况吧！"

"什么？他们支援我们！最艰巨的任务……"在谭参谋长向师长报告情况时，蔡团长不解地自言自语道，他怎么也无法把当前高山镇冷冷清清的现实，和"他们支援我们"联系起来。

窗外，激烈的枪炮声仍是来自固驿镇方向，炮火映红了半边天空。

第103团在接受了师的作战任务后，进一步加修工事，巩固阵地。团的3名领导并作了明确具体分工：战斗打响后，蔡启荣团长到2营，谭笑林参谋长到3营，苗兴华副政委负责掌握团直和俘虏大队。

25日下午5时，高山镇解放军第103团阵地上，蔡团长向全团发出了战斗命令：部队进入阵地！准备战斗！

国民党溃军由固驿镇败退下来后，企图从一侧迂回到邛崃以北，再打通向康藏的道路，便选择了返身向西北经高山镇西侧到邛崃县城的道路。这些国民党溃军虽几经打击，但仍不愧是国民党的王牌部队，训练有素，士气高昂，他们或许根本没有想到在这条路上会有解放军阻击，若遇阻击也仅是游击队或刘文辉的起义军，他们仍然排着整齐的队列，肩枪向着高山镇行军，几个当官的骑在高头大马上，趾高气扬地策马前进。

暮色中的川西平原，雾霭中夹杂着淡淡的硝烟，别有一番战地气味。

高山镇解放军阵地上，蒙蒙夕照中，首先发现敌人进入伏击圈

∧ 在解放战争"大练兵运动"中，我军某部战士在用步枪练习瞄准。

< 二野大军进军西南时，南京人民走上街头热烈欢送。

步 枪

一种单兵肩射的长管枪械，主要用于发射枪弹，杀伤暴露的有生目标，有效射程一般为400米。短兵相接时，也可用刺刀和枪托进行白刃格斗，有的还可发射枪榴弹，并具有点、面杀伤和反装甲能力。步枪按自动化程度可分为非自动、半自动和全自动三种；按用途可分为普通步枪、骑枪（卡宾枪）、突击步枪和狙击步枪等。枪械的口径一般分三种：6毫米的小口径，12毫米以上（不超过20毫米）的大口径，和介于二者之间的普通口径。

的是3营。谭参谋长低声传令："两挺重机枪瞄准敌人先头部队后面那几个骑马的。全营听命令一齐开火！"

敌人先头部队渐渐走入了冲锋枪的有效射程，3营阵地上仍没有动静。只到连敌人抬起脚时鞋底的花纹都看得清时，随着一声"打！"，阵地半空中突然闪出一片冒着白烟的手榴弹，伴着重机枪、冲锋枪和步枪的射击声，一起炸响。

寂静的高山镇沸腾起来！

敌人队列中几个骑马的首先应声倒下马来。

一阵混乱后，敌人开始想发起反冲击。

"快！不要让敌人有还手之力，出击！"谭政委喊道。

"7连！出击！"3营长崔松山高呼着。

一阵刺刀光闪过。战士们跳出了战壕，冲向敌群。"冲啊！""缴枪不杀"的呐喊声如惊雷滚动。

遭到突然伏击的敌人无法阻止有效的抵抗，一批批把枪举过头顶，一个个扔枪狼狈回逃，后面紧追着把眼睛睁得溜圆的解放军战士。

　　半个小时过去了，为了防止战士们追的太远，分散了兵力，3营阵地上响起了"鸣锣收兵"的军号声。300多名俘虏在战士们的押解下，返回高山镇阵地。

　　"哎呀！打仗就是这么个滋味啊，打得真痛快！"四川口音的那个新战士说。这些刚参军的新战士显得特别高兴，缴获的崭新的枪支把他们的肩膀都压歪了。

　　"他妈的，这叫什么王牌军，简直是一群老绵羊！"山东口音的那个老班长说。

　　"老绵羊都不是，一堆豆腐渣！"几个老战士补充说。这些老兵的反映和新兵显然有所不同，好像因为没有遇到真正的对手而感到很不过瘾。

　　营指挥所内，谭参谋长正在审问俘虏：

　　"你们以为这里没有部队吗？"

　　"原来估计这边有也是游击队或是刘文辉的部队，真没想到会有你们的主力部队。"一个当官模样的俘虏战战兢兢地回答。

　　"你们是什么部队？"

　　"第90军的前卫团。"

　　"你们团长呢？"

　　"真没想到，枪一响，他就中弹跌下马死了。……"

　　"就你们这个团过来了？这个方向上有多少人？"

　　"两个军。我们军和36军的大部队马上就过来。"

　　"约计什么时间？"

　　"原来计划在晚上12点之前全部通过高山镇。"

　　谭笑林看了看手表，时针正指向9点，敌人如果是真的在12点前通过高山镇，10点钟左右就一定会与3营前哨阵地接上火。

　　"3营长，叫部队快点吃饭。吃饭时别忘了抓紧时间告诉战士们，千万不要有轻敌麻痹思想，打硬仗的时刻到了！"谭参谋长说道。

　　这时，李师长也把电话打到了高山镇，告诉第103团指战员：要有充分的思想准备，至少要坚守3个昼夜！

　　直到这时，蔡团长和谭参谋长才完全相信，师长的确是把最艰巨的任务交给了本团，而且比预想的还要艰巨：全团仅两个营的兵力将要和敌人两个军对抗3昼夜，这个担子是够重的啊，重得几乎让人难以想象！

全团立即调整部署，做好了迎战准备。

2. 高山镇的战地特种色

晚10时刚过，正如谭参谋长判断的那样，高山镇阵地南面和东面很远处即看到火光闪闪而来，马的嘶叫声也时而可闻。不一会，照明弹闪耀中，密密麻麻的敌人分作4路从几个方向出现在第103团指战员的视野里。看来，敌人是拼上血本也要杀开一条通道！

约有两个连的敌人，先弯腰提枪，分作3路向高山镇阵地冲了过来。

战壕里传来一阵战士们子弹上膛的"哗啦啦"声响，揭开盖的手榴弹摆放在了战壕边上，各级指挥员传达着命令：等敌人再靠近些，听令再打！

阵地上，空气都几乎凝固了。远处，一个个黑点渐渐扩大，战壕中的战士们眼睛盯着前方，耳朵只等那个激奋人心的"打"字鼓动耳膜了。

突然，蠕动的黑点趴在几百米外的田坎边上，再不向前移动。一个敌人举着旗帜向后面直摇摆，这是炮火袭击的信号。

解放军阵地上，指挥员高声喊着，但不是战士们原以为的那个"打"字，而是"赶快隐蔽好，敌人要打炮了"！

眨眼间，一排排炮弹呼啸而至，把泥土炸得满天飞扬。落地的炮弹一炸裂，便发出震耳欲聋的响声，后一排炮弹又呼啸着划破天空飞来，阵地上到处是硝烟弥漫。

有规律的炮击一停，高山镇解放军阵地上的战士们，就抖掉一身的泥土，从战壕沟中探出半个脑袋，把手榴弹再摆放好，向前方张望着。

乖乖！阵地前不远处，黑压压的敌人已探头探脑地涌了上来。

"打！"阵地上的枪口都吼叫起来。

刚才还蹑手蹑脚的敌人也直起胸膛大步向前冲锋，手中的各种武器喷射出一串串火舌。

第一个波次的攻击被打下去了，第二个波次的进攻又相继而来。一个波次接着一个波次，如阵阵狂涛扑向高山镇。

阵地上布满了团团烟雾，笼罩了整个天空，天空显得更黑了。手榴弹爆炸的火光，在阵地前构成了最近的一道火网，敌人的尸体在火网前堆成了一道人墙。这人墙越堆越厚，成了敌人发动再次进攻的凭借屏障，但他们却始终越不过这道死人墙，反而增加了其厚度。

解放军阵地上，伤亡也越来越多。头扎绷带的伤员仍独当一面继续顽强战斗着，白色的绷带，浸透着血汗和泥土的颜色；炸飞的黄尘，映出硝烟的颜色；鲜艳的红旗，染

∧ 在进军西南期间，我 12 军部队沿川湘公路向重庆方向前进。

上了战火的颜色；……高山镇的一切，都拥有了自己值得骄傲的肤色——战地特种色。

也记不清打退敌人多少次进攻了，解放军第103团指战员从晨雾中瞄到敌人的第一个身影打响起，直打到曙光降临，敌人的身影还如黄蜂般一群群向前扑来。弹穿的红旗在晚风中呼啦啦吹动，但它仍然坚定地扎根在高山镇的阵地上，迎着硝烟战火，高高飘扬着。

这天，川康边人民游击纵队一部也赶来参战，斜江支队2区队将1个团的敌人围困在高山镇北近3公里的高山庙附近李宅、郑屋基，枪声震天。由于游击队的火力远不如敌人的强，故激战大半天仍解决不了战斗，游击队渐所不支，便急忙请求解放军来增援。第103团崔松山营长率其7连来到高山庙，一阵突袭，将这股敌人予以全歼。

3营在刚退返高山镇东北的姜山时，敌一个师又反扑上来，8连在一座坟阵地立即展开堵截。战斗又整整打了几个小时，游击队也赶来配合作战。黎明中，解放军部队发起全线猛攻，方将敌击溃，俘敌2,000余人。在此战斗中，游击队队员伍合轩、张洪发、高水生牺牲。游击队将缴获的20多支卡宾枪交给解放军，解放军又将300多支枪和一批弹药奖给游击队。

这天夜里，敌人的攻势反而更加疯狂，8连一座坟阵地于夜10时被敌夺去，该连即退至姜宅附近主阵地继续阻击敌人；午夜，敌又将攻击重点移至2营狮子山和燕子山阵地，5连阵地又是几度失守又夺回，第103团度过了极其艰难的一夜。

天渐渐亮了起来。第103团尽管伤亡很大，士气仍很旺盛，但弹药已不多了，再坚持下去，枪中无弹，这可是个大问题。此时，双方都已是拼到了精疲力尽，再难持续下去，都需要一个短暂的喘息时间，所以，双方暂时停止了攻击。

高山镇通向师部的电话铃声响着，谭参谋长向李师长开始汇报昨天一昼夜的战况。

"这才是第一天，更残酷的战斗还在后头。有什么困难没有？"李德生问道。

"……哦？"参谋长停顿了一下，望了望蔡团长，蔡团长正紧咬着牙关，高举着拳头，向他示意着一个明显的动作。

"请首长放心，什么困难我们自己都可以克服。"蔡团长坚定地回答了李师长的话，放下了话筒。

蔡团长紧皱着眉头，自语道："全师在这时都很困难啊！我们要说把1营抽回吧，这会打乱师里的计划，反正我们就有这么两个营的部队，坚守这么宽的阵地，也只有哪里出现敌情就往哪里堵吧。"

"也只有这样了。"

"我们也不好提弹药快没有了，因为师里也一时很难解决，除了随身带的弹药外，都没有什么储备。只有我们自己想办法！"

谭参谋长苦苦地思索着，没有做声。

"通信员，通知各营，阵地上留下少数人监视敌人，其余人抓紧时间休息，注意节约弹药。"两个通信员刚跑出门坎，蔡团长又喊着："回来！叫各营组织人员到敌人死尸上搜集弹药。"

"好主意！"谭参谋长高兴地在一旁喊了起来。

浓浓的晨雾中，稀稀落落的枪声时起时断，点缀着迷茫茫的不知藏着多少玄机的田野和天空。敌人为了骚扰第103团指战员的休息和消耗弹药，在前沿阵地派出成班成排的小股分队偷袭高山镇解放军阵地，都被阻击了回去；而成班成排的解放军小分队出击，却拣回了大批的弹药。

26日上午，敌人一次用两个团的兵力，又开始了大规模的进攻，企图用此重压手段硬从高山镇阵地上冲开一个缺口。

"妈的，这简直是人海战术！"3营长崔松山骂着，转身跳上了一个坟包向全营喊道："同志们，立功的时候到了，只要人在，阵地绝不能丢掉！……"

"危险！快下来，注意隐蔽！"团首长的警卫员上去把3营长拉了下来。一梭子弹

人海战术 ————————————————————————————————

　　实际上被称之为：步兵密集冲击战术。冲击时，在一个营级作战单元中，构成多种密集的战斗队形，形成以班组为最小战斗单位的冲击布势；在步枪射程内，以最快的速度，最少的时间，形成最大的冲击力，在一瞬间要求以最多的士兵冲到敌前沿阵地，完成初期突破，尔后实施小范围的追歼战斗。

从他们头顶上尖叫着飞过。

一片片呐喊声从两方对阵中腾起，硝烟战火遮云蔽日，又笼罩了高山镇。

此时，2营的阵地上已展开了一场刀光闪闪的白刃战，5连的前沿阵地曾几度失守，最后又夺了回来。刚刚代理2营营长的南精良负了重伤。蔡团长亲自率领团部勤杂人员冲上去，与敌展开浴血苦战，夺回了阵地。

尽管这样，蔡团长他们仍沉着地没有动用7连这支团的预备队。可7连连长张景富沉不住气了，他急匆匆地跑到正在3营指挥战斗的团参谋长面前，激动地说："5号，别的连的同志们打成了这个样子，还不让我们连参加战斗，战士们看得实在忍耐不下去了。"

"不行！仗有你们打的。"参谋长坚决地说："要忍耐，更残酷的战斗还在后头哩！"

阵地前，又传来一阵阵刺刀相撞的拼杀声。

高山镇战斗，是川西决战中尤为激烈的一次战斗。

∧ 我军向成都进发途中，炮兵同心协力将榴弹炮推上公路。

第103团的8连阵地，位于镇东北的姜山（西与镇正北的8连李宅阵地相接，南与6连的狮子山阵地相接），而该连姜山阵地右侧端的一座坟防线，则是整个高山镇前沿最突出的一个阵地，在战斗中也就成了敌军攻击的最为激烈的地方。团参谋长谭笑林在几十年后谈来仍是激动不已，他这样回忆道：

激烈的战斗又开始了，8连机枪射手接连倒了3个，连长刘义跳过去，抱起机枪站起来向敌群猛扫。炸断大腿的那个大眼睛新战士，蜷伏在连长身边压着子弹。突然连长一振，跌倒下来，但他马上又挣扎着站起来，左臂渗出了鲜血，他不理会，抓起机枪又是一阵猛扫。子弹连成一条火舌，把成堆的敌人卷翻在地上。拿小旗的敌军官在后面督战，敌人退下去又被他用手枪逼了上来。我们的人员在逐渐减少，8连只剩下21个人了。连部文书、文化干事、炊事员……全部投入了战斗。守在前沿的7、8班的战士们，端起了刺刀，六〇炮手们也抓起了牺牲同志的步枪，炊事班长老杨抢起一根扁担，一齐扑向敌群。阵地上短兵相接，杀声雷动，战士们和敌人展开了一场白刃战，敌人再次退了下去。

在镇正东方的2营阵地上，由南向北3公里的地段上依次摆开的是4连（以燕子山上小村庄的生基湾坡地为依托）、5连（以狮子山南端为阵地，南与4连阵地相接，北与6连阵地相接）、6连（以狮子山北端为阵地，北与姜山8连的阵地相接），作为师预备队的1营即位于燕子山与狮子山之间稍后的野猪山上，各连在此方向构成了一堵严密的火网。

敌以1个师的兵力在猛烈的炮火掩护下，潮水般地向2营阵地涌来。5连阵地几度失守，争夺十分激烈，拼杀异常艰苦。到中午时分，5连已经找不到一个不扎绷带的人了。战后，该军《作战总结》中写道："我6连曾用砖石击退敌之攻击数次，9时因弹药殆尽，2营即撤至翼侧待机。"

敌人在5、6连的阵地前一批批倒了下去，但5、6连的伤亡已经很大，到了中午时分，终因寡不敌众，此处阵地被敌攻破。

如决堤洪水的敌人踏着满是血迹的泥土，从师预备队1营坚守的野猪山脚北端冲过，又从东岳镇北端冲过了师指挥所，向着邛崃县城方向奔逃。而在此时的县城中，恰好第12军前线指挥所没有部署部队，除指挥所机关人员外，剩下的就仅仅是不足50人的勤杂人员。说话间，溃逃之敌即到了邛崃县城东门外。在这千钧一发之际，副军长肖永银带着指挥所人员和军直的参谋、干事、后勤人员，直向东门奔去。

这时，忽然遇到军预备队的一个连干部正从此路过，肖副军长立即命令其带队向东门之敌实施冲击。

第12军部队浴血战斗，终于把逃逸的敌人赶出10多公里之遥，又收复了高山镇阵地。

∧ 我军在行军沿途中设置的鼓动标语。

3. 暮色苍茫中的决战身影

　　高山镇阵地上，几十个已摘下国民党帽徽的俘虏，在解放军战士的陪同下来找团的首长，这些俘虏的帽檐上都不知什么时候缝上了用红布剪成的五角星。"他们要参加我们的战斗！"一同来的解放军战士解释说。

　　"都是自愿的吗？"团参谋长先问道。

　　"我们都是自愿的，让我们参加战斗吧！"来人都异口同声地回答。

　　"请长官相信我们，我们都是穷苦人，被国民党欺骗了几年，搞得家破人亡，现在我们要报仇！"一个彪形大汉站出来说。

　　"好！那你们现在就到敌人的死尸上，把枪弹拣回来武装自己。"团参谋长严肃说道。

　　这几十个自愿弃暗投明参加解放军的俘虏，毫不犹豫地向山下跑去，不一会就拣回了一些武器和弹药。他们经受了第一个考验，当他们举枪再向着"青天白日"帽徽标记处瞄准射击时，已经成了一个个名副其实的解放军战士。

这天，第103团接连打退了敌人的数十次进攻，并在每次反冲锋之后主动进行有目的、有重点的出击，从敌尸堆中拣回一些弹药，再从枪口中"还"给敌人，就这样又坚持了一个昼夜。

敌人始终未能攻破高山镇阵地，推测当面是解放军的主力部队，便改变战术，不再由正面展开进攻，而是试图从一侧乘虚突破解放军的阵地。在这天夜晚，即分兵一部趁夜色偷偷向高山镇西北方向摸去，从9连守卫的高山庙阵地以西偷偷地越过了警戒线，再过高山镇以西的白衣庵小村，向正南的李巷子（李营）摸去。事实上，敌人的这个判断是对的，在高山镇的西南方向恰是第103团兵力部署较弱的地方，在那里仅驻守有该团的团直后勤保障分队及俘虏大队，由此再向正南仅2公里半，即是师指挥部所在地东岳镇，到此也就踏上了川康公路。

26日拂晓时，夜里埋伏好的敌人1个团开始向李巷子村发动进攻，并较顺利地占领村庄的大部。守卫在那里的解放军留守分队，在敌众我寡的严峻情况下，依据村中几处较坚固的房屋和院子，与敌展开了殊死的拼杀。

敌人的阴谋眼看就要得逞！

激烈的枪声传到团指挥所，蔡团长急忙把电话要到团直，可电话已要不通，谭参谋长说了声"我去了！"便冲出了门口。在高山镇西南街口，有人向他高声喊道："5号，不能再向前走了，敌人偷袭过来了！"

2营阵地上在这时也骤然响起了枪声。

"快！去叫7连1排跑步上来！"谭参谋长向警卫员小张命令道。时在高山庙东端待命的7连，向正南方向的李巷子增援也算顺路。这支预备队果然派上了大用场。但使用团预备队本应经过团长的允许，可此刻报告已来不及了。

7连张连长用帽子擦着汗，带70多个战士像旋风一样跑步而来。

"快！快抢占右侧山头上那片坟堆，敌人要是已经占领了，你一定要夺回来。"谭参谋长命令道。

远远望去，那片坟堆附近已有大批敌人运动。

张连长把帽子向后脑勺上一扣，顺着参谋长指的方向，带部队如离弦之箭向前冲去。

7连1排战士占领山包后，举枪向已走近面前的敌人一阵猛打。遭到突然扫射的敌人被打得晕头转向，慌忙向后退去。张连长指挥部队向逃敌发起追击。

村庄里，已经身负重伤的苗副政委坚强地支撑起身体，鲜血染红了军装，但他仍端着机枪，又是指挥员，又当战斗员，正带领警卫排和后勤人员艰苦奋战，部队伤亡严重，而周围仍到处都是敌人。

敌指挥官高叫着："炮火准备！打通西进道路！"

情况已十分危急！

谭参谋长和张连长带增援部队冲了过来："注意！先打那个戴大檐帽、拿小旗的。"敌指挥官随着张连长的喊叫应声倒地，另外几个戴大檐帽的敌军官慌忙把帽子扔到地上，而不戴帽子的敌军官又如鹤立鸡群，被解放军的神枪手再撂倒了几个，其他剩下的几个敌军官急忙缩身到士兵群中。

敌群中传出几声枪响，几个敌士兵倒在地上。戴着士兵帽子的敌军官挥舞着手枪，点着士兵的脑袋，敌群又向前涌动了。

高山镇的大地在燃烧着，摇动着。

李巷子村庄上空的硝烟已同2、3营的阵地上的硝烟连成了一片，遮盖在这片土地方圆数公里之上，天空被几天来的战火熏染成了灰黑色；弹坑遍布的焦土上，到处是横躺竖卧的尸体，四周仍响彻着喊杀声和枪炮声。

村庄中，谭参谋长和苗副政委带领的部队打得只剩下30多个人了，敌人见这个方向的解放军兵力很单薄，他们很快就会从这里撕开一个西进的口子，便集中力量，发

通信兵 ————————————————————

担负通信联络任务的兵种。它是军队的重要组成部分，由有线电、无线电、运动、信号等通信分队，以及通信工程、空中导航和军邮等专业部队、分队组成；主要作战任务是以各种通信手段，以及各种组织方法，及时组织与实施指挥、协同、情报和警报所需的各类通信勤务，以及导航和军邮等，以保障军队指挥畅通。

动了更加猛烈的进攻。

一片片废墟中，满身血迹的苗副政委，爬过10多具战友的尸体，伏在谭参谋长身边低语着，一颗炮弹在他们前方不远处爆炸。

"通信员！马上回去找团长请示师长，从1营抽1个连来！"又一颗炮弹爆炸声中，听不清是谭参谋长还是苗副政委在喊着："只要坚持到最后就是胜利！"

一阵急促的炮火后，是短暂的寂静，敌人在炮火的掩护下正端着刺刀小心翼翼地向前冲来，伏在废墟中的谭参谋长他们已清楚地听到敌人皮靴踏地的响声。

短暂的空隙间，废墟中的解放军指战员们，瞪着一双双布满血丝的眼睛，从残垣断壁缝隙中怒视着敌人一步步逼近。这时的解放军阵地上，除了枪支中的子弹外，剩余的100多发子弹都集中到了特等射手的身边，剩下不多的10多颗手榴弹也集中到了一个投掷得较远的战士面前。他们已作了与阵地共存亡的最后打算。

一个个督阵的敌军官先在敌群中倒下，一颗颗手榴弹炸响在敌人的背后，……

∧ 1949年我第10军解放遵义后，炮兵部队通过市区。

> 我军解放自贡后，受到当地人民的热烈欢迎。

　　"没子弹了！"

　　"手榴弹也没有了！"

　　张连长高喊着："上刺刀！"

　　阵地上，火光更亮，浓烟更高。

　　突然，敌群像着了魔似的猛地一怔，一齐把头扭向了阵地右方，原来是解放军第10军第28师第84团在团长杨仙坡的带领下，从南面赶到这里来。

　　增援部队到了！

　　激烈的枪声从阵地一侧泼向敌群，敌人官缩兵退，如潮水一样溃退了下去。

　　"同志们，增援部队到了！冲啊！"废墟中有人高喊着。

　　"嘀嘀嘀嗒！嗒嘀嗒……"激越的冲锋号声从高山镇阵地上传出。在5公里长的战线上，解放军几支部队会合在一起，如激流巨浪，铺天盖地向敌群席卷而去。

　　在此时的高山镇以东2营阵地前，35师第105团和第10军第29师第87团也从东面的冉义镇一侧包围过来，投入战斗。2营立刻展开反击，夺回了失去的阵地，该团全部转为出击，几个阵地上的解放军指战员同时向敌发起

了全线冲锋。

下午3时，高山镇解放军阵地已向前推进了几公里，敌人向镇北方向节节败退。

4时30分，邛崃县城第12军前线指挥部内，肖永银、李开湘长舒一口气，走到电台前向刘伯承、邓小平及杨勇、杜义德发电：

敌上午攻我高山镇阵地未成，主力即向北撤退。现高山镇东西地区均无敌。我103、105两团主力正尾敌追击。现桑园镇东北之部队与敌主力接触，估计敌退突无希望，不可能由王泗营西去。

又是暮色苍茫，高山镇阵地上火星迸溅，弹光闪烁，人影与大地融在了一起。

敌人全线溃散，6,000多名俘虏迈过堆叠在高山镇村野沟坎的尸体，被押下阵地。

蔡团长从山坡上大步流星走了下来。火光中，谭参谋长、苗副政委望着披着那件又多了几处弹洞的黄呢子大衣，眼睛模糊了，他们的手紧紧地握在一起。

"走，到那边去瞧瞧7连。"蔡团长兴奋地说道。

"你休息一下再去吧！"谭参谋长见团长眼睛已熬得通红，关心地说。

"休息？你们看我能在这个时候睡得着？走吧，等打完仗，咱们睡他娘的八天八夜。"精神抖擞的蔡团长哼着《解放军进行曲》，跨过了一个个弹坑，倒是那擦肩而过的俘虏像是几天没睡觉似的，耷拉着脑袋，无精打采地正走出高山镇。

① 我军强大兵团坚守阵地，顽强地阻击敌人。
② 我军通过临时浮桥渡河。
③ 我军向大别山进军。
④ 我军正向敌军发起猛攻。

王诚汉

（时任第一野战军第18兵团第61军181师师长）

解放大军入川作战，势如破竹，与整个战局发展和国民党军已成强弩之末的敌我形势对比有关。

敌军虽众，但已成惊弓之鸟，军心动摇，自然不堪一击……

19日凌晨1时，第541团从马尿溪出发，以2营为前卫，在夜色中跋涉10多公里，于拂晓6时许用计骗开城门，突入南江城，敌人还没起床。

本已狼狈不堪之敌，突遭袭击，茫然不知所措。敌师长一看情况不妙，带上警卫人员落荒而逃。

敌副师长姚明德却以为是他们在城里的部队和后卫团发生了误会，直到我们的战士出现在他们的面前，这才明白已经不是什么"误会"。

这股睡眼朦胧的敌人，未来得及抵抗，仅半小时，即被我全歼，俘敌1,300余人，我无一伤亡……敌副师长姚明德被俘后连声感叹："贵军来得如此神速，真是想不到啊！"

——摘自：《王诚汉回忆录》

李宗仁

（时为国民党"代总统"）

在这段时间内（1949年11月李宗仁因病在香港入院，12月初自香港飞美国），西南战局亦一泻千里。11月底，宋希濂所部两个兵团十余万人在川东覆灭，宋氏未几即被俘。11月30日共军攻入重庆。

原驻陕西的胡宗南部此时尚有精兵40余万人。抗战中期以后，胡部逐步扩充，其任务专为监视中共的行动。全军悉系最精良的美式装备。此次蒋先生调其入川参加保卫成都，全军可说一枪未发，便土崩瓦解。12月20日共军进占成都，胡宗南率残部退往西康雅安。该处未几亦为共军攻入，胡宗南只身逃出，川、康遂陷。

——摘自：《李宗仁回忆录》

第九章

临溪河：勒在蒋军脖子上的绞索

∧ 二野政治委员邓小平南下西南时与送行的人员握手告别。

鲜红的血溶入河水中，改变了河流的颜色。

河水流过国民党军第5兵团指挥所附近的西峡场，国民党"天下第1军"全军覆没的血水也流入此河，这河流由高河坎向东蜿蜒40余公里汇入新津南河，这里是由胡宗南主持召开的国民党军在大陆最后一次高级军事会议的地方。

1. 英勇抵抗的起义军打开城门

　　川西所有的人，似乎都在为了那已不多的光阴，急促地奔跑着，旋转着。特别是苦于逃命的蒋介石国民党部队，当蒋介石由空中飞逃后，川康公路便成了胡宗南部队的"专利"单行道，官兵都是一股气地面向西涌动而去。

　　人民解放军第二野战军把截断川康公路的任务，交给了第16军，该军立即指令第48师为军的先头部队，向川西挺进。

　　12月14日晚8时，解放军第16军军长尹先炳、副政委吴实、参谋长杨俊生电令本军各师：

　　（一）因卢汉已经起义，胡匪可能经乐山退西昌，均需经雅安退康定，因此我占乐山后务必迅速抢占夹江、洪雅，以便第二步机动。与此同时，我10军直出眉山、丹棱（28师删可达板桥溪西北之于阳坝）。

　　（二）我各师仍按9日22时电攻占乐山战斗结束后，即出夹江、洪雅，其具体部署如下：

　　1.48师渡岷江后由此向南配合47师夺取乐山，尔后攻取夹江、洪雅后战备集结（渡岷江后如已确知乐山占领，则可直出夹江），并向各地派出侦察。

　　2.47师配合48师进占夹江后战备集结千佛岩、芦溪口之线。

尹先炳 ———————————————————————— ▲——

　　湖北汉川人。土地革命战争时期，任红二军团4师连长、营长、团参谋长等职。抗日战争时期，任八路军总部特务团参谋长、代团长、团长，第129师新编11旅旅长兼太行军区第1分区司令员，冀鲁豫军区湖西分区司令员等职。解放战争时期，任晋冀鲁豫野战军第1纵队2旅旅长、纵队副司令员，第二野战军16军军长等职。

3. 军直及 46 师战备集结夹江及其以北地区。

（三）因十万分之一图多数不准确，不能确定具体集结日期，但各部务必每日以 40 公里以上行程急进。

（四）在发起战斗前，务必周密布置，严防草率轻敌。

（五）47 师应特别注意了解峨眉情况（据悉，宋匪希濂残部似已集结该地），并随时告我，以便处置。

15 日，第 48 师接受先出任务后，师长王晓、副师长张培荣、副政委姜思毅率队由荣县出发强渡岷江，很快抵达洪雅一线。这时，驻守洪雅的刘文辉起义军第 410 团已随军宣布起义，其第 137 师也奉命在前日开到这里执行阻击胡宗南、王陵基残部外逃的任务。该部在昨日下午进入洪雅县城后，立即部署了对这一地区的防务：除留第 410 团 1 营守城外，将 2、3 营布防在丹棱的高桥、张场一带，将第 409 团布防在丹棱的仁美乡和洪雅的新庙一线。同时，召开了城区各界人士参加的宣布第 24 军起义大会，成立了"洪雅县人民临时自治委员会"，维持地方治安，做好迎接解放军的准备。洪雅中共地下党组织于 15 日即派党员杨廷锴到夹江迎接解放军。

17 日凌晨，国民党四川省主席王陵基，在得知刘文辉第 24 军驻洪雅部起义并在此地布防的确实消息后，特约集胡宗南"王牌军"第 1 军一部 3 个团参战，向防守在高桥、张场、仁美、新庙一线的起义部队发动了强攻，王陵基出动了两个保安团的兵力向驻洪雅县城的起义军 1 个营发动进攻，试图打开由此地逃窜西昌的道路。起义部队英勇抵抗，打退了敌人的数次进攻，后终因武器装备较差，军队的整体素质都欠佳，在这次战斗中付出了很大的代价，4 连连长陈德明以下官兵牺牲 20 多人，伤 100 多人。剩下的人仍在顽强抵抗着。

眼看敌人就要突破洪雅防线，在这危急时刻，解放军第 16 军第 48 师在完成追歼乐山逃敌任务之后，从夹江方向向这枪声正急的地方赶来，该师当即命令第 143 团前往洪雅县城救援，其余部队接替起义军第 137 师阵地投入战斗。经两个多小时的激战，第 48 师和第 137 师共俘敌 100 多名，将敌击溃。洪雅人民敲锣打鼓，在南坛河坝举行了简单的入城仪式，中共洪雅地下党组织、洪雅各界人士、起义军第 137 师师长刘元宗、县临时自治委员会委员和广大人民群众，热烈欢迎人民解放军进城。

> 王晓，1961年晋升为少将军衔。

王　晓 ——————————◀

　　山西定襄人。抗日战争时期，任山西新军政卫队中队长、大队长、政卫旅营长，八路军115师第1支队2团副营长、团参谋长，教导3旅8团参谋长、副团长，冀鲁豫军区第8军分区7团团长，第9军分区参谋长。解放战争时期，任晋冀鲁豫军区第1纵队2旅参谋长，第二野战军16军46师副师长，第48师师长。

∨ 1949年12月，率部起义的刘文辉（右二）、邓锡侯（右一）在重庆各界欢迎会上。

第16军在占领名山、丹棱、夹江后，根据兵团要求立刻截断川康公路的命令，即率本军各师向西直插川康公路附近的蒲江、黑竹关一带，力求协同友军完成围歼国民党军于川西盆地的任务。第48师在抵达黑竹关一带后，得知此线已被刘文辉起义部队所守卫，即顺川康公路挥师向北，进击到邛崃县城以南的南河坎一带，与第12军联系上后，再向川康公路以东的复兴场、西峡场地区寻敌前进。

< 齐钉根，1955年被授予少将军衔。

齐钉根 ———————————

江西进贤人。土地革命战争时期，任红一军团第2师5团排长、连长等职。抗日战争时期，任八路军115师343旅658团连长，冀鲁边东进抗日挺进纵队第5支队营长，教导第3旅8团副团长、团长，冀鲁豫军区随营学校队长等职。解放战争时期，任晋冀鲁豫军区第1纵队1旅副旅长，第二野战军16军46师师长等职。

2. 精密布置，决胜一方

17日，天已近黄昏，第16军军指挥所向本军各部发出关于下一步的作战命令：

（一）我已完成切断胡匪向西昌逃窜归路，刘文辉于雅安起义，因此我今后任务则为配合主力，围歼成都之敌，故我决继续向邛崃固驿镇前进，其具体部署如下：

甲、48师由洪雅出发经张白岩场、刘店子进至邛崃战备集结。

乙、46师由夹江出发经丹棱、蒲江进至固驿镇战备集结（如10军已在该地集结时应改为以北之唐场）。

丙、47师由峨眉出发经夹江、丹棱进至寿安场战备集结。

丁、军前指进至彭山后取捷径进至固驿镇，指挥军直及各师炮兵沿公路前进，统归传尹赵指挥。

（二）各师务于19日由现驻地出发（先头团应在18日午时出发），每日应以35公里以上行程计算。

（三）与此同时，我10军进至新津固驿镇线，另建议杜范将固驿镇让给我军集结，可否请示。

（四）各师不能随队伤病员及多余武器弹药物资，即送军后接收。

24日，16军军前指在军长尹先炳等人率领下进驻蒲江县城，紧临火线指挥战斗。第46师在师长齐钉根、政治部主任王猛的率领下，进至蒲江县城东北方向5公里处的中兴场、高桥场地区；第47师主力和军指进至丹棱；第48师快速行军即赶到了川康公路上的要隘险地黑竹关、大塘铺、大兴场地区，截断了胡宗南部向南的逃路。

杨勇、潘焱12月19日黄昏时电：

张、谭、陈并报刘、邓、张、李、苏：

奉刘邓18日令，在我军进占新津、大邑、邛崃、名山、雅安后，则胡匪去西昌退路完全截断。该匪现均猬集成都周围，似图顽抗。为准备协同我18兵团合歼该匪和施行政治瓦解，争取该匪放下武器，其部署：11军在攻占新津后，移驻简阳；10军移驻新津、彭山以东；12军攻占邛崃、大邑后，即在该地集结。

我兵团（16、18军）部署如下：

（一）16军主力集结名山、丹棱、夹江及以北地区，另以一个侦察连带电台进驻雅安，了解报告情况并注意与刘文辉部的统战工作。

（二）18军以53师进到眉山南北地区集结（已面告该师），军主力进到眉山、青神以东（岷江东岸）集结。

（三）各军进到集结地区后，应积极做歼敌作战的准备，并注意恢复体力，待友邻到达，合歼胡匪第一线3个军。

（四）加强警戒，防匪逃窜，注意侦报敌方情况。

（五）我住乐山城。

这时,退集于川西的国民党军数十万部队在解放大军的威逼下大部宣布起义,而李文兵团却率其7个军仍企图南逃。就在解放军第48师抵达黑竹关后的同时,李文下达了分两路向南突围的命令,解放军第3兵团第12军,立刻在邛崃的桑园镇、童桥、高山镇、固驿镇之北线阻敌,第10军在新津一带阻敌。由此从表面上看,处在蒲江一线的第16军,在前有第12军、右有第10军的屏障下,好像此刻离敌还远,无什么硬仗可打,这个军的各师故此仅是做了一般的戒备。

25日清晨,位于蒲江县城东北方向9公里处熊营的第137团警戒哨兵,突然看到晨雾中竟冒出了打着国民党军旗大摇大摆的队伍,正从东北方向走来。这股敌人在行至中兴乡吴山坡(现天华乡白塔村)时,由于连日行军长途跋涉,疲惫至极,一下吴山坡,便到处拔老百姓地里的萝卜吃,一副许多天没吃上饭的狼狈相。就在这时,解放军第137团阻击的枪声紧跟着喊话声响了,开始战士们并没有把这股四处抢东西吃的敌人放在眼里,但是战斗却越打越激烈,敌团长亲自骑白马下山督战,成连成营的敌人很有秩序地轮番向解放军阵地展开攻击。

战斗打得远不像第137团预料的那样顺利,直到这时,才引起了此线解放军各部的高度注意,后从俘虏口中得知,当面国民党军非小股逃窜之敌,而是李文兵团的主力部队第1军第1师。第137团多路向敌实施穿插分割,夺取了吴山坡阵地,但也付出了很大的代价,有12名战士牺牲,伤60余人。

同时,防守在高桥的第136团从当地老百姓口中了解到,此地在昨日已有大批的国民党军经西峡场西去。该团毅然向北作前伸侦察,果然发现国民党军大部队正借助大五面山的遮掩,成多路纵队经敦厚场、两河口、李三谝等地向西行进。经短暂战斗接触,从被俘人员口中得知,当面之敌果然是李文兵团的主力,其军的番号仅侦知的就有4个之多。136团当即将这一意外情况上报。

∨ 西南军政委员正在召开会议（右二为刘伯承，右三为贺龙，右四为邓小平）。

∧ 1949 年 12 月 19 日，我 16 军在峨眉县金口河歼灭宋希濂部 3,000 余人，生俘国民党川湘鄂"绥靖"公署主任宋希濂（左二）。

从多方情况分析判断，李文兵团正是企图绕过解放军第12军控制的邛崃一带的阵地，从邛崃东南至寿安场之间突围逃窜。而第16军正处于敌突围方向的正面，特别是第46师处在敌突围的主要方向上。刘伯承、邓小平迅速电令第16军，要尽最大努力堵住这个口子，并要求杨勇、杜义德加强该方向上的兵力配置。

第16军根据上级的统一部署，立即调整部署，收拢该线所有部队，迅速以蒲江西峡场为中心作向心集中运动，做好堵截围歼敌人的决战准备。同时考虑到敌兵力较多，战线又长达30余公里，仅靠第16军3个师单纯的阻击是很难全面堵住的，还必须视情发动积极地进攻才能以先发制人的攻势，制止住敌人急切逃命的势头。遂令第46师除留少数部队控制要点外，主力当即向敦厚场、西峡场地区发动进攻；第47师主力迅速北进，准备从右翼向寿安场、松华场、固驿镇地区进击；已达川康公路黑竹关的第48师立刻挥师向北，从邛崃西南13公里处的青石铺下公路，向以北的大兴场、复兴场地区进击；军预备队第139团迅速进至夹江、洪雅一线防守，拦截由中心战场漏网溢出的残敌。

25日这天，第48师第143团1营作为本师的前哨，由青石铺下川康公路，返身向东4公里，抵达蒲江县复兴场，参加堵截胡宗南部的作战。该营张继勇营长在复兴场第455团防地附近，突然发现前面有部队行进，从其杂乱的队形判断，当面部队很可能是国民党溃军，张营长急令通信员通知随先头连第3连开进的副营长，注意敌情，准备战斗。

果然，第3连的前卫尖兵很快与敌接上了火，该连迅速展开战斗队形，向敌扑去。正洋洋得意计算着再走几公里就登上川康公路的国民党军官兵，是李文兵团第1军54团3营，在以往的战斗中也常常是打头阵、当尖兵，曾狂妄地自称为是"老子天下第一的第一"。而在这时，冷不防竟有来势迅猛的解放军迎头打来，顿时慌乱成一团，调头回窜，在稍微定了下神后，便开始组织力量发起突围。

解放军第3连紧追在后，将该股敌人压缩在复兴场西北约1公里的高河坎一带。高河坎是这里的小地名，真正标上地图的名字叫三营庙，也许是历史的巧合，国民党军这支号称"天下第1军"、"主力的主力"的第3营，真的要在"三营庙"葬身了！

如果此时俯视整个战场，不难发现此地正是整个国民党军成建制部队向南逃窜的最远点，自从解放军阻击部队在这里筑起一道火网后，国民党军就再也没能越过三营庙半步。

3. 一条不寻常的河流

高河坎，是临河的一个小村寨名字，方圆约有1公里，住有庄户人家20余户。而此地的得名，显然是因为山岩下的那条临溪河，这里河面宽处有100多米，河水虽浅但常年不断。国民党军第3营被解放军追击部队打了个措手不及后，便退守到这高河坎上，在陈菜园设置了机枪阵地，重点设防。

国民党军占据的这个地方，从地形上看是很险要的，这里四周有岩石作墙，构成了天然的屏障，岩墙的外面都是水田，而靠河的一面已被河水冲塌出一个缺口。最初，解放军攻击部队正是看上了这个缺口，英勇顽强地向河坎上的国民党守敌发起了一次又一次的进攻，但都未能奏效。

鲜红的血溶入河水中，改变了河流的颜色。河水流过国民党军第5兵团指挥所附近的西崃场，国民党"天下第1军"全军覆没的血水也流入此河，这河流由高河坎向东蜿蜒40余公里汇入新津南河，这里是由胡宗南主持召开的国民党军在大陆最后一次高级军事会议的地方，这河流才再注入岷江、长江。而那由高河坎到新津的40公里河流沿岸，却正是国共两军最后决战的主要战场所在。自从高河坎的第一滴鲜血流入河水中后，也就宣布了以这条河流流域为主要战场的战斗开始。临溪河，一条不显山不露水的小溪小河，在中国人民解放战争史上，却是一条不同寻常的河流。

解放军第143团3连与高河坎这股敌人接火后，该团各连迅速赶到复兴场附近投入战斗，这就使虽然在火器方面占优势的国民党军第3营在兵力数量上又处在了劣势，走在后面的其他国民党军正想赶上来增援，但已来不及了，解放军各部队在迅速展开作战队形后，把占领的阵地转眼间巩固下来，构成了严密的封锁线。

在发起攻击前，第143团各连组成了突击组、火力组、炸弹组、枪榴弹组等小组，大家出谋献策，决心打好南线阻击敌人的第一仗。团指挥所即设在高河坎河对面，本团的所有重火器都集中到了这里，担任主攻的1连指战员紧张地做着战前的准备。1营张营长亲自到前沿选择冲击道路和检查各连的战前准备工作，密切组织好重机枪、迫击炮与步兵之间的协同作战。

攻击令发出后，架设在高河坎对面的重火器瞬间爆发出了怒吼声。1连突击组的苏继方、高舍才等5个人手端冲锋枪跃出了战壕，在密集的火力掩护下，疾速越过河水，迂回到岩墙西北角，由守敌背后从水田一侧发起了攻击。1连在突击组扯开个口子后，紧跟上来，攻入敌人据守的高河坎，然后向纵深发展。张营长当即命令3连沿河边由河正面冲过河去。凭险据守的敌人拼命顽抗，河水中溅起朵朵水花。弹雨中，3连指导员首先带着1班和3班的战斗小组端着轻机枪攀上了河坎，一阵阵激烈的枪声像飓风般卷向敌人，9连也从北面突入进高河坎，各种爆炸声连成了一片。

激战半个多小时后，国民党军这支所谓王牌部队就再也招架不住，纷纷举手投降。战士们经过搜索，从猪圈内，从柴禾堆中，从床底下等地方，抓出了许多抱头连声叫喊"长官饶命"的国民党军官兵。经清点，此战斗共俘虏敌副团长杨维汉以下339人，毙伤敌37人，缴获当时最新式的无后坐力炮两门，枪支420余枝。

25日这一整天，在蒲江、邛崃、新津地区，一个堵击围歼国民党军胡宗南溃军的包围圈逐渐形成。北线，第12、第11、第10军在西起邛崃，东至新津，40余公里的战线上，与国民党军李文兵团3个军建制的部队展开了激战；南线，第16军以6个团的兵力，在西起高河坎，东至寿安场，30余公里长的战线上，与李文兵团4个多军建制的部队展开激战。从其整个战场来看，南线战况最为紧张。

四野一片枪炮声和喊杀声，震天动地，几十里外可闻。包围圈在逐渐缩小着。

南线——

左翼第48师在攻下高河坎后，涉临溪河，快速北进3公里多，将战线推至致和场、板桥铺一带，与敌形成对峙局面。

右翼第46师第137团在攻下吴山坡后，又单独出击，至下午3时，已歼敌2,000余人。除派少数部队押送俘虏到蒲江县城外，其余部队继续追敌，至寿安场附近董口村歼敌1个团。解放军战士李云、牛在清、陈春生、黄海群、刘宗明等7人牺牲。黄昏时，该团将战线向北推至大五面山东端的山下松华场一线，与敌在军田坝一带的主力部队第69军发生激战。

中路第46师第136团与数倍之敌血战于西崃场、敦厚场一线，该团除令2营留少数兵力控制高桥东北走马埂制高点（海拔562.2米）及附近要点外，其余各部成多路纵队从3个方向对敌展开攻击，冲入敌群，以抵近射击、手榴弹、刺刀打得敌人无还手之力，到下午3时即俘敌2,000余人，将战线推至西崃场以北的大五面山西端主峰青大山脚下，敌凭借险峻的山势才暂时稳住了阵脚，并趁势发起反扑。解放军第136团推至西崃场以北的阵地相继失守，第46师急令进至高桥的师第2梯队第138团跑步北进，加入战斗，增援第136团。天近黄昏时，两团在高桥的簸箕塘、万寿寺、西崃的石桥铺、卜凤寺、龙王沟等地经过一番血肉拼搏，才将敌击退，敌军遗弃尸体、伤兵、骡马、枪支、火炮、弹药等遍地。

无后坐力炮 ——————————————————— —

利用发射时炮尾向后喷射产生的反作用力，使炮身不后坐的火炮。特点是体积小、重量轻、结构简单、操作方便，是轻巧的步兵随伴武器。由于无后坐力，不需炮架，其重量只相当于其他口径火炮的1/10左右，但发射时后喷火焰大，要配用定装式空心装药破甲弹，用于摧毁近距离的敌方坦克、装甲车、野战工事等，是步兵分队反坦克的主要武器之一。

晚7时，第138团攻占了西崃场，团长于秀清得知敌军退至东北方向10公里的马福庙一带时，除留下炊事员做饭外，率队直奔东北方向，在深堰子制高点（海拔552米），与在干溪沟负隅顽抗的敌人形成对峙。第136团趁机向西崃场以东发展，攻占了李山谝、两河口、敦厚场一线，与右翼的第137团在松华场附近衔接起来。在敦厚场高山庙战斗中，张广庆等3名解放军战士牺牲，其遗体即安葬在了敦厚乡双流村。此时，国民党军已被赶出小五面山，退集到临溪河以北的大五面山，战线也就暂时稳定在了大五面山南侧的临溪河北岸地区。

这天夜晚，深知如此僵持下去只有对自己越来越不利的李文，

歇斯底里命令国民党军所有重武器集中火力于西峡场东北干溪沟方向，企图在此打开一个突围的缺口。守卫在这里的是解放军第138团，在连天的炮火中，他们经受了血与火的考验，其1连、8连、9连阵地多次被敌攻破，战士们又用刺刀、手榴弹等近战武器将敌击退，夺回阵地。但敌的炮火仍未减弱，羊群般的敌人又轮番向第138团阵地发动进攻，阵地前已是焦土一片，交战双方的尸体谁也没有时间去清理，堆积在阵地前又成了临时的防御工事，喷射着火焰的枪口从尸体下指向对方。

面对如此多的敌人蜂拥般妄想集中兵力于一点的疯狂攻击，第138团团长于秀清、政委王希圣等领导一面连忙向师部报告作战的紧急情况，一面作坚决堵住敌人的最坏打算。怎样才能守住阵地呢？眼下的情况很显然，仅靠第138团1个团的兵力是很难阻挡的住敌人数10倍兵力的轮番攻击，若拼全力单纯地固守，那么全团就会出现很大的伤亡，其结果也就会有守不住这个口子的危险！

团领导议定，为了堵住当面之敌，应立刻改变原来的防御战术：以毒攻毒方能解毒，以攻对攻方能解攻，把交战战场引到敌人的阵地上去，首先是要摧毁对前沿阵地威胁最大的敌炮兵阵地。最后决定由全军战斗英雄、3营副营长桑金秋率领团预备队7连120多名战士，在午夜12时，从阵地左面黄坝子附近一块洼地里，利用敌之翼侧结合部的间隙，顺山沟插入敌后袭击敌人，打乱敌人的后方。

7连在桑副营长的率领下，当夜秘密插入敌阵地内远达4公里多，以迅速的动作抢夺攻占了郭石桥附近的两个山头，活捉国民党军第92师青年营营长等300多人，又将敌两个连俘虏，交由孙副指导员带队押送回西峡场。途中，又有不少不明真相的敌人"主动"加入俘虏队伍，等到了西峡场时，一清点俘虏数量竟多达700余人。

桑副营长在把俘虏交孙副指导员后，立刻组织火力猛然袭击敌炮兵阵地，使敌炮阵地陷于瘫痪，再难以发挥火力，缓解了前沿阵地的紧张态势。这支突入敌纵深的解放军小分队，不断变换位置打信号弹，司号员张锁仁轮番吹着冲锋号、联络号和调号，在

潘　焱 ——————————▶——

　　河南新县人。土地革命战争时期，任四川独立团政治委员，红4军第12师司令部作战股股长等职。抗日战争时期，任中国人民抗日军政大学第1大队营长，冀鲁豫军区陆军中学教育长，第2军分区参谋长，军区随营学校副校长等职。解放战争时期，任冀鲁豫军区参谋长，晋冀鲁豫野战军第7纵队参谋长，第二野战军5兵团副参谋长。

不明情况的国民党军听来，解放军主力部队早已深入纵深，军心为此更乱起来。而这一地区离李文的兵团部，又仅有3公里多，深夜的激烈枪声使李文大惊失色，连连追问枪声从何而来，为何这么近？

　　7连又相继不断地出击附近山头，变换位置打信号弹，吹军号，迷惑敌人。李文等国民党军将领误以为解放军主力已攻进其纵深，惊恐万状，心想再难由此方向突围，便不得不下令停止在干溪沟方向的进攻，移兵别处。7连在完成扰乱敌后方的任务后，还俘虏敌人近两个营，在天亮前返回到前沿阵地。

　　这天夜晚，第16军指挥员紧急商讨研究对策，认为当面之敌已占领有利地形，我军连日的行军和一日的紧张作战，较为疲劳，第47师又未赶到，前沿阵地兵力过于单薄，遂慎重决定下令：各部暂停进攻。趁机组织炮兵火力，调整部署，待本军主力和增援部队到后，再发起总攻。

　　至此，一条以大五面山为两军交战线，东西长达30余公里的战线出现在了两军指挥员的作战地图上。国民党军借助山势为屏障,暂时迟滞了解放军的攻势,但也再无力把对方赶过临溪河,打通由此向南突围的道路。背水作战的解放军第46师,此时虽然士气高昂,但也因战线过长,尤显兵力不足,整团整营的兵力向大五面山上各个要点口子上一放,就顿觉捉襟见肘,兵力不敷分配了,也就一时再难向敌发起更强烈的进攻。25日晚和26日一天,两军对垒,僵持在了一起,枪炮声虽不断,但双方都仍无较突出的进展。

25日15时,杨勇、杜义德、潘焱向二野刘、邓、张、李发电报告近时战况和作战部署:

胡匪5兵团已于24日午后由新津向西突击固驿镇,12军堵后,敌南窜到蒲江东北之中兴场与我46师打响,该师正围歼中兴场之敌。10军已占新津,整个打突围部署如下:

16军46师及47师进击蒲江以东之逃敌,18军52师由眉山西北出寿安场,10军除留一个师位新津外2个师,由新津南向西南尾击之,18军53师今25日由眉山以东向简阳西南之三岔坝前进,准备配合11军堵击可能向简阳逃跑之敌,盼速令50军赶到简阳(该方情况我不清楚且无部队)。

蒲江县境的战斗是整个成都战役的重要组成部分,国民党军李文兵团大部在此被歼灭。解放军也付出代价,先后有100多人牺牲。解放后,葬在蒲江县烈士陵园的就有许多。笔者来到这里,细数烈士墓碑,竟发现安葬在此的45名烈士中只有15名烈士在墓碑上刻有姓名、籍贯等,从其籍贯多是山西省来判断其部队来龙去脉(四川籍的仅有4人),可知这多是在解放初期剿匪斗争中牺牲的烈士。而那30名烈士的墓碑却是无字碑,史料记载他们即是蒲江解放时牺牲的部分烈士,他们连姓名都未来得及留下,但当地人都知道这些无名英雄是为解放蒲江牺牲在这块土地上的。

❶ 我军通过浮桥，向前线挺进。

② 我军某部战士在守卫阵地。
③ 搭载我军部队的帆船待命启航。
④ 我军某部炮兵以猛烈火力轰击守敌。
⑤ 我军某部突击队。

陈再道

（时任河南军区司令员）

从 1927 年"八一"南昌暴动算起，到新中国成立，共战斗了 22 个年头。

新中国是打出来的，这话并不过分。

在这22年的战斗岁月，我都是在烽火弥漫的战斗中度过的，艰苦的十年内战，残酷的八年抗战，四年的解放战争，是我一生最难忘的岁月。

在中国共产党的领导下，我们广大指战员经过 20 多年的浴血奋战，终于看到了新中国成立。

20 多年来，我军在战争中不断发展壮大，从无到有，从小到大，愈战愈强。战争中不断取得胜利，也遭到失利和挫折。

战争中锻炼了一代新人，也淘汰了一些懦夫。

回顾往事，尤其今天怀念的是那些流血牺牲的同志们，我永远不会忘记他们，全国人民也不会忘记他们。

——摘自：《陈再道回忆录》

王诚汉
（时任第一野战军第18兵团第61军181师师长）

　　北线之敌被全歼，西南战役也已经接近尾声，在刘邓大军和北线第18兵团主力对成都地区已形成包围的形势下，敌军纷纷起义或投降，成都于1949年12月30日和平解放，成都战役胜利结束，歼敌70余万，蒋介石由成都逃向台湾。

　　至此，除滇南、西昌尚有部分残敌以及西藏外，大陆宣告全部解放。

——摘自：《王诚汉回忆录》

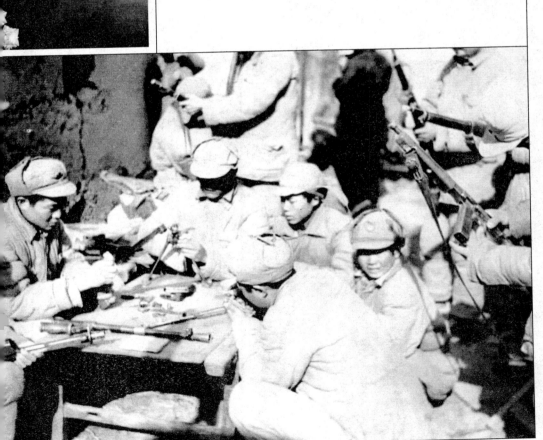

第十章

主战场战后数年
落雨地上仍流血水

★★★★★

∧ 我第 10 军某部战士们,在追歼残敌途中边走边进餐。

曾经炮火连天，血流遍野，国共两军殊死厮杀之地，一直到解放后的五六年里，每年下雨时，那田里流的水还有血色，至今种田挖几锄头，随处都可挖出死人骨头来。可以想见，当时血流成河、尸体堆积如山，绝不是夸张，而这毛骨悚然的一幕，也不是天方夜谭。

1. 血色热土上的烽火鸳鸯

　　川西成都战役，是中国人民解放战争最后一次大决战，之后，国民党军再也没有力量在大陆与解放军相抗衡。然而，如此一场大决战竟在战后仍留下许多未解之谜。仅从地理形状上考察，笔者发现这是一场非常奇妙的战役，此役竟是由3个环中相套的菱形战场组成：从整个川西战场看，这是一个大菱形：东邻紧靠成都的双流县城，西接邛崃县城；南起新津县城和蒲江县城，由成都、双流通过这两县城的南线公路通到邛崃县城；北至崇庆县城和大邑县城，由成都经过温江县城和上两县城的北线公路通到邛崃县城，与南线公路汇合。整个川西战役即是在这片东西长约70公里，南北宽约40公里的菱形地中展开的。

　　中等菱形地的战场，是随着解放军包围圈的逐步缩小而形成的：北到大邑县城，南接邛崃县的固驿镇；西起邛崃县城，东至该县的高山镇。在这块东西宽仅9公里、南北长20余公里的菱形地段上，许多硬仗和恶仗都在此地展开。

　　国民党军胡宗南部在最小一个菱形战场里的最后血战，是在邛崃县与蒲江县的交界处展开的。这块菱形地：南邻蒲江县的西峡场，北接邛崃县的龚店子；东起固驿镇以南7公里的梁牌坊，西至紧靠邛崃以南不到10公里的成（都）雅（安）公路一旁的板桥铺。即在这东西长约6公里，南北宽3公里多的丘陵地形狭小的地段上，国、共两军在此划下了在大陆决战最后结局的句号。

　　就在这块方圆仅10多公里的土地上，国民党军曾在这里血流成河，尸体堆积重叠绵延数公里。然而，此战斗究竟是怎样打的？在此亡命的最高指挥官是哪个？几十年来这些问题却一直如一个难解的谜一样，让人费解。笔者在1977年6月曾到过这个地方，却是什么也没发觉，直到整10年又过两个月后，再次来到这个地方，才意识到这片土地的不同寻常，带着这个问题查证了许多资料和当事人，又过4年后，总算才弄明白此地即是国民党军在大陆的最后一支主力部队第5兵团包括其所谓的"天下第1军"的最终覆灭现场。

当年的这方土地上，曾出现过令人毛骨悚然的一幕，说血流成河、尸体堆积如山，在此地绝不是夸张。当地农民告诉笔者：一直到解放后的五六年里，每年下雨时，那田里流的水还有血色，至今种田深挖几锄头，随处都可挖出死人骨头来。

一对由台湾来的白发夫妇，颤悠悠地步上这片土地，不用导游，从不问路，两人手牵手结伴而行。他们曾亲身经历过那场令其终身难忘的川西决战，男的是国民党第69军的营长，女的是军部的译电员。当军田坝枪声正急时，军长胡长清率残部200余人侥幸突出重围，其中便有这对烽火鸳鸯。他们即是在由军田坝向西昌逃难的路途中相依为命，一天深夜在大山石窟中结为夫妻的。

如今，他们终于实现了多年来寄希望能以特殊方式纪念婚礼之日的心愿。回到大陆的第一件事，即是重走这条对他们来说是意味深长的乡间小路，其起点便在军田坝。结伴而行，往昔姻缘由此始，今朝何情上心头？

国民党军第1军 ——————————————————————▲—

国民党中央嫡系胡宗南军事集团之部队。军长陈鞠旅、副军长段成涛，隶属第18兵团，下辖第1、第78、第167师。参加了陕中战役、陇陕战役、西南战役。1949年12月24日至26日，该军在成都战役中被人民解放军全歼于川西新津、邛崃地区，军长陈鞠旅被俘。

如今，他们的这种庆祝婚礼40周年仪式，的确也别开生面——没有鲜花和红烛，没有欢声和笑语，没有亲属和朋友，就像他们40年前大山石窟中的"洞房花烛夜"一样。更出乎人们所料的是，老泪纵横中，他们手中撒出的尽是白花纸钱：祭奠阵亡于此的好朋密友，因为当年能活着走出军田坝的毕竟是少数。

2. 姓"军"的军田坝

成都战役正激烈时，解放军各路大军对退到此地的国民党军达成了合围。

解放军第10军第30师第88团，由新津西南的永兴场经羊场向西出击，直趋固驿镇，与正西窜的敌人齐头并进。第89团由新津以西的牟场西进，直出固驿镇南的新庵子附近，兵锋戳上了由此南逃的李文兵团本部的屁股，并从中间截下了其南撤队伍的一个"尾

∨ 我第 10 军某部在贵州安顺战斗中，迫使国民党军士兵缴械投降。

巴"。国民党第69军殿后部队立刻进行拦阻，掩护大部队撤退。第89团也迅即在新庵子一带组成一道封锁线，未来得及逃过这一线的国民党军大多数被俘，此战结束时，该团在此地共计俘敌5,000余人。

当时，国民党军退却到新津以西后，在向南的继续败退路线上选择了经蒲江县到雅安的路线，当李文和参谋长吴永烈在打开军事地图确定具体行军路线时，手指所指处有一个非常显眼的地名，其名字也姓一个"军"字，称为军田坝。顾名思义，这军田坝一定和"军队"有关，也必定是一个驻军方便和行军能进能退的好地方。随着李文的点头称许，这条行军路线就这样确定了下来。

而实际上，这军田坝虽然姓"军"，却是极不利于军队行动的。仅从地图上看，这个两山夹一小平原的走廊，地形较开阔，从固驿镇向南行约5公里到新庵子，再南行2公里，由梁牌坊进入这条成东西走向宽仅1公里的狭窄地带，一条乡间土路向西蜿蜒伸展不到10公里，便是西来镇，可通过此地直接插上去雅安的公路，非常利于行军和达到迂回走向西逃道路的战术目的。但是，这军田坝的实地情况却并不像李文想象的那样好走，此地在五面山中，两山夹一沟间，一条四季不断水的小河便在沟底，而且小河沟的两岸全是水深没膝的水草地和已收割过的闲置冬稻田。解放后这里才开始种两季稻，以前一直是种一季稻，冬天的水田里灌满了水，等待来年春耕。犹如酱缸一样的军田坝四野，农民平时在这些田埂路边行走都是十分的小心，所以，根本不适合部队行军，更别说是骑马拖炮、带着辎重而逃命的国民党军胡宗南部。

因此，当李文带领所部准备从此地穿行而过时，首先遇到的最大敌人即是这烂泥坑，许多战马跌入水坑后再也爬不起来，各种火炮都陷了进去，再加上前后左右的追击喊杀声，溃退的国民党军官兵争相逃命，互相拥挤，很多人都滑入到烂泥中，苦苦挣扎，也就别谈有什么战斗力了。

就在这混乱之际，由彭山一线自南而北的人民解放军追击部队，正向蒲江一带拦截过来，抢先占领了西峡场一线的制高点，封锁住了企图南逃的国民党军的道路。但由于解放军先遣部队人员少，要想很快彻底解决战斗也不可能，只好一面坚守住制高点，把敌人困在这五面山中狭窄的地区内，一面等待后续部队的到来。于是，一场激烈的战斗便在这一地区打响。

国民党军拼命想冲出南去的包围圈，成团成连的国民党军在指挥官的督战下，向附近的山头涌来，身边的开阔地和脚下的泥水，对他们的行进非常的不利。而解放军坚守在山头上，尽管伤亡很大，人员越来越少，却是居高临下，便于发扬火力，国民党军发动的数次进攻都被击退了，但解放军也由于人少，不敢贸然离开战壕一步向前发动追击，只是这样艰苦地坚守待援。

双方形成了僵持状态。急于逃命的李文兵团在见向南不能直接突破后，只好率领侥幸逃过军田坝泥泞地带的部属，顺着五面山中这条山沟沟底开阔地径直向西奔逃，一直跑到这条山沟的沟头板桥铺，再也不能顺沟逃窜时，跑在前面的先头部队刚爬上沟沿，便吃惊地发现这里已有解放军堵截坚守。一阵激烈的枪声响过后，国民党军只好又缩回到山沟里。李文所率兵团司令部即住在紧靠板桥铺以北仅有300余米的古大林，这里仅距成（都）雅（安）公路有5公里，李文仍在做他那打通南逃通路的梦，他下令让对峙在板桥铺附近的国民党军发动轮番进攻，但总未能奏效。

国民党第69军军长胡长青 ——————————————————

湖南临湘人。国民党陆军中将。黄埔军校第四期毕业。曾任胡宗南第1师第2旅参谋主任、参谋处长，第1师第1旅副旅长，第1军补充团团长。抗日战争爆发后，任第1军补充旅旅长，第8师副师长，第27军第45师师长，第5军副军长。抗日战争胜利后，任第5军副军长，整编第69师师长，第99军军长，第69军军长等职。

在这个东起军田坝，西至板桥铺的沟壑山地，国民党军第5兵团已处在人民解放军的网底中。

国民党7个军近10万人的溃兵，拥挤到了这方圆几十公里的地域内，兵团司令官李文此时的兵力部署是这样的：

陈鞠旅的第1军和胡长青的第69军在东起军田坝，西至古大林、板桥铺一带，从东南方向以胡部在后、陈部在前的行军作战队形屏障兵团部；

周士瀛的第90军、吴俊的第27军、朱先墀的第36军在固驿镇以南的新庵乡一带，从东北方向以朱、吴、周部的前后行军作战队形屏障兵团部；

由李文亲自指挥的第3军（军长盛文在撤出成都过新津南河后潜逃后，李文还被蒙在鼓里，以为曾作为成都防卫司令的盛文很可能打回了成都），和冯龙的第57军，从西北方向阻截解放军的猛烈追击进攻；

同时，李文还命令紧靠兵团部的第1、第3、第57军3个军，竭尽全力打通距离成（都）雅（安）公路仅还有5公里的道路，拼死突出重围。

这时，此菱形地段的东西两端都正响起了分不清节奏的枪炮声。

冬季的寒风中，邛崃县境与蒲江县境接壤的狭窄菱形地段上，人马喧嚣。

此时此地，较别的战役有一个显著特点是马匹多而车辆少，这主要是笨重的车辆不适合逃跑，尤其是在这里，水网稻田更使那些四个轮子的东西寸步难行，不是被陷入泥水，就是早被丢弃路边。

在军田坝一带，到处都挤满了溃散到此地的国民党军官兵，人挤人，马踏人，一片混乱。如此狭小的地段上突然间出现了如此多的活人，吃饭都成了大问题。枪口指向了马匹，往日立下"汗马功劳"的战马倒在了主人的脚下，成群的士兵疯狂地冲上来分食争夺这为数不多的马血马肉。

附近老百姓家中能吃的东西已被抢劫一空，连地里能吃的草根也被挖掘出来，填充肚子。

"求求你们了，长官。我的这个家修得不容易啊！求你们不要拆了！"陈家祠的陈黄氏苦苦向正毁房修筑野战工事的国民党军官兵哀求着。

"死老婆子，你滚开！国都没有了，哪还来的家！"一个被士兵们称作连长的国民党军官大声骂道。

就在这时，第1军军长陈鞠旅在古大林准备起义的消息很快传到了本部主力所在地军田坝一带，第1军各部的团长回到本团后，宣布了这一突如其来的消息。兵随将转的第1军官兵还没反应过来是怎么回事，猛烈的枪炮声便已在他们的身边响起，第1军顿时伤亡惨重。原来是同一战壕里的第69军闻知第1军决定投共的事情后，军长胡长青仍坚持反共拥蒋的反动立场，马上向成为自己对立面的"叛徒"下手，他们向近在身边却毫无准备的第1军打响了制止"叛变"的枪声。

第1军官兵在本无防备的情况下，谁也没有料到灾难先从本营垒中腾起。特别是对于下层官兵来说，他们还根本没有搞清楚究竟是谁"投了共"，反正是当听见对方的子弹是向着自己打的，便也来不及问个青红皂白，当即展开还击。一场内讧便先在大五面山一带展开。

两个军本来是自从撤退到这一地区后，彼此并不分你我，并肩战斗在一起，行军宿营也在一起，这时突然翻脸为敌，自然是先下手者为强，第1军怎能抵挡得住近在咫尺的对方突然袭击，伤亡重大，只好向西退去，靠拢军部和兵团部。而其时，第1军的起义还仅是处在准备阶段，没有与解放军接上头。陈鞠旅知道这件事后，气得连连跺脚骂娘，去找李文评说，而脚仍踩两只船的李文除了安慰陈鞠旅几句话外，说马上通知第69军胡长青停止攻击外，不要再发生误会。

这样，五面山上的解放军没有费什么力气，李文兵团的这两个主力军即已因内讧大伤元气。在李文急忙下令停止内乱后，第1军的官兵已横尸军田坝。这就是当地人至今所说而不解的"为什么国军打国军"的原因所在。

关于这件"内讧"之事，国民党军许多当事人在提到此事时，往往是轻描淡写；而在解放军的军史及当事人回忆文章中，也往往不提这件似乎有损本部战斗力的事。但这是历史事实，笔者本着尊重历史的立场，在采访了当今所能找到的知情人后，认为还是应以还事实本来面目为好。只有如此，方能有条理地把当年这一战况说清楚，否则，仍还会像往常一样存在着许多不能自圆其说的难解之结。这场战役已过去近半个世纪，一代人都快全部成为故人，该是说清的时候了！

笔者通过大量的调查采访，综合历史档案材料认为，在军田坝发生"内讧"之后，又与相继追击到此的解放军展开激战的国民党部队，其主力非陈鞠旅的第1军，而是胡长青的第69军大部，是胡长青率其部在军田坝中抵抗解放军的频频攻击，顽抗到了最后一刻。

26日拂晓，军田坝周围的战斗进入最后决战阶段。解放军南路部队主力第16军，在所部第47师即将火速赶到前沿阵地之前一个小时，便胸有成竹地下达了总攻击

< 曾任16军政治委员的王辉球。1955年被授予中将军衔。

解放军第16军 ————————▲—

1949年2月19日，原中原野战军第1纵队和豫皖苏军区独立旅合编为人民解放军第16军；军长尹先炳，政治委员王辉球。该军下辖第46师、第48师，归第二野战军第5兵团建制。该军成立后立即参加渡江战役，后又奉命进军大西南。1950年1月15日，第48师调归川南军区。军部和第46师、第47师分别兼贵州军区遵义军分区、铜仁军分区、毕节军分区。1953年1月，第11军第32师归第16军建制改为第48师。

的命令。第 46 师 3 个团首先在军和师的猛烈炮火掩护下，以军田坝地区为主要战场，向敌发起猛烈攻击：左翼，第 138 团向紧临军田坝以西的龚店子地区攻击而去，拦腰截断了敌兵团部与其在军田坝地区主力部队之间的联系；中路，第 136 团除以 1 个营由正面向干溪沟、马福庙地区进攻，进行牵制性的再隔断战术动作外，团主力由右翼经张祠堂直接向军田坝展开正面进攻；右翼，第 137 团由松华一线直插军田坝东南地区，首先以俘敌第 3 军少将副军长沈开樾、少将参谋长邓宏义以下 1,000 余人告捷。第 28 师第 84 团由羊场经牟场进抵军田坝正东 7 公里处的盘龙村（海拔 493 米），此地是大五面山的最东端，国民党军 1 个团的兵力为掩护其主力西进，正堵在这里，第 84 团迅速对其发起冲击，将其歼灭后立即再向以西的军田坝方向推进。

与此同时，军田坝东北方向新庵子地区的解放军第 10 军第 30 师第 88、第 89 团，西北方向雷打庙地区的第 82 团等部队，在南路发起进攻以后，也主动对敌展开了积极的攻势。其中第 88 团在该师马师长的亲自率领下，从北面直戳逃敌的屁股；第 89 团在该师副师长朱光的亲自率领下，自新津老君山出发，先以 2 营、3 营在前担任主攻，1 营在后作预备队。他们穿越丘陵小道，经牟场一路直出近 20 公里，追敌到了新庵子地区，与敌后卫接触，便把 1 营调到前边担任主攻，并与第 88 团胜利会合，向敌发起了更强烈的进攻。

满山遍野的人流，裹着电与雷，携着风与火，直扑军田坝而来。

各部队突入敌阵后，即行大胆穿插分割。

为了逃命，许多国民党官兵脱掉那身显眼的军装，逼着当地的老百姓脱掉身上衣服，互相换穿。在这时，越破越烂的民装却成了宝贝，被败兵们争来抢去。

"脱！脱！脱！"几个国民党溃兵闯进附近农民的家，冲着男人们喊着。被惊吓的嘴巴都张不开的百姓们，见大兵们指的是男爷们，也就稍稍宽了些心。然而，当随着一批批如强盗般的溃兵们来去几次后，那"脱！脱！脱！"的吼叫声便开始冲向了女性们，女人们的衣裤也成了溃兵们逃难的"护身符"。待这些溃兵们远去，村庄中原来一家家农户转眼间都变成了穿军装的"全家兵"。为此，一些穿上国民党军服的农民，曾被紧跟而来的解放军当做国民党兵误伤，这些农民真是连连叫苦不迭。

这时，军田坝周围的解放军各部队紧缩合围圈，使四处窜逃之敌渐入网底。许多连夜跑了几十公里的国民党溃军官兵，满以为逃出了解放军的包围圈，却不料等跑到军田坝附近时，方明白仍在网中，且已是起网的时候了。昨日由高山镇败逃到新庵子附近的国民党军第 90 军首脑人物周士瀛等，企图带少数随从夺路而行，与兵团部会合后再图脱身窜逃。夜幕中，无奈四野到处是解放军的呐喊声，便惊吓得

不敢再莽撞行动，担心自投罗网，即蛰伏于沟坎中准备等天亮后再伺机动作。

次日，此地国民党军第90军等部溃兵被解放军各路部队分割包围在了这里。很快，军长周士瀛也加入到了解放军第89团的俘虏群中，不过刚开始由于他一身的士兵服装，押送俘虏的解放军战士并没有发现他的真实身份。但在俘虏群中，周士瀛作为军长是他的部属们所另眼相看的，他也就显得不同于一般人，很快引起了解放军战士的注意，把他单独先押送到了团部。

团参谋长任国选上下打量着这位白白胖胖的中年人，仅旁敲侧击几句，周士瀛也就不得不如实承认了自己的身份，最后十分懊丧地说道："我们国军看来是全完了，不是被打死，就是当俘虏。"

至此，国民党第90军军长周士瀛、副参谋长萧钜钰（军参谋长王日皓在昨日晨被解放军第87团在冉义镇附近俘虏）、第53师师长樊玉书、副师长张居温5名少将先后被俘，其第90军军部、第53师师部及其部队全部被歼灭。

3. 终于解放了，却不准入城

与此同时，解放军各路部队突进到军田坝战场的各个角落，已失去战斗力的国民党军再也难以组织有效的抵抗。就在这一刹那间，此地战场上面对败局已定的国民党军官兵，其反映虽说不尽一样，有撒腿就跑喊不住被击毙者，有趁混乱之机逃窜得逞漏网者，有举枪自杀者或仍继续顽抗者，但更多的则是举手投降。

成团成连的解放军冲入敌群后，大声喊着："缴枪不杀！""优待俘虏！"一群群敌人把枪高高举过头顶，缴械投降。解放军第30师长马忠全和作战科长马辛春带着1个侦察班和几个通讯员，向聚集在一个山头上的敌人打了几枪和一发六〇炮弹，此地1个营的敌人便在招手喊话中乖乖地缴枪投降。一个通讯员赶回后方送信件，除信件按时送到外，还带回了1连投降的敌人。

< 1949年11月，我第10军某部乘船向贵州进军。

整个战场在这时都沸腾了!

混战中,双方皆有伤亡。

对于军田坝之战中究竟歼灭国民党军多少人,俘获或击毙国民党军将级以上指挥官是哪几个人?笔者曾穷尽所见史籍档案,但总没能得出一个较一致的说法。有的史料记载:"毙伤敌第27军军长、第1军参谋长以下1,000多人,俘第24师师长以下6,000余人。"刘伯承、邓小平给中央军委的电报中则记载道,整个西南战役:"毙伤敌少将以上军官3名:27军军长李正先(毙),1军参谋长陈守仁(毙),79军98师师长朱声沛(伤)。"等等。

军田坝战斗以国民党军的惨败而宣布结束,懊丧到极点的周士瀛等国民党高级将领及其部属在解放军战士的押送下,步履沉重地走过军田坝,他们感觉到脚底这片浸透着血与火的泥土仍然热得滚烫滚烫。

川西解放了,西南政治、文化中心成都解放了,解放军干部战士们欢呼雀跃。

当时,他们多么想进成都市区,去看看这座解放了的天府名城,但刘、邓首长有指示:"二野部队一律不准进城!"

还在12月17日,刘伯承和邓小平即指示川西前线部队指挥员:

你们无接收成都之能力与任务,且无干部和款项,如毫无准备地进入成都,必会造成混乱,增加尔后的困难,且刻下作战尤不宜先攻成都。为此,你们应切实按我们的原指示,渡岷江后,以12军即攻占邛崃、大邑,11军攻占新津,控制彭山及岷江以东之要地,10军、16军攻占眉山、蒲江、洪雅、夹江地区,如雅安、名山无刘文辉部时,再相机占领之。并各在上述地区集结待命,寻歼成都外围之胡匪,到这时也应将成都留下或暂时由起义之川军维持原状(弄坏了则由他们负责),待18兵团到后接收,故你们无论何部如没有命令都不得擅自到成都去(前如11军、12军随便派出小部队贪图小胜利的现象应予纠正)。

二野部队令行禁止,没有一兵一卒进成都市。同时,为了保证贺龙率领的第18兵团到来之前,保持城里的秩序,防止敌人的破坏,杜义德还专门给市内起义、投诚的国民党将领打电话,要他们维护好城里的一切。成都市以完好的容貌迎来了自己的新生。

∧ 刘伯承、邓小平在研究部署西南作战事宜。

　　解放军各部严格执行战场纪律，并将战斗中缴获的大量军用物资和黄金等贵重物品统一上交。仅第10军就用20匹骡马运送战利品到了重庆，也就是这个军，他们却把许多优秀战士永远留在了川西，在此役中牺牲了民运部副部长郭广智以下271人。

　　当然，对于以鲜血解放这片土地的第二野战军干部战士来说，思想上并不是很快就能转过弯来的。第11军参谋长杨国宇在日记中就这样写道：

　　我们移驻简阳城。我们部队，不得入成都，这是刘邓首长的命令。住在简阳，等一野18兵团。……今天是胜利的1949年年终。在深夜的简阳城里，家家张灯结彩、挂着新的国旗。到处是人群，城乡（郊区农民也入城共庆）雀跃，万众同歌，鞭炮齐鸣，锣鼓声、口号声，声声震耳。此景此情，我关着门沉思：我随刘邓 13 年，今天全国胜利了，天津、南京、上海、重庆没有我的地方，四川人入成都，还受批评（所有二野部队不准入城）。人民解放了，我的家在哪里？

但是，想法归想法，执行命令归执行命令。第二野战军干部战士硬是匆匆由成都市边走过而不入，步伐整齐地向指定集结地开进。

29 日晨，杨勇、杜义德指示川西各军并报重庆刘、邓说：

对胡匪追歼战于 27 日结束后，各部经 3 天时间打扫战场，溃军股匪已基本上收歼完毕，刻各部除留少数人员就原作战地区，继续打扫战场，收集散兵游勇，搜缴敌遗弃武器、器材外（尤应通过地方保甲通知群众将敌弃军品向我献出）主力应集结整补，10 军集于双流（含）、新津地区，11 军集白家场、中和场、贾家场、太平场、苏码头地区，12 军集邛崃、大邑，16 军集蒲江寿安场地区，18 军集彭山、眉山。此外，并注意以下几个问题：设收容站收容散兵游勇，12 军崇庆，10 军双流，11 军中和场，16 军寿安场，防匪流散糜烂社会秩序；除各部酌情补一部俘兵外，各师应组补训团，各团应组织补训营。

成都战役以解放军的全胜宣告结束。

重庆，胜利的锣鼓声中，刘伯承亲自拟定电报稿，将第二野战军进军西南以来的战果综合向中央军委报告道：共计歼敌 347,719 人，其中毙 8,188 人，俘 170,671 人，投诚 53,560 人，起义 115,300 人。内含俘敌将级军官 65 人，毙 2 人，伤 1 人，降 28 人，起义 46 人。缴获飞机 18 架，各种火炮 2,937 门，轻、重机枪 6,351 挺，其他枪支 226,821 支；各种炮弹 84 万余发，黄金 1 万余两，以及其他等一大批军用物资（云南卢汉、川康刘文辉、邓锡侯、潘文华等起义人员数量等未列入此）。

★★★★★

①

★ ②

★ ③

★ ④

❶ 我军战士挖交通壕准备迎击敌人。
❷ 我军在严寒中打击敌人。
❸ 我军某部突击队向敌人发起攻击。
❹ 我军主力在粉碎敌人"清剿"后，转战行军。

刘伯承

（时任西南军政委员会主席）

　　这次解放西南的战役，从11月1日开始，首先陆续收复了湘西、鄂西、贵州、川东、川南、川北、陕南等广大地区。

　　许多国民党军将领，在我强大攻势之下，相继起义；进入云南的人民解放军部队也已到达沾益，协同卢汉将军打退了进攻昆明的蒋帮第8军和26军。

　　最后在川西成都周围，我第一野战军、第四野战军和第二野战军部队协同作战，消灭了国民党军基干军队及其他部队，如连同起义的兵力计算，则共达20余万人。

　　胡宗南只身逃到台湾去了。蒋介石和美帝国主义者诺兰，在重庆商定的在大陆上最后挣扎的一套阴谋，已被我军的伟大胜利所完全粉碎。现在整个西南剩下的残敌。

　　只有贺国光在西昌的几千人，和在云南的第8军与26军两三万人，如果他们还不觉悟，还不迅速转到人民方面来，很快就要被完全消灭掉。

　　今后军事方面剩下来的事，就是解放西藏同胞建立国防和肃清分散的、隐藏的残余敌人了。

　　　　　　　　——摘自：刘伯承《在重庆市庆祝西南解放大会上的讲话》

王诚汉
（时任第一野战军第 18 兵团第 61 军 181 师师长）

在涪江边，我师炮兵瞄准了河对岸的敌群。此时，我正好赶到河边，观察一下对岸情况后，立即命令炮兵停止射击准备。

因为我看到河对岸敌群中夹杂着不少老百姓，如果误伤了当地群众，这将会给我们的下一步进军带来意想不到的困难。我们宁愿多追两天，也不要误伤了群众。

我说的话恰好被河这岸的当地老百姓听到，所以在战后有许多老百姓找到我们师部所在地。向我当面表示"不打"之谢意，这件事，后来也成为在相继而来的剿匪斗争中争取群众、团结群众的有力例证。

我师广大指战员在川北追击作战中牢记我们是人民的子弟兵，在作战中坚持一切从人民的利益出发，从而也赢得了川北关大人们的信任和拥护，为以后的剿匪斗争奠定了基础。

——摘自：《王诚汉回忆录》

第十一章

国民党"天下第一军"的覆灭

★★★★★

∧ 蒋介石赴四川视察时，接见国民党四川省主席王陵基（戴墨镜者）等人。

就在这男子汉牛一般的哭声中，陈鞠旅的部属全体接受了放下武器的命令。

国民党所谓"天下第一军"大厦，在这泪水中坍塌。

川西平原上，浓浓的硝烟开始慢慢消散，一轮红日在这片历尽沧桑而又古老的热土上冉冉升起。

1. 那个不平静的夜晚

古大林碉楼上，李文急促地来回走着，自知已到了走投无路的绝境了。

深夜，激烈的枪炮声又起，密集震耳。王陵基的参谋处长邬灿跑了进来，请求让住在院外的王陵基临时搬进院里来住，避避风险。李文挥挥手，算是作了答应。王陵基一行进入院子后，只得10多个人挤在一间地上铺了一层稻草的小房间内过夜。王陵基叹息说："这是寄人篱下的滋味。"言下之意，似乎对李文并不怎么满意。而实际上，李文等人又何偿不是睡在稻草上。

国民党上将、四川省主席王陵基是生来做梦也没想到会落到这个地步，过去的王陵基可是个很注意风度的人。

朱大启在墙角黑暗中自吟着：

万千尘劫，问苍生能有几多英物？王剑龙吟今梦断，懒向春风题壁。隋苑饥鹰，吴宫衰草，怎禁连朝雪？寒香伴我，翻书细数豪杰！

羞瞩莽莽神州，霜欺雪压，有奇花难发。雨暗云昏愁隐隐，只剩残灯明灭！浊世浮名，半生忧患，白了青春发。惊回醉梦，碧霄自有明月。

"好一首《念奴娇》词，你写的？"王陵基问。

"我可没这个雅性，是从朋友那里抄来的。不过倒也适合我们目前的处境，吟来也自有万般愁肠。"

第1军军长陈鞠旅垂头丧气地从左翼败退下来，进了李文的住处，他肥胖的身体向稻草堆上一坐，稻草立刻被压下去了一个大坑。

无精打采的李文走过来，他对陈鞠旅的战败大为不满，生气地喝问道："你怎么不管你的部队，一个人到这里来了！？"

李文不说还不要紧，话一出口便惹得陈鞠旅又发开了牢骚，这在以往是绝对不可能的。

陈军长连声抱怨着，在李文面前苦叫道："我们根本到不了蒲江，沿途都有共军的截击。我的部队大多数都互相失去联络。现在我不向这边靠拢，还能向共军靠拢？"他把话说到了这个份上，李文听来也不免觉得十分尖刻。

脑袋低在胸前的李文被陈鞠旅噎了一口，什么话也没说。呆立在一边的绥署干部训练团学生总队长王应尊，为了打破尴尬的局面，干咳了几声，却也没有说出什么。焦与愁一齐挤到了李文那张布满阴云的脸上，怨气充满了小小的房间，出现了尴尬的冷场。

此时的房间内，就只有李文、陈鞠旅、王应尊3个人。把头埋在稻草堆中的陈鞠旅不还言，李文也就不好再说话，王应尊在这种场合自然更不好插嘴。其实，李文与陈鞠旅刚才的几句争吵，门窗外面侧耳细听的人都听得非常仔细，大家在这时都十分敏感地观察注意着局势的发展。

兵团副参谋长袁致中在门口探头探脑地向房间内张望着，他向浑身都感到很不自在的王应尊挤了挤眼睛，招手示意让王出去一下。

巴不得在这时跳出这个房间的王应尊，在袁致中的解围中走了出来，问道："什么事？"

"里面的话我们都听见了。现在已到了紧要关头，你应该讲话了。"袁致中恳切地说。

"我？让我说什么？"

"情况十分明显，再这样打下去，只有死路一条。为了保全整个兵团官兵和李司令官的安全，应该另想个办法。"袁副参谋长话声中已带有哭音。

"是啊！不能再这样拖下去了，否则，我们大家一同都完蛋。"兵团参谋长吴永烈在一边也表达自己的意见说。

"你们是参谋长，为什么不讲，一定要我讲呢？"王应尊有些不理解地说。他知道袁致中在过去虽是自己的旧部，但袁现在是李文的副参谋长，更是李文的亲戚；吴参谋长也是李文的心腹。

王应尊没想到正副参谋长异口同声说："我们是直接部属，不好说。"

"举白旗的事，怎好出自直接部属之口。实际上，我看李司令官自胡长官走后，又何曾没有这个意思，只是作为兵团司令官，自己不好说出口就是了。只要我们先说出他想说而难言的心中之话，他肯定会同意和满意的。恐怕这也是我们做参谋的职责。"吴参谋长担心王应尊不理解他们刚才说的话，又解释了这么一番。

袁致中向王应尊又说道："你与李司令官的关系不同，现在又不是他的直属部下，所以只有你可以说。"

> 胡宗南苦心经营的大西南防线，在人民解放军的强大攻势下土崩瓦解。

王应尊听这话后半天没吭声，他知道这件事的利害关系，办好了没得说，办不好会引来杀身之祸，还要背黑锅。在这重大历史关头，办一切事都要慎之又慎才好。他向房间内望了望，对满脸企盼之情的吴永烈、袁致中说："这件事不能太孟浪，还是慎重一些好。刨树先挖侧根，我先把陈军长说通后再说李司令官。怎么样？"

两位参谋长实在也没有别的办法，只好同意王应尊先做通陈军长的思想后再另定计策。

事不容迟疑。王应尊找了点借口，把陈鞠旅从李文面前叫到一边房间内，开门见山挑明眼前局势，故意问道："你看情况已经发展到这一步，究竟还有什么办法没有？"

"有个屁的办法，再打只有死路一条！"陈鞠旅说得非常干脆，也十分气愤。他作为李文的老部下，不好对李文抱怨太多，这时却把满腹的不满发到了早已离开大陆的蒋介石、胡宗南身上，从国民党军的全国战略部署一直数落到川西平原上败局已定的战况。

这时发牢骚已不是时候，王应尊赶忙打断陈鞠旅的话，说："这些都将成为历史了，当务之急是我们如何不再当傻瓜，为了蒋介石把命也搭上。"王应尊与陈鞠旅是20多年来的知己朋友，平时也无话不说，所以在这时说的也是推心置腹。

陈鞠旅听到老朋友说这些话，渐渐明白王应尊要说的话中主题是什么。他连叹几声，说道："这种形势是蒋介石与胡宗南给我们造成的。我在新津时曾向胡宗南建议走北平傅作义的路，但他认为我们与傅作义不同，傅作义的道路我们是走不通的，现在大势已去，解放军岂肯接受？"

王应尊刚想解释些什么，没想到隔墙有耳，陈鞠旅的代参谋长乔治在那边早就听得清楚，这时突然从隔壁跑过来说："只要我们愿意投向人民，解放军是不会不接受的。我过去在东北被俘后，学习了一年，他们的政策我是知道的，只要我们愿意起义，我们的生命财产是有保障的。"

乔治的现身说法，在这时比王应尊的任何话都管用。一时竟也说得陈鞠旅和王应尊目瞪口呆，他们没有想到身边的这个军参谋长原来是个早被洗过脑已"赤化"的人，这些话在以往可从来没有听他说过，当然他也绝对不敢说。

陈鞠旅和王应尊互相望了望，两人什么也没说。此时无言，实是胜过一大片话，也就是对乔治建议的默认。

乔治见军长停止了唉声叹气，知他内心一定处在万分矛盾之中，说到底是不愿领这个先，便又趁热打铁进言："这种事总得有人伸头才行。实际上，现在大家都是在看着我们第1军，我们一动，大家都会跟着动。这个时候，我们还有什么所求呢？在此走投无路的情况下，我们这些高级人员惟一的希望就是能够保全生命财产，其他再无所求。"

乔参谋长的这段话基本消除了陈鞠旅刚才的思想顾虑。

"也只有这样了。就这么办吧。"陈鞠旅头也未抬地说道，然后又郑重说："给冯军长通个气，让他现在马上来。"

第57军军长冯龙说到就到，陈鞠旅当即言明劝说李文接洽起义之事，就两军协同行动交换了意见。王应尊也表达了自己的意见。

冯龙本是一个惯于见风使舵的人，这时见第1军内部乃至兵团部的意见已趋于一致，开口便表示第57军一切愿随第1军行动。当提出大家一同去见兵团李司令官时，冯龙等人连忙把陈鞠旅推在前面，并推举王应尊代表大家向李文先作劝说。

王应尊来到愁眉难展的李文面前，设身处地又诉说了一遍第5兵团此时所处的险境，讲明再抵抗的利害关系，末了又补充式地说：

"打是打不过别人了，大家的意见是为了兵团几万子弟兵的生命安全，还是走北平傅作义将军的路为上策。蒋委员长和胡长官是管不了我们了，第5兵团这些被人抛弃的将士，还得靠我们自己想办法。"

　　一直低头不语的李文把两手抓在乱蓬蓬的头发中，这时听到王应尊提到临阵起义之事，仍是犹豫不决，说："那样恐怕不行吧！"

　　王应尊对以往的李文是很了解的，对此时李文的心情也是理解的。李文的确有自己的难处：作为蒋介石的嫡系将领，几十年来形成的"忠君"思想很难一下子改变过来；作为兵团的主官，他曾经多次训导部下要"不成功便成仁"，"身死事小，失节事大"；作为大陆最后决战中一方的前线最高指挥将领，他更知道这一步棋走出后的分量。所以，他很难果断地下定临阵倒戈的决心。

　　门外，众将领都倾耳细听着李文的最后表态，王陵基的参谋处长邬灿也在竖耳细听着，但李文一直都未开那个口。只听到王应尊的声音越来越大："我说李兄啊！你怎么还不明白，在眼前这种情况下，除了这条路外，别无出路。你是不是惟恐部下骂你没有气节，你还要顾全你的面子，用几万官兵的性命换取对得起蒋介石和胡宗南的资本，我看实在没那个必要，允许他们不仁，也就允许我们不义。"

　　李文把双手在头发里抓得更深了，他没有说话，算是默认了王应尊的说法。其实，王应尊的这些想法，李文早就明白，只是不便由自己口中说出。这也许就是当主官和当参谋人员的区别：参谋人员出谋划策，主官权衡定夺；这更是官场上用人的学问：对那些拿不准又担责任的事，最好还是引导部下先提出，再由自己最后定下决心，以后事情成功了，功劳自然是主官的，不成功，也好找个替罪羊。纵观这场议而难决的起义抉择过程，李文的思想症结也就在这里。

　　李文的耍小心眼，却把众将领急的在门外和窗户洞里向王应尊直打手势，袁副参谋长摇着头，眨着眼，打着哑语，不知在表示什么意思。

　　王应尊见李文的顾虑和小心眼主要是不愿把这件事从自己口中亲自说出，更不愿自己亲自出面接洽起义，便顺水推舟地对李文说："你看这样好不好，让袁参谋长先走一趟，怎么样？"

　　李文早就巴不得有人说这个话，似是而非地说："你们看着办吧。"算是对这件事作了答复。

　　但袁致中却担心在这重大关头上出了差错，非坚持让李文写个东西作为凭据不可，他对李文说："司令官，只有你才能代表第5兵团。你不出面，由我们出面，但最好你还是要写个致共军的信，表达我们的意思。要不共军也不会相信我们，还非得你去不可。"

"好吧。给共军的信我这就写，你们先去商量一下怎样与他们谈判的细节。"李文快快不快地回答，向楼上爬去。

2."天下第一军"大厦在泪水中坍塌

王应尊急忙约上副参谋长袁致中赶到第1军军部，与陈鞠旅等一同商定前往解放军部队接洽起义事宜的人选。这时，大家都很想找一位与共产党、解放军有着特殊关系的人，可惜的是过去清查内部时好像到处都有地下共产党人，而现在却一个也找不到。大家最后议定先派副参谋长袁致中代表兵团部、第1军代参谋长乔治代表本军，前往邛崃方向火线找解放军最高指挥官联系，同时向本兵团其他各军进行联系和说服工作。

当袁致中、王应尊等人再返回兵团部向李文汇报商量结果时，李文又非常担心地说道："现在到处都是与我们作对的人，有刘文辉的地方军，有土八路，也有土匪，可他们都说是解放军，真真假假，弄不清楚。而真正的共军也到处都是，据我所知，来西南的有刘伯承的部队和陈毅的一部分部队，情报说北面的邛崃县城方向是刘伯承部，那么南面的蒲江县城方向可能就是陈毅的部队。让我们向谁投降？弄不好我们还会成为他们的牺牲品。所以，我们最好还是两个方向都联系，共军的西南战局最高指挥权在谁手里，就向谁接洽。"

由此见，李文作为这时西南战区的最高指挥官，却连自己作战的对手是谁也没搞清楚。中共中央半年前原拟定由陈毅所率领的第三野战军进军西南的方案，早已改变为由刘伯承所率领的第二野战军主力到西南，而国民党军的主要将领仍在"翻着老皇历"。关于这一点，一些当事人在事后很少提到或不曾承认，但历史事实和李文当时同时写下的两封信却不可反驳地作了证明。

李文在派人接洽投降事宜之时，向袁致中和乔治特别嘱咐道："你们两个到了邛崃后，一定要找到在那里的共军最高指挥官刘伯承，把这封信交给他，不要找错了人。事关重大，切记！"

∧ 我军素有"儒帅"之称的刘伯承。

"我们怎样才能找到刘伯承呢？"乔治问。

"他现在可能就在邛崃。刘伯承打仗，从来都是把指挥部设在前线的。"李文猜测道。

"可到那边去的路怎么走？这一带的地形我们又不熟，再也不能相信这到处都是错误的地图了！"袁致中把近日凭其作战行军却处处失误的地图甩在一边，有所担心地说。

"是啊！我们别是真正的共军没见着，却跑到了刘文辉的部队那里自投罗网，让他们再转次手，把我们两个当做向共产党邀功的资本。现在打我们主意的人到处都是，我们不能不有所提防。"乔治说。

王应尊建议说："最好还是找个向导，万一路上出点事，也好转道回来报个信。"

"让这里房东的徐家兄弟给带个路吧。"参谋长吴永烈说完这句话，便走出碉楼进院交办这件事。

徐氏兄弟老二徐国泉和老三徐国安被连推带拉弄到了碉楼前，吴永烈作了分配：老二带路去邛崃，老三带路去蒲江。

徐国安在笔者现地采访时回忆说："我给国军带路去的是蒲江，那个国军军官自称是黄参谋，带了3个卫士。我们在火线上突然遇到埋伏在路两旁的解放军一个班，他们大声喊着让我们投降，吓得黄参谋慌忙拿出司令官写给解放军大官的信，说是来办交涉的，并让我把那封信转手交给解放军看，有个解放军拿着那封信看了看信封上的字，就放我们过去了。我清楚地记得，那信封上写的是：'亲送交解放军：陈司令员'。在西峡场周义和的家里，驻有解放军的1个团部，我们把信送到了那里。"

袁致中和乔治在徐国泉的带路下，向邛崃方向走去。这两位参谋长带着全兵团将士的重托，踏上了布满弹坑的乡间小道，陈鞠旅亲送他们出门，一直到望不见袁致中一行的背影才返回房间内，然后紧急通知本军团以上军官到军部开会。

第1军部房间内外，一时警戒林立，如临大敌。陈鞠旅站在一张木桌前，也把手枪抽出了枪套，子弹上膛，暗自放进了宽大的军裤袋内。

恐慌不安的军官们来到军部后，个个面有惊色，特别是大多数团一级军官由于连日来的征战，军装已是破烂不堪，洞开处显露出殷红的血迹，有的用白色纱布包缠着受伤的头，或吊着从纱布中渗出血迹的手臂，愈显出战况的激烈。而这些军官在此时此地的聚会，也恰像是自办了一个绝妙的蒋军败相展览。虽然，众军官此时绝对无意损伤自己的形象，但这却更加坚定了陈鞠旅放下武器、临阵起义的决心。

"大家都看看我们自己这个狼狈样，这个仗是再也无法打下去了。"陈鞠旅开口就说道。

众军官这时才注意到同伴们的一身失魂落魄可怜状，也注意到了自身的不光彩形象，个个都沉痛地低下了头。

"我们团一定要夺回失去的阵地！让共军死无葬身之地！"有人高喊着。

"我们师绝对保护军长冲出共军的重围，誓死保卫军长！"有人不知陈军长召开紧急会议的意图，偏偏要在这个时候拍马屁，却没有拍到点子上，把陈鞠旅说得心如火烧。

陈鞠旅清楚自己的部队，这支蒋军嫡系部队，几十年来是一直受蒋介石特别宠爱的，待遇也比别的部队高得多，反共教育效果在这支部队中更是十分明显。现在虽然是受挫很大，但只要他这个军长一声令下，誓与"共军"拼到底，他相信这支部队会拼到最后一个人。

迅速扫了一眼会场的陈鞠旅，一时真不知话怎样开口，他沉默了一会，待那些仍要坚持打光拼光的人充分自我表现过后，才连叹三声说道:

"我陈鞠旅又何曾不想冲出包围，但现在我们已经是走投无路了。整个大陆都丢光了，还何况我们脚下这点无险可守之地。委员长飞走了，胡长官丢下我们也飞走了……"

"他们都逃命走了。他们……他们为了顾命，先跑了，他们扔下了我们，我们也不给他们卖命了！"众军官没想到陈鞠旅话题一转，说出了这样明显反对蒋总裁的话。

"我也想到过拼光了事，但第1军万多官兵的性命不允许我这样做，千万官兵的父母亲人不容许我这样做，我们要为士兵们着想，我们不能再糊里糊涂地给别人卖命了。"

房间内一片寂静，不知是谁把牙齿磨得咯咯直响。

陈鞠旅继续说道:"现在大家可能已经明白我的意思了，今天把大家叫到这里来，就是想共同商量一下这个事关重大的问题。兵团袁副参谋长和乔参谋长已到邛崃县城去了。"

"什么？军长的意思是让我们投降！"

"我们不干！我们坚决不执行！"

"我们不当叛徒！"会场上突然站起了一片人，对着陈鞠旅大声吼叫道。

有人突然把枪从腰间拔了出来，陈鞠旅也慌忙把手插进裤袋里。

"不准乱动！"陈鞠旅的卫士大吼一声，飞步跨过来，双枪一横，指向会场，挡在了军长的面前。

早已布置在房间内外的军部警卫人员也急步跃进房来，房间周围闪现出黑洞洞的枪口。

陈鞠旅定了一下神，镇静地又说道:"这也实在是没有办法的办法。我们在这个鬼地方冲来冲去几天了，没吃没喝，弹药也马上没有

∧ 我军在成都外围太平场向国民党军发起攻击。

∧ 1949年12月25日，国民党军第7兵团司令裴昌会率部在成都以北的德阳起义。图为贺龙接见起义后的裴昌会（右二）。

　　了，我实在不忍心看着弟兄们都死在这里，能活出去几个就算几个。现在我也不会难为大家，不愿意跟我走的可听从自便，可以现在就退出会场。天快亮了，天明后我就要把部队交给共军了，不愿去的最好现在就走。我对不起大家……"

　　陈鞠旅的声音哽咽了，他没能再说下去，抱头失声大哭。

　　会场上没有一个人动，刚才准备举枪动武的人把手枪塞进了枪套内，垂下了头颅。随之房间内传出一片啜泣声。所有在场的人员都流下了难过的泪水，连端着枪支的卫士也擦抹泪水，几个团长已是号啕痛哭。

　　中国封建社会几千年来形成的"忠君"传统，和这些军官们几十年来捧国民党的碗吃蒋家饭所形成的愚忠思想，的确是很难一下子就能从他们头脑中去掉的。在这历史转折的重大关头，人生道路的突然转变，使他们毫无思想准备，他们必须要用流血的心正视一切，所以，这些在战场上流血不流泪的军官们的哭天叫地，是可以让后人理解的。

就在这男子汉牛一般的哭声中，陈鞠旅的部属全体官佐算是勉强接受了放下武器的命令。国民党的所谓"天下第一军"大厦，在这泪水中坍塌。

房间外的夜空中，四窜的枪炮弹光火星仍在满天飞舞着。

3. 跨入"古堡虎穴"的大门

25日傍晚，暮色沉沉。李文向本兵团下达了停火命令，同时派出兵团副参谋长袁致中和第1军代参谋长乔治，前往邛崃解放军前线指挥部联系停火之事。

袁致中和乔治举着双手通过双方交战线，一边走，一边高喊："不要开枪！我们是来联系的！"

解放军前沿阵地所在团是第12军第36师第108团，副团长武效贤走出掩蔽所，厉声问道："干什么的？"

"我们要见你们最高司令员，有要事相商。"乔治鼓着勇气说。

"有要事？好吧。你们有什么要事先和我谈一下，我是这里的最高指挥员。"武效贤指着脚下的前沿阵地说。

"兄弟受我兵团李文司令官之命，奉告贵军司令：我李司令官为了顾全大局，愿意起义。"乔治又说。

武副团长猛然一怔，他对敌人的这一突然变化，显然感到奇怪，反问道："起义？"

"起义！对，起义！"一直未说话的袁致中说得很不自然。

"好吧。你们等一会，我去报告一下。"

肖永银副军长的声音由邛崃县城传到了前沿阵地："什么？起义。敌人现在突然提出起义，是有企图的。一定要提高警惕，防备敌人诡计，我马上派人来，再给你们加派两个营的兵力。"

第36师副师长王汝昭和第108团团长余辅坤迅速赶到了前沿指挥所。

作为国民党军高级指挥官的袁致中和乔治，见来人都如此年轻，便多有不信任之感，话语中也就自然多了几分戒心。因此，他们的戒心致使双方在初接触时的洽谈并不怎么愉快，王副师长的句句质问，更使袁致中和乔治哑口无言。

"不要再强词夺理了！现在我们还可以原谅你们，你们如果还想做个中国人，就应该老老实实地立即放下武器，听我军的指挥，无条件地把部队撤出战场，我们保证宽待你们。"王副师长最后严肃地说。

"是，是。无条件地……"乔治倒吸了一口冷气，显然他原先的期望值过高，沉着脸又说道："这件事责任重大，我们做不了主。请你们能否派代表去直接和我们的李司令官面谈？"

电话又接到了驻邛崃县城的第12军指挥部。

"行啊！到哪里谈都一样，只是郑重告诉他们，顽抗是没有出路的。他们如果还不服气，我们愿意奉陪到底！武副团长是那里的前线最高指挥员，就派他去吧。"肖副军长在电话上说，并对派出代表一事作了详细的指示。

邛崃四周的夜空中，流萤般地枪弹的微弱光亮在到处飘动。肖副军长看了看手表，时针指向了26日已过两小时，他急步走到电台前，说了句"发杨杜并刘邓张李"，便开始口述电报：

一、敌5兵团李文派1军参谋长乔治，与我接洽起义，但该敌部队很混乱，现正设法各处联络。

二、我坚守高山镇之103团，与敌激战，敌集中一部炮火1个师兵力猛攻数次未逞，该敌系18兵团90军等3个军。

三、北面敌集中于桑园镇（邛崃北）童桥、九龙山、高山镇线以北地区，据俘供敌人坚决突围，如突不出去，则以营连分散突围，不当俘虏。估计敌向南出不去，不得已可能由王泗营西去，西面无我部队，建议16军是否调一个师到桑园镇以西及以北地区。现16军部队具体位置在哪里，如何行动，请速告。

天渐渐放亮，邛崃四周的枪炮声仍时紧时疏地响着，而县城以南的枪炮声明显地再无激烈地射击。

武效贤副团长在接受了军的命令后，让作战股长从本团挑选了3名精干的战士，再带上通信员和警卫员，各携带长短枪两支。一行6人，军容严整、精神百倍地随乔治等人向国民党军指挥部走去。

此次两军前线指挥员初见面，一直是由乔治出面作为主要代表，而

> 刘伯承、邓小平率二野大军进军西南时准备渡过黄河。

∨ 西南军政委员会副主席在重庆合影（右起：邓小平、贺龙、熊克武、龙云、王维舟、刘文辉）。

袁致中却躲在背后很少说话插言。按级别论，袁致中是兵团的副参谋长，乔治是军参谋长，而且还是个代理的，袁致中是应该走在前面挑大梁的。但是，由于乔治在过去曾被解放军俘虏过，在这时又是提议投诚的积极倡导者，所以，这次关系重大的洽谈也就把乔治推了前面，而袁致中却未显露真实身份，跟在乔治的后面，话也就不多。由此，以致解放后武效贤在回忆文章中把袁致中当作了乔治的副官，许多史书在写到这一情况时，也是如此。

武副团长几个人在袁致中、乔治的引路下，跨过两军前沿交火警戒线。

突然，枪声迎面而来，子弹从头顶上呼啸飞过。警卫员一个箭步冲到了前面，用自己的身体护住武副团长，通信员和其他3名战士也立刻作出了迎战姿态，把枪口分别顶在了乔治和袁致中的头上。

"你们这是搞的什么鬼？"武副团长喝问道，目光紧紧逼视着乔治。

乔治也被这突如其来的枪声吓的面色苍白，他心中清楚，这一定是那些对"起义"抱有敌视态度的人唆使干的，他们至今仍在思想上难转过弯来，或许会把他这个参谋长当作了"替罪羊"。

神情紧张的乔治慌忙向开枪的方向呼喊着："不要开枪！我是乔参谋长！你们这些混蛋，不要命啦！"

乔治掉转头连忙向武副团长直赔不是："实在是对不起，对不起。纯粹是误会，误会。让你们受惊了。"

徐家楼子房间内，李文和陈鞠旅等人已等候在那里。李文出于某种考虑，仍将计就计把陈鞠旅推在了前面，自己则站立一边，稳于幕后策划，也致使武效贤在洽谈中把陈鞠旅当作了兵团司令李文，而把李文当做了兵团副司令兼第1军军长陈鞠旅。当然，这并不丝毫影响洽谈的效果，因为李文和陈鞠旅两人始终都在场。

袁致中和乔治把解放军代表武副团长向自己的指挥官作了介绍，却含含糊糊地没有说明站在门口的究竟哪一个是兵团司令，哪一个是第1军军长。陈鞠旅走在前面把武效贤一行迎进房间内，武效贤也就认为这为首的肯定是兵团司令李文了。

在武效贤迈着大步跨入形如"古堡虎穴"样的李文兵团司令部时，王应尊等人也跟在陈鞠旅背后迎出了房门。武副团长本人职务虽低，但他是作为解放军代表，更是以胜利者的身份出现在李文等人面前的，所以这对一向自尊心很重的李文，也包括陈鞠旅等人，在面子上好像是很有些过不去。这时的李文，仍摆着他那兵团司令官的架子，仅是毫不经意地说了几句客套话："欢迎，欢迎。坐，坐，坐。"武副团长一见此时此景，知这些人仍打肿脸充胖子，掉不下指挥官的面子，也就极力克制着自己，端坐在凳子上，看对方会有什么新的花样。

几名解放军战士持枪立在门口，尽管乔治让人把凳子搬到了门口，战士们根本没有

∧ 1949 年，第二野战军司令员刘伯承与政治委员邓小平在一起。

看凳子一眼，警惕地注视着房间内外的一切。

　　李文向袁致中递了一个眼色，两人走入内屋。袁致中简言向李文汇报了此次赴邛崃的经过。

　　"请问军阶？"外屋的陈鞠旅显然是见武副团长很年轻，有点不太信任。

国民党第 90 军 —————————————————————

　　国民党中央军嫡系部队。组建于抗日战争初期，隶属于西安行营，下辖第 53、109 师。抗日战争胜利后，该军被改编为整编第 90 师，隶属于整编第 1 军，下辖第 53、第 61 旅。1948 年 10 月后，该师恢复第 90 军的番号，先后隶属于第 5、第 7 兵团，下辖第 53、61、144 三个师。在 1949 年末的西南战役中，该军军部和第 53 师被人民解放军歼灭，其残部参加了第 7 兵团司令裴昌会组织的起义。

"刚才你们的参谋长已经介绍了，我是到这里洽谈的解放军代表，你们有什么话就讲吧。"武效贤没有回答陈鞠旅所问，却同时提出了另一个问题。

陈鞠旅没有做声。

李文走出内屋，坐在一边的凳子上，不时地用眼睛打量着武效贤，像是一个旁观者。

4. 硝烟渐散的川西平原

陈鞠旅和李文耳语了几句，沉默一会才开口说道："我的参谋长已把贵军的意见转告我了。"他环视了一遍周围，像是很艰难而又极不情愿地从心中叹出一口长气，说道："是的。我部决定起义，这完全出于诚意，是本着顾全大局，避免双方遭受伤亡的精神提出来的。希望贵军能了解我们的诚意。"

武效贤接着说道："假如真是这样，我们是非常欢迎的。不过，你们的言行太不一致，直到现在你们的第90军还在向我军发动全线进攻，这也是出于诚意！？"

"90军和我们失掉联系，命令无法送达，我们正想办法和他们联络。"坐在一边的李文不慌不忙解释说。

"90军离你们并不远，要说无法联系，这是很难让人相信的。"武效贤句句紧紧追逼。

"先生知道，我们的第1军已经停止进攻了。"陈鞠旅在一旁说。

"你们的第1军是为什么停止进攻的？据我所知，那是因为你们的第1军已经失掉了进攻的能力！"

陈鞠旅像被当头挨了一棒，对于第1军的惨败他是再清楚不过了。此刻，作为一军之长的他，能有什么好解释的呢。他望了一眼李文，气鼓鼓地站在房中间，未再说话。

武效贤继续说道："假如你们真是诚心诚意的为了顾全大局，那就应该答复我们的意见：立即放下武器！我们保证宽待你们，这对诸位和你们的部下都是有好处的。"

沉默，谁也没有说话，房间内如无人一般的寂静。

窗外，又传来几声猛烈的爆炸声。

陈鞠旅晃动了一下身子，却没有做声，站起来在房间内来回走动，他的思想在激烈地斗争着。

李文有些坐不住了，他狠狠地吸了一口烟，甩掉烟头，不服气地说"我军部队完整，粮弹还充足，并没有达到不能作战的地步！……"

武效贤一听这话，不禁火气直往上冲，心想明明是你们战败在我们的手下，才来请我们来洽谈的，现在反而要倒打一耙，实在是没有道理。他忽地站了起来，厉声质问："你们的意思是不是说你们还可以打下去？那好吧，打下去，还是放下武器，由你们自己选择好了。"

站在门口的几个解放军战士不禁把枪握得更紧了。他们在想，如果万一发生意外，救不出武副团长，也要拼敌人几个指挥官垫背。

李文和陈鞠旅等人也愣住了。

"我郑重提醒你们，尊敬的先生们：你们的处境，你们自己比我知道的要清楚得多。继续打下去，会给你们带来什么结果，这一点你们也是知道的。"武效贤缓和了一下口气说道，并随之起身准备向外走。

"有话好说，有话好说。"乔治在一边急忙起身走到武效贤面前，挡在门口，连声说道。

武效贤又坐回到原来的座位上。

房间内又出现了难堪的沉默。几声战马的低婉哀鸣，从院子外面传进来，又是在杀马以充饥了，乔治猜想到。

"惭愧呀，惭愧！"李文对所部落到今日这个下场，尤感悲伤，连声哀叹着，算是打破了刚才那令人窒息的沉闷空气。

神情紧张的陈鞠旅此时真是左右为难，他作为较早提议起义的人，心中是清楚放弃这次机会的严重后果。现在，他一方面要做李文的劝解工作，促成起义；另一方面，他对解放军的洽谈条件似乎又感到苛刻，难以让人接受。他强装笑容，哀求般地走到武效贤跟前，说："这样吧！我们双方先停火，再慢慢协商如何？"

武效贤回答道："我军当面部队众多，我尚不能做主，不过这主要靠你们自己决定，如果你们愿意接受我们提出的方案，我可以马上报告我刘邓首长，转告我军其他部队。你们如果要拖，那就只好听便。"

李文的脸色越来越难看，他作为今日洽谈中国民党军一方的真正首席代表，在桌面上仿佛是"陪客"，但他却是实际的最后决策人。

因此，在幕前跳来跳去的陈鞠旅不能不时刻看着李文的脸色行事，有时也只能是敢怒而不敢言，想说而不敢说。

处在夹缝中的陈鞠旅望了望正低头不语的李文，只好先和解似的对武效贤说："请允许兄弟考虑考虑，再作答复。"说罢就与李文走进内屋，嘀咕去了。

事实上，形式上的"兵团司令官"陈鞠旅说话根本当不了家，有真正的兵团司令官李文坐在一边，谁还敢多说一句话呢！因为陈鞠旅仅是第1军的军长，也从没有过兵团副司令官的职衔。

这一切，自然也非常使武效贤感到莫明其妙——奇怪！在这里，正司令官好像要听副司令官的？

内屋中，传出两人争论的声音。

武效贤心想：我才不管你们如何争论呢！反正我心中要有数，按首长交代的原则办。也不怕你们再来什么鬼把戏，料定你李文也翘不起尾巴了。

一会，陈鞠旅走了出来，对武效贤说道："为了慎重起见，兄弟再派我们兵团的副参谋长陈明（此名字不实，有待考证——笔者注）兄，随先生一道，去贵军亲与贵军刘伯承将军作进一步面谈，先生你看如何？"

"可以，我保证送到。不过，我再提醒你们一下，拖延时间对你们是不利的。"武效贤爽快地回答。他初步意识到，敌人营垒中存在着很大的矛盾，在起义与否这个大问题上的意见还一时难以统一。

"为了便于和先生联系，我们之间最好先架一条电话线，通到我们的指挥所来。电话线由我们架设，还是由贵军架设？"陈鞠旅问道，他想的要深沉一些。

"你们架设吧。"武效贤说。

两军的初步洽谈到此宣告暂时结束，对抗的局面开始出现缓和，但离通往停战的路还相差一截。

武效贤带着李文兵团司令部的副参谋长陈明，返回邛崃前线指挥所，又派人把陈明送到了军部。同时，在电话中向肖永银副军长汇报了上午谈判的经过。

肖军长说："这就更证实了敌人的所谓起义不是真心诚意的。不过，他们是无法逃脱罗网的。你们要利用架设好的电话向敌展开政治攻势，配合军事压力，迫使李文放下武器。"

为了彻底粉碎李文的梦想，这天傍晚，解放军第12军向敌全线发起了进攻。经一夜战斗，敌第90军主力大部被歼灭。

前沿阵地间由于有了电话，解放军的凌厉政治攻势更直逼李文的兵团部。李文勉强连接3次电话，一次比一次神情紧张，他知道解放军已从四面八方包围上来，已绝无逃出去的可能。

这天，李文及其将领们是个个坐立不安，开会商讨对策。周围解放军阵地上传来的劝降声，尤使在此地此时的国民党将领们心烦意乱。解放军虽然只喊不攻，但在李文看来，这喊声比炮声还要厉害。

古大林四面都是"缴枪不杀"的喊声，南面第155团6连阵地上的喊声似乎比别的阵地上一个团的喊声还大。李文对此解放军封锁线上的人少力单薄弱环节，当然是不了解的，反而觉得这个方向上的解放军兵力最强。

此时李文的指导思想很清楚，若有逃出去的一线希望，他也绝不轻言放下武器。然而，国民党军众将领昼夜闷坐熬红了眼，谁也想不出个好办法。

26日下午，解放军第106团奉命直逼李文兵团部。炮火刚展开，着慌的李文连忙让陈鞠旅把电话打到解放军前沿指挥所向武效贤副团长求救。

"我早就告诉你，拖延时间对你们是没有好处的。不过现在回头还来得及，道路只有一条，那就是按照我们的话办。否则，再也不能原谅你们了。"

"先生能……能保全我们所有将领们的安全吗？"这回是真正的兵团司令李文对着电话筒，口吃地说。兵团司令的声音在武副团长听来好像是变了调。

武效贤干脆地回答道："当然可以！共产党、解放军一贯优待俘虏，只要放下了武器，不管是将领，还是士兵，我们都一样对待。"

"我先把我们师长以上的军官带到贵军阵地上来，我留下我的一个高级参谋指挥部队，等陈明兄回来后再作决定。是否请先生再来一次，我马上派我的副官去接您。"李文说。

李文此时心中非常清楚，放下武器，不管是起义或投降，其部下中说不准会有人打他的黑枪，他是非常了解自己这支部队的。在这时到了解放军的阵地，自身安全反而要比待在自己的兵团部要安全得多。

武效贤向师部请示有关问题后，答应了李文的要求，遂派营长段振华去接收这批将官。

李文等国民党军高级将领缓缓走出了"兵团部"，身后的碉楼上，几个下级军官在窃窃私语着。

一个勤务兵背着一个口袋，随李文而行，在将领群中很是显眼。段振华营长走上前去，要让这个士兵走出将官的行列。李文慌忙解释说："这口袋中装的金豆子是我们全兵团的饷，是我让他背着的。"段营长笑了笑说："那好吧，带上。带到我们那里一定会比放在这里保险的多。"

∧ 被我军俘虏的国民党军第5兵团司令李文。

　　早就等待在附近山头上的解放军部队，由古大林以北顺着小溪沟进击到古大林附近。国民党军在川西决战的最高指挥部，至此被人民解放军团团包围。

　　解放军第48师在古大林西南的复兴场地区包围歼灭了敌第1、第3军残部，俘敌2,000余人。

　　第155团的两个排在古大林东南的青石桥一带，俘敌第3军第254师少将师长陈刚林、少将副师长张士尧、少将参谋长陈军以下2,000余人。然后，又向北进击，在大堰坝附近与第82、第84团等部队互相配合，又俘敌第57军1,000余人，国民党第1军有4个团也在此地缴械投降。

　　中午刚过，李文、陈鞠旅及其部属将领20多人被带回了解放军阵地，其中一些人已经换上了士兵服装。

武效贤副团长向这些将官们讲了有关解放军的优待俘虏政策后，便派人把他们安置在离前沿指挥所半公里多路的一个小村庄里，在周围布置了一连人，以防意外，暂时看管起来。

在武副团长面前，李文甚感不安地仍说着那句不知说了多少遍的话："啊！惭愧啊，惭愧！"他在最初是开始绝食。当地陈家祠的农民赵光金对笔者回忆说："那个李司令官被看管起来后，整天地唉声叹气。和我睡对铺的解放军连长让我给那5个国民党大官送饭，就李司令官说什么都一口也不吃。后来通知说是向重庆转送的那天早晨，那个李司令官才吃了半碗面条。"

就此，李文的5兵团真的成了"无兵团"，李文本人也由川西在解放军战士的押送下，去拜见战场上的对手——刘伯承和邓小平。

27日黄昏时，刘伯承、邓小平、张际春、李达连名电报中央军委：

敌李文第5兵团坚决向西昌突围，近日中到新津、邛崃、蒲江间地区，后经我以5个军两日中的围歼作战，已于昨（26日）将该敌全部歼灭。初步统计俘获约5万并将李文生擒过来。

此后，川西战场的人民解放军遵照中央军委指示，将李文所部改编入第3兵团和第5兵团。李文部的改编事宜，由各军副主官负责协同解放军办理，军长以上的各级主官脱离部队，参加学习。这时，国民党军第3军军长盛文已于新津逃走，第27军代军长吴俊、第36军军长朱光墀和第69军军长胡长青在起义中化装逃向西昌。兵团司令李文、第1军军长陈鞠旅、第57军军长冯龙、第90军军长周士瀛和绥署干部训练团学生总队长王应尊，先集中到解放军第12军军部，后转送至重庆，在教导总队和西南军政大学高研班学习。在此期间，李文、冯龙和周士瀛逃向台湾。陈鞠旅和王应尊在军大毕业后，分配到西南军区作高参。

川西平原上，浓浓的硝烟开始慢慢消散，一轮红日在这片历尽沧桑而又古老的热土上冉冉升起。

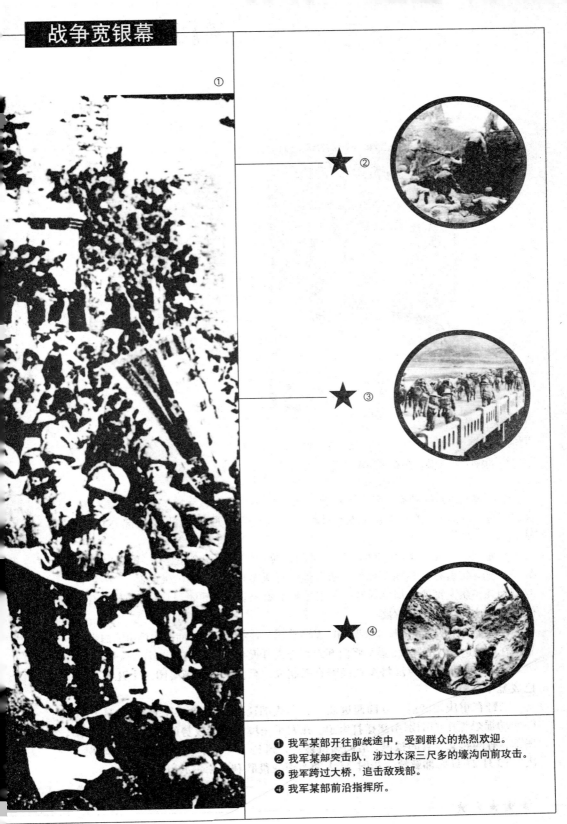

① 我军某部开往前线途中，受到群众的热烈欢迎。
② 我军某部突击队，涉过水深三尺多的壕沟向前攻击。
③ 我军跨过大桥，追击敌残部。
④ 我军某部前沿指挥所。

聂荣臻

（时任中国人民解放军代总参谋长）

  我军首先进行的是衡（阳）宝（庆）战役。以第四野战军为主，二野4兵团参加，经过各项准备后，向白崇禧所部发起进攻，于1949年10月中旬，歼灭白部主力4个师，共47,000余人。

  与此同时，四野15兵团和二野4兵团在两广纵队的配合下，于10月14日解放了广州，接着在广州西南阳江、阳春地区歼灭余汉谋全部40,000多人。······11月下旬在重庆南部的南川地区歼灭了宋希濂集团和罗广文兵团。11月30日蒋介石匆忙逃离重庆，当天重庆解放。

  11月上旬至12月中旬，我四野和二野4兵团，对妄图由桂林向海边逃窜的白崇禧集团在粤桂边进行围歼战，最后将白部约17万人歼灭在容县、博白、廉江、钦州地区。

  12月9日，云南卢汉将军在昆明宣布起义。至此，胡宗南集团三十几万大军已成瓮中之鳖。

  二野在重庆地区后，立即西进北上，向成都迂回。我18兵团等部12月上旬即向动摇恐慌中的胡宗南部猛打穷追。在大军压境和政治攻势的配合下，胡宗南所部，有的起义，有的投诚，有的顽抗被歼，到12月下旬，在成都地区被全部解决。12月27日成都解放，历时57天的西南战役胜利结束，共歼敌90万人。

——摘自：《聂荣臻回忆录》

★★★★★

王诚汉
（时任第一野战军第18兵团第61军181师师长）

　　成都战役，是全国解放战争末期所进行的战略追击作战中的一次大战役。

　　我军以"大迂回动作，插至敌后，先完成包围，然后再回打之方针"，粉碎了蒋介石集团妄图以其尚存的数十万兵力，依托西南5省的特殊条件，构成"西南防线"，形成割据，"持久作战"，"拖以待变、东山再起"的阴谋，争取了解放战争的彻底胜利。

　　我军南线千里迂回，东出湘鄂，南进云贵；北线我军缓进抑"胡"，于南线完成进军湘鄂云贵断敌退路后，开始北越秦岭巴山，对困守四川的国民党军队作最后合击。

　　我师作为一支突击队位于北集团左翼，担负直下川北的突击任务。这是全国解放战争的最后一役，我师参加解放战争的战斗历程至此也胜利结束。

——摘自：《王诚汉回忆录》

第十二章

贺龙率部举行盛大入城式

∧ 成都民众聚集在街头欢迎我军。

烈士的忠骨铺满长征路，战士的热血洒遍长江黄河。

当年举着红旗迎接红军的老游击队员一个又一个地倒下了，血沃川西，光照中华。

一人倒下，万人站起。他们子女接过父辈手中的红旗，站到了镰刀、斧头、红星旗帜之下。

一个新时代随着国民党政权的土崩瓦解到来了。

1. 那面高举的旗帜

随着川西炮声的停息，国民党几十万大军顷刻间瓦解。12月27日，成都宣告解放。几天前还登载"新津乐山布置防线，川北国军向南反攻"的报纸，现在以通栏大标题登载"新（津）双（流）胡（宗南）部放下武器，解放军日内即入城"；几天前还为做"应变"服装苦恼找不到灰色布的年轻妇女、姑娘们，现在开始眉开眼笑地穿红挂绿了。

"贺龙亲率解放大军要进城了！"成都市大街小巷都在传送着这一消息。

"哪个贺龙？"

"就是那个两把菜刀闹革命的贺龙！"

成都市民第一次看到解放军是在12月29日。这天，解放军入城先遣部队在贺龙的指示下，先行分乘30余辆大、小车辆，开进市区。车过闹市春熙路，市民们驻足观看，后又争先恐后地到督院街省府内观看这支解放军队伍的风采，果然是名不虚传的纪律严明、军容严整的队伍，并且寻找着那个"手提两把菜刀"的贺龙。解放军战士们告诉市民们："贺龙司令员明天进城。"

成都市民兴奋地为迎接一个新的时代到来，写标语、扎彩灯，学新歌、扭秧歌，度过了一个不眠之夜。

在这万众欢腾的日子里，人们在庆祝胜利时自然首先想到了一个新的时代开始了，各机关团体单位、商店、工厂和各家各户把国民党的"青天白日"旗甩在地上，争相做五星红旗。为解放大军入城，又增添了许多喜趣。

成都市的第一面"五星红旗"，出自中共地下党组织领导下的游击队，这里还有一段非常有趣的故事。

一个月前，蒋介石连同国民党政府弃守重庆，败退成都，开调集几十万大军，部署"川西大会战"，一时国民党军队云集川西，兵涌如潮。然而，就在这川西邛崃山脉下

∧ 抗日战争中，在白洋淀坚持敌后斗争的游击队员。

游击队

在敌统治区、敌占领区、接敌区，以分散、流动、袭击的作战方法打击敌人的一种非正规的武装组织。通常组织简单，装备轻便，行动灵活，同当地群众有紧密的联系。是被压迫阶级和民族争取解放和独立，进行人民战争的一种重要的武装组织形式。在第二次世界大战期间，在第三世界国家争取独立和解放的战争中，游击队都发挥了重要作用。在现代战争中，游击队仍然是争取解放和反对侵略，进行人民战争的重要武装组织形式。

红军在 1934 年 10 月 10 日～1936 年 10 月 22 日两年中，转战 14 个省，冲破了国民党数十万部队的围追堵截，战胜了无数艰难险阻，行程二万五千里，胜利地完成了纵横半个中国的战略转移，打开了中国革命战争的新局面，为中国革命的最后胜利奠定了基础。

大邑县境一家农舍内，中共川西边地下党领导下的川康边人民游击纵队正在研究为如何迎接解放做准备，此刻他们围绕在一架军用收音机旁，收听发自北京的消息。

收音机内传来了广播员清脆激昂的声音：

"下面广播国旗制法说明：中华人民共和国国旗，全旗为红色，五星为黄色，杆套为白色，五星位置在旗之左上角，全旗长宽为三与二之比（如长三尺，则宽为二尺）。以全旗四分之一地位，大星居该地位之偏左，四小星环拱于大星之右。"

广播员以记录速度继续说道：

"国旗作法：一、五星位置确定法：以全旗四等分之一的左角长方块，……第二第四两星在左十二格右三格，上四格下四格之间。二、五星大小确定法：……"

收听广播完毕，游击队员们心情格外激动，他们立即找布料制作五星红旗，当他们

∨ 长征后到达陕北的红军第一、二、四方面军团以上干部合影。

看到几十年为之奋斗流血牺牲的新中国国旗在手中渐渐现出，无不热泪纵横。

难忘川西这片滚烫的热土啊！当年游击队员们高举着缀有镰刀、斧头、红星的旗帜，去迎接长征过川西的工农红军，相逢在大渡河畔，后又相别在雪山、草地。离别之际，就在这邛崃山麓，红军战士和游击队员握手相别，约好等到革命成功时再相会。整整15年——

烈士的忠骨铺满长征路，战士的热血洒遍长江黄河。当年举着红旗迎接红军的老游击队员一个又一个地倒下了，血沃川西，光照中华。一人倒下，万人站起。他们的子女接过父辈手中的红旗，站到了镰刀、斧头、红星旗帜之下，现在，就要高举着新中国的国旗，去迎接当年的红军解放四川、解放全中国。

镰刀斧头终于劈出了一个新世界。

五星红旗在游击队员们手中抖动着，舒展着；游击队员们在五星红旗映照下欢呼着，悲喜交加。

次日，川康边人民游击纵队的油印小报《火炬报》即刊载了五星红旗的详细制作方法。并决定立即把"国旗"样式带到成都市内设计成批制作，进行多方面的宣传。

带第一面五星红旗入城的任务，由游击队领导人李维实坚决要求受领下来。李维实进城后，便在倾向革命的省参议员赵星洲家（文庙西街集贤里），把载有五星红旗图样和制作说明的《火炬报》交给川康边人民游击纵队留蓉工作部负责人吕振修等人，由留蓉工作部具体负责联系制作五星红旗，吕振修即派地下党员余如南到署袜街"旗帜衣帽军装社"找有内部关系的理事，组织同业赶制5,000面五星红旗。

与此同时，中共地下党在成都的另一组织中共四川省临时工作委员会（临工委），在得到了五星红旗的制作方法后，也开始了紧张的画样制作。这时，成都市内国民党军、警、宪、特务密布，蒋介石等国民党要人正坐镇市内大开杀戒，地下党人员稍有不慎，便会立即带来杀身之祸。"临工委"负责人经过周密安排，决定让已为"临工委"策反的市民众自卫总队副总队长乔曾希在本市内物色人选，制作五星红旗。乔曾希立刻想到了正在读高中、思想进步的傅学勤，他的姨夫刘敦厚即是署袜北二街"泰来祥"号旗帜商店（现成都旗帜厂）的经理。

在国民党市政府民众自卫总队队部内，乔曾希把傅学勤向"临工委"负责人胡春浦作了引荐。会谈后，胡春浦对傅学勤的革命热忱和决心甚表赞赏，当场决定把这一任务交给傅学勤完成，即把一张油印的五星红旗样式和制作说明交给了傅学勤。为了保证傅学勤带图样回旗帜店途中的安全，乔曾希又把两个民众自卫队的蓝白色证章给傅学勤带上作为"护身符"。

傅学勤赶回旗帜店后，即告知刘敦厚，刘敦厚立即安排傅学勤到楼上设计制作旗样。刘敦厚根据本店原做"青天白日"旗大小尺寸，仍决定把五星红旗分为一至四号来成批制作。傅学勤一个人整日吃住都在楼上，开始设计各号五星红旗的样式。晚上，刘敦厚约请了六七个本店店员和邻居朋友来成批加工旗帜。制作方法有两种，一种是用黄漆把五星喷在红布上；一种是用黄布剪成五星后，再用缝纫机把五星打在红布上，为了两面都现出黄五星，再把五星背面的红布剪去。

还在月初，有的商人即已根据局势的发展预测到共产党得天下后红布将会大有用场，旗帜商店的生意将兴隆一时，有的商人便屯红布居奇，不愿再卖。"泰来祥"库存红士林布很快用完后，就用白土布染成红布代替。经过数夜奋战，"泰来祥"旗帜商店终于在成都解放前夕，制作出了5,000余面五星红旗。成都宣告和平解放后，各家旗帜商店更是争相制作五星红旗（3号旗每面1个银元），一时市面商店竟出现红布、红色颜料脱销的景象，而街头巷尾尽飘五星红旗。

2. 贺龙晃着烟斗入城

12月30日清晨，天亦有情，近月来阴雨连绵的天空一碧万里，霞光灿烂，照耀在古老的西南政治、文化中心历史名城成都市上空，大地变成了冬天里的春天。晨光中，街头已是人群鼎沸。街道两边，居民和店主们挂起了五星红旗，房檐下挑起了喜庆的红灯，门上、墙上张贴着"拥护毛主席！""拥护共产党！""欢迎中国人民解放军！""打倒蒋介石！""消灭蒋匪军，解放全中国！"等彩纸标语。欢庆的人流穿梭往来，挤满大街小巷。普天倾城相庆，喜气洋洋。

总府街、春熙路一带，一大早就新摆出许多书摊，出售《中国革命和中国共产党》、《新民主主义论》、《论人民民主专政》等毛泽东主席的著作。在几天之前，这些书都还是禁书，现在在市面上一出现，就立刻引起市民们的争相购买和传阅，以手持一册革命书籍为光荣。近月来，因怕战祸而关门或半开半掩的商店，今日都开了门，布置一新，正式营业，市面生机盎然。

上午8时，已于前几日宣布起义的原国民党军成都城防部司令曾庆集，派出欢迎专车和随行的两大卡车乐队，前往城北郊驷马桥，代表成都市民负责安排入城式活动。中

∧ 人民群众夹道欢迎我军进入成都市。

国人民解放军入城部队的领导人贺龙等和成都市地下党组织领导、市民代表欢聚在一起，共商入城式具体事项，拉开了入城式的大幕。

9时整，在初升的太阳金光中，贺龙一声令下，入城式在震天的军乐声、口号声和鞭炮锣鼓声中隆重开始。代表中国人民解放军举行入城式的部队，是第二野战军第18兵团

毛泽东的《论人民民主专政》

1949年6月30日，毛泽东为纪念中国共产党成立28周年而写的一篇文章。指出，中国现阶段的各个阶级将在中国共产党的领导下，组成自己的国家，对人民内部实行人民民主制度，对地主阶级和官僚资产阶级实行专政。二者结合，就是人民民主专政。人民民主专政的理论，对于中华人民共和国的建立和中华人民共和国宪法的制定，具有重要的指导意义。《论人民民主专政》一文奠定了中国人民民主专政国家政权的理论基础和一定发展阶段上的下身基础，也是对马克思列宁主义国家演说的新贡献。

（1949 年 11 月 25 日，中央军委命令由第一野战军划归第二野战军建制）第 60 军。这支英雄的部队，在成都市郊区经过几天的休整准备后，人人容光焕发，枪炮车辆擦得锃亮，在入城式总指挥张祖谅军长的带领下，阔步向成都市区开进。

成都市民高举着欢迎的旗帜，拥向街头，市区成了五星红旗的海洋。人们尽情欢呼歌唱，歌声唱道：

过新年，

男女老少多喜欢，

你看那五星的旗帜，

挂在大门前。

过呀过新年，

闹呀闹新年，

陈腐的政府今已被推翻。

……

在这五星红旗飞舞的人潮中，人们有趣地发现，"五星红旗"的样式竟是多姿多样——

有的红旗是五颗星同样大小，或上二下三，或上三下二，布满旗面；或一排拉开成了"星条旗"。

有的红旗是大五角星居旗正中，小五角星放在旗的四角。

有的红旗是五角星何止五颗，星星点点密布。

在欢迎队伍的大街旁，有数面五色旗帜丢在路旁。原来是有的市民在近期风闻一些中华人民共和国国旗的消息后，暗地私下在家中做了"国旗"，准备迎接解放，哪知一出门，方知自己做的不是"五星红旗"，而是"五色国旗"，便把这旗帜卷起来，加入了欢迎的队伍。

应该说，中共地下党组织所负责设计制作的五星红旗是正规的，可是当入城的解放军行列簇拥着五星红旗步入市区时，细心的人们才察觉到市民们举的五星红旗和解放军举的相比，在黄五星周围多了个白边。后查才明白，当初收音机广播中的是"五星为黄色，杆套为白色"，却误听或理解成了"五星为黄色，边套白色"。即使有的旗帜店原做的五星红旗中的五角星无白边，但由于在制作时采取了把黄布五角星缝上后，再把五角星背面的红布剪去的方法现出黄色五角星，便恰在五角星的周围有一圈白色或黄色的缝纫线，粗看也显而易见好似在黄色五角星周围加了个白边，市民后又如法仿制，故也就出现了这众多奇特的旗帜景观。这些不正规的旗帜样式反映了成都市民渴望解放、欢欣鼓舞迎接一个新时代到来的由衷感情吗！在那黑云压城城欲摧的黎明前

张祖谅 ——————————————

河南商城人。土地革命战争时期，任红31军第279团连政治指导员，军政治部保卫科科长等职。抗日战争时期，任八路军第129师386旅政治部锄奸科科长、772团代政治委员、旅政治部主任，太岳军区第2军分区政治部主任等职。解放战争时期，任晋冀鲁豫军区第19军分区司令员，晋冀鲁豫野战军第8纵队参谋长，华北军区第8纵队副司令员，第18兵团60军军长等职。

夜，地下党人和市民们冒着生命危险，在得知五星红旗的样式后，赶制新中国的国旗，其人心所向昭昭乎若揭日月。

"五星红旗"的趣闻，给欢腾的人群又增添了许多喜庆的色彩。

入城式在嘹亮的军号声中渐入高潮。

在入城部队先头队伍中有一辆灰色小轿车，车头上插着一面小红旗。司机右侧，坐着一位仪表堂堂的将军，他蓄着修饰得很整齐的八字胡，穿着和解放军战士同样的棉军装，外披一件皮大衣，眉宇间透露出胜利的喜悦。他用深情的目光注视着眼前这座西南名城，向着欢呼的人群频频招手致意。他即是统率这支入城部队的最高领导，22年前南昌起义的总指挥，现任西北军区司令员、后任西南军区司令员的贺龙将军。

入城式队伍的最前面是作为前导的中共川西边临委会留蓉工作部的地下党工作者，他们高举着毛泽东、朱德、周恩来的画像，乘车带路。紧接着是前往参加欢迎仪式的起义将领刘文辉、邓锡侯、裴昌会、罗广文、陈克非、董长安、李振、杨良勋等人；中共成都地下工作者熊扬、王逸平、吕振修、邹趣涛、曾学圃、田一平、贺天熙、周超（即章浩然）等人，以及郭勋祺、邱嚞双、罗忠信、黄宪章、卿俊、赵星洲、杨雨楼等民主人士，也分乘7辆吉普车陪同解放军向市区进发。依次便是率部入城的贺龙、李井泉、周士第、王新亭、张祖谅、阎秀峰等解放军将领所乘的13辆吉普车和小轿车；紧

跟在后面的是军容严整的解放军各兵种的入城部队。

"看清楚了吗，那个就是贺龙！"一些起义将领向身边的人们介绍说。

"怎么没有看到他手中的两把菜刀？哎，怪了！他手中怎么是一把榔头？"把贺龙当作传奇英雄的市民们翘首相望，好奇地问道。

"哈哈，你再仔细看看，那哪个是榔头哟，是个大烟斗！"市民们的问话引起起义将领们的一片笑声。

解放军入城队伍的先头是仪仗队，高举着鲜艳的五星红旗，后面是20面红旗飘扬的方队。红旗方队之后是衔尾跟进的13辆大卡车，第一辆车上载着毛泽东和朱德的巨幅画像；第二辆车上载的是军乐队，高奏《义勇军进行曲》等革命乐曲；第三辆车上载的是锣鼓队，欢庆的锣鼓声震天动地；接着是载着"庆祝四川解放！""庆祝成都解放！"的黄字大红旗和许多面五星红旗。"八一"军旗簇拥的彩车上，英姿勃勃的解放军指战员高呼欢庆胜利的口号，高唱"解放区的天，是明朗的天"等欢快激昂的革命歌曲。后面入城部队各兵种方队的前后行军序列依次是：装甲兵团、重炮兵团、步兵团、车队、马队、后勤部队、轻便队。入城队伍长达4公里，其先头已进入市中区驻地，后面的部队还未动身。入城式长达4个多小时。从驷马桥起，解放军经过的地方，夹道欢迎的群众热烈欢呼、鼓掌、唱歌、跳舞，鞭炮声和锣鼓声喧天。

贺龙在徐徐前行的小车上，向着欢呼的人群招手，晃动着手中的大烟斗。

入城式部队所走过的沿途，由起义的成都城防部队站岗负责治安。成都地下党所组织的四川大学、华西医科大学和石室、蜀华、协进等37所中学联合筹备的"庆祝解放"宣传队、秧歌队、歌咏队等组织，分4个区在各主要街口开展配合解放军入城式的庆祝宣传活动。入城式第一站簸箕街口左边人行道上，已宣布起义的原成都市市长冷寅东和七八位市中名绅站在欢迎人群的前面，满脸笑容，眼噙泪花，手执五星红旗向着入城的队伍欢呼致意。详知内情的人们知道，冷市长为把一个完好无损的成都市交到人民政府手中，费尽了心血，在各方力量的共同努力下，成都市民的生命财产纟得以安然无损。市民们没有忘记这些为成都市和平解放做出了特殊贡献的人们，有歌声唱道："成都市民不遭炮来不遭枪，多亏了解放军的计谋高，多亏了地方贤达和市七。"

玉带桥东口一带站着申新纱厂的200多名女工的欢迎队伍，她们一律着白色的帽子和围裙，衣着整洁，身姿优美，焕发着青春的活力，格外引人注目。她们在过去一向被人蔑视性地称作"纟妹"，今天她们来欢迎解放军，自豪地说：共产党解放军来了，我们要当家做主了。今天，我们就要戴白色的帽子，穿白色围裙，堂堂正正地表现出

∨ 成都市民将"尽歼流寇"白标语贴在我军炮车上。

我们是纺纱工人，看哪个还敢喊我们是"纱妹"。纺纱女工们齐声高唱女大学生昨晚刚到厂中教的《解放歌》：

> 在这古老的东方，
> 升起了红太阳，
> 人民打倒了狐群狗党，
> 建立了新力量。
> 全国工农兵学商，
> 仔细地想一想，
> 我们被打被辱和被杀，
> 都是那国民党。
> 而今好容易天亮，
> 我们得到解放，
> 从此我们要齐心协力，
> 要奋发图自强。

行进中的解放军也合唱起来，玉带桥附近顿时群情振奋，歌声连成一片。

皮房街原省银行的欢迎彩车上的银行职工，听到解放军入城队伍唱"冒着敌人的炮火前进"的《国歌》开过来，也高唱起来。

> 中国天亮，中国天亮，
> 见太阳，见太阳。
> 人民力量增强，
> 人民力量增强，
> 庆解放，庆解放！

这是群众自己填词用《打倒列强》曲调唱出的又一首发自内心的欢歌，立刻在欢迎队伍中传唱开来。

有人唱起了《黄河大合唱》，一声"张老三，我问你，你的家乡在哪里？"立即传来解放军队伍中众口同声的回唱声。军民有唱有和，整条大街沉浸在一片欢乐的海洋中。

车上的贺龙舞动着他那个大烟斗，好像是在为高歌的队伍和民众打着节拍。

黄埔军校起义师生官兵的欢迎队伍甚为壮观，他们3,000余人分乘50大辆大卡

《三项纪律八大注意》————————————————————

中国人民解放军统一使用的革命纪律和基本要求。原为毛泽东在土地革命战争时期制定的三大纪律六项注意，中国人民解放军总部1947年统一规定，重新颁布。其内容是：一切行动听指挥，不拿群众一针一线，一切缴获要归公；说话和气，买卖公平，借东西要还，损坏东西要赔，不打人骂人，不损坏庄稼，不调戏妇女，不虐待俘虏。

车出北校场前到市中区，车队排列街道两旁，参加欢迎解放军入城的盛会。他们高唱刚学会的《三大纪律八项注意》等革命军歌，为阔步行进在街中心的解放军入城队伍壮威呐喊，并羡慕地看着佩带着红五星和"中国人民解放军"胸章的解放军指战员，急切地盼望着自己能早日成为这支队伍中的一员。

入城部队途经驷马桥、簸箕街，进北门过北大街、草市街、玉带桥、顺城街、提督街、总府街、春熙路、上东大街、盐市口、东御街、西御街、祠堂街等主要街道，汇集少城公园。然后分驻西、南、北3个校场和皇城4个地方。贺龙、李井泉王新亭等将领驻在商业街励志社，张祖谅军长率第60军军部驻在北校场原黄埔军校内。

车过玉带桥后，贺龙因有许多事务等待着赶快处理，他所乘坐的轿车即悄悄地从车队行列中驶出，绕过欢迎的人群，于11时到达励志社，开始正式办公，为成都市的新生描绘新的蓝图。

春熙路一带，是城中商店聚集繁华的地方，各商店的门灯、檐灯，都换成了红色，上面贴着黄色五角星，好似一面面五星红旗在微风中飘荡，与满街飘扬的五星红旗和彩旗交映生辉，一片浓厚的节日气氛。四川大学师生乘坐的5辆彩色欢迎专车和协进中学学生乘坐的彩色欢迎专车沿街欢呼歌唱在这一带，《东方红》等响亮的歌声伴随着大学生、中学生的翩翩舞姿响彻在蓉城上空。解放军入城部队的宣传车一停下，立即被欢迎的群众围得水泄不通，许多学生和青年递上了日记本、手帕，让战士们签名，以永远纪念这个光辉的节日。车上的解放军向市民群众大声广播宣传中国共产党的政策和中国人民解放军的性质和纪律，并感谢成都市民对人民子弟兵的大力支持和盛情款待。

欢迎群众看见解放军的"轻便队"走过来了，这些年龄较大的解放军指战员，身穿青色短棉衣棉裤，腰插两支系有红绸的手枪，意气风发迈进在市区大道上。群众高喊："老游击！武工队！"军民又一齐唱起了"我们都是神枪手"的《游击队之歌》。

有组织的30多个大、中、小学的秧歌队、化装表演队舞动在街头，长达近10公里的入城式线路上挤满了30多万成都市民欢庆的人群，鞭炮纸屑铺满地，歌声、欢呼声、鼓掌声如浪似潮奔腾在市区每条街道，到处是五彩缤纷，迎接着5万多解放军指战员的入城。沿街军民互相问候唱和，载歌载舞，姗姗徐行，以致少数解放军入城部队迟至午后3时才到达驻地。

入夜，各种军民联欢晚会在成都市区各影剧院、公园、茶馆、街头举行，欢快悠扬的歌声此起彼伏，直到东方又铺满朝霞。

3. 换了新天地

20世纪50年代的第一天：

元旦，新年又逢星期日；

新中国成立后的第一个新年；

刘伯承司令员、邓小平政委发布命令，成立"中国人民解放军成都军事管制委员会"的第二天；

贺龙司令员率领人民解放军举行入城式，进驻成都的第三天。

蓉城一片节日气氛，市民们庆解放，贺新年，沉浸在欢乐的海洋中。新闻、文化领域，各大报纸首先"易帜"，人民解放军主办发行的一些随军刊物也相继在市区广为流传。原来的报馆中，相同的汉字一夜之间排列组合成了内容与往日截然相反的文章。

"解放区的天是明朗的天，解放区的人民好喜欢"的歌声飞遍全城。

这天，贺龙在成都市顺城街蓉光大戏院举办庆祝新年联欢会，解放军将领、起义将领、中共地下党员和革命志士在此大会师。与会同志个个欢天喜地，亲切握手言欢。许多人流下了激动的热泪，特别是那些长期做地下工作的同志惊奇地发现，过去一些"坏人"原来是"自己人"。

联欢大会上掌声雷动。

"成都是国民党反动派在大陆盘踞的最后一个大城市，出乎我所料，成都又是解放战争中继北京和平解放以后保存下来极少遭到破坏的一座大城市。"贺龙在会上高度赞扬了为解放成都做出了贡献的各路英雄们："这是我们党斗争20多年流血牺牲换来的，这是我们人民解放军拿起武器，及地下党同志艰苦奋斗和敌人作军事、文化各种斗争换来的！"

"今天，我们大家欢聚一堂，共贺这喜庆的节日，让我们放声欢呼胜利吧！"贺龙举起了右手，向各路英雄敬了一个标准的军礼。

成都解放两个月后，起义将领刘文辉、邓锡侯、潘文华在周恩来的特别邀请下来到北京，受到了毛泽东主席的热情接见。中南海和煦的春风中，毛泽东、朱德、刘少奇、周恩来兴致勃勃，与大家亲切交谈。大家从川康建设谈到祖国将来的新貌，从今天新民主主义革命的胜利回溯到辛亥革命，说到这里，毛泽东风趣地依次问大家在辛亥革命时候的情况。

毛泽东问刘文辉，刘答："我在军校学习。"问邓锡侯，邓答："我从军校回川参加那次革命，任排长。"问潘文华，潘答："我正在川军中当连长。"

毛泽东听后幽默地说："好啊！你们都在当官或准备当官。当时我也参了军，不过我是在当兵。哈哈！哈哈！"他说后大笑不止。

辛亥革命 ——————————————————————————————— —

推翻清朝政府，结束封建帝制的资产阶级民主革命。1911年（农历辛亥年）10月10日，武昌起义爆发，各地革命党人纷纷响应，革命风暴席卷全国，清朝统治土崩瓦解。12月，17省代表在南京开会，选举孙中山为中华民国临时大总统。次年1月1日，中华民国临时政府在江苏南京成立。2月12日，清帝宣统退位，结束了两千多年的封建君主专制制度。但由于资产阶级革命派的软弱性，使得革命成果很快被袁世凯所窃取。

毛泽东的笑声引起了大家发自内心的共鸣。他们无所拘束地交谈着，毛泽东所说的话，字字句句都滋润着刘文辉、邓锡侯、潘文华的心田。

几天后，刘文辉被中央人民政府政务院任命为西南军政委员会副主席，邓锡侯、潘文华被任命为委员。

人民永远不会忘记为解放成都做出重大贡献的勇士们，这既有手握兵权的将领和冲锋在第一线的战士，也有在幕后默默工作多年的地下工作者。贺龙将军在与起义将领亲切交谈后，即关心地对人吩咐说："快把雅安那个王老头换出来，让他好好休息和学习。"

而此时仍在雅安的王少春，仍在坚持站好最后一班岗。会师大会上，他激动地站在主席台上，向大家公开了自己的身份。他热泪盈眶，感情的闸门终于打开了，他滔滔不绝地宣讲中国共产党的政策，这是一个在国民党军心脏中隐蔽了 2,600 多个日日夜夜地下共产党员的心声啊！他口若悬河地讲着，尽情地向外倾泄，……此时的他仅差一年就进入花甲之年了，可这位老人在主席台上高兴的像一个朝气蓬勃的年轻人。他带领大家振臂高呼口号：

实现新民主主义，建设新中国！

实行人民民主专政，保障胜利成果！

世界和平民主万岁！

人民革命统一战线万岁！

……

这位在山沟沟里坚持英勇战斗长达 8 年的壮士，由于长期在国民党统治区做地下工作，染上了许多病，不久就住进了北京医院。1955 年 5 月 10 日，终因医治无效，与世长辞。他在弥留之际对夫人说："我是赤条条来，赤条条去，共产党员，不留什么！"

在解放军进入成都的第二天，中共四川地下党组织召开全体人员会议。按系统发了通知，层层下传。

大家见面热烈地握手，伴随着滚动的泪花。

一位当年的地下党员回忆道："来的同志中，认识的只是少数，大半都没有见过，有的过去知道名字，许多是连名字也不知道，这本是地下党的纪律所要求的。有的同志是从其他地区转移阵地过来的，仆仆风尘；有的同志是从大雪山区的游击队里赶来的，脸上还见风霜；有的同志是才从敌人的监狱里出来的，脸色苍白，还跨着大八字走路，手上的镣铐痕迹犹新；有的同志是才从敌军中做完策反工作才回来的，还穿着国民党军官的黄军服。当然，有的同志，我们知道，无论我们在门口等他们多久，是再也不会来的了，他们完成了他们的战斗任务，已经长眠地下。"

当宣布开会，主持人才说出 3 个字"同志们"后，会场突然鸦雀无声，大家好像第一次听到这么响亮的 3 个字。

"同志们！"主持人重新说："天亮了，成都解放了。我们终于见到了今天的胜利，终于站在这里能够大声地称呼同志，我们再也不必过今天姓张、昨天姓李、东藏西躲的日子了。今天，我们可以堂堂正正地在大街上走着，骄傲地大声说：'我们是共产党员！'"

全场都不禁欢呼起来："共产党员，共产党员！……"

冬尽春来。

∧ 1950 年 1 月 1 日，成都市军管会成立。李井泉、周士第分别担任正、副主任。

❶我解放大军正行进在去前线的路上。

❷ 我军某部向前线进军途中。

❸ 我军骑兵部队。

❹ 我军某部大军徒涉前进。

❺ 我军某部大军向前线开进。

聂荣臻
（时任中国人民解放军代总参谋长）

大陆上的敌人即将全部被歼灭的时候，蒋介石有计划的潜伏了大批特务、土匪，妄图同我们进行长期斗争。

同时也有一些溃不成军的流窜国民党小部队转化成土匪队伍。

他们与当地的封建会道门、地主恶霸相勾结，进行反革命骚动和发动宣传，扰乱社会秩序，破坏革命与生产。

这些土匪，大多很分散，化装成老百姓进行活动，给剿匪部队带来很多困难，尤其是交通不便的偏僻地区与山区更是如此。

为了剿灭分散在大山里和偏僻地区的小股土匪，我们命令剿匪部队采取分散歼灭的办法，组成许多连排为单位的小部队，坚持执行毛泽东同志"既是战斗队，又是工作队"的指示，深入农村、山区，发动群众，密切同各级人民政府领导的减租、反霸斗争、土地改革相结合，从根本上摧毁了土匪赖以生存的社会基础。

这样，到1950年6月，大陆上成股的土匪已经基本被消灭，使全国各地的社会秩序逐步趋于安定。

——摘自：《聂荣臻回忆录》

★★★★★

刘伯承
（时任第二野战军司令员）

　　自1949年11月开始至12月27日结束成都战役，这1个月零27天的时间中，由于毛主席、朱总司令的英明领导，各战略区的积极支援，一野、四野兄弟部队的并肩作战，我们指战员的英勇善战、克服困难，和广大人民在人民民主统一战线纲领下对我人民军队的拥护，已使我们取得了解放西南的伟大胜利，粉碎了蒋匪和美帝妄图以重庆、成都继续其在大陆上作最后挣扎的阴谋，基本上完成了我党中央所给予的任务。

　　在军事上来说，我们还有解放西藏的任务，我们要把五星国旗插到祖国边疆喜马拉雅山上……

　　——摘自：刘伯承《解放西南的伟大胜利和今后的任务》

《聚歼天津卫》　《解放大上海》　《合围碾庄圩》　《进军蓉城》
《保卫延安》　　《血拼兰州》　　《喋血四平》　　《剑指济南府》
《鏖战孟良崮》　《席卷长江》　　《攻克石家庄》　《总攻陈官庄》
《围困太原城》　《登陆海南》　　《兵发塞外》　　《重压双堆集》

1.部分图片由解放军画报社供稿

摄影作者(按姓氏笔画排列)：

于天为	于庆礼	于成志	于坚	于志	于学源	马金刚	马昭运	马硕甫	化民	孔东平	毛履郑
王大众	王文琪	王长根	王仲元	三纪荣	王甫林	王纯德	王国际	王奇	王学源	王林	王述兴
王青山	王春山	王振宇	王晓羊	三鼎	王毅	邓龙翔	邓守智	丕永	冉松龄	史云光	史立成
田丰	田建之	田建功	田明	日振武	石嘉瑞	艾莹	边震遐	任德志	刘士珍	刘长忠	刘东鳌
刘叶	刘庆瑞	刘寿华	刘保璋	刘峰	刘德胜	乞德文	江树积	江贵成	吕厚民	吕相友	孙天元
安靖	成山	朱兆丰	朱赤		江树积	纪志成	许安宁	齐观山	何金浩	余坚	
吴群	宋大可	张平	张宏	张国璋	张举	张炳新	张祖道	张崇岫	张鸿斌	张谦谊	张超
张颖川	张熙	张醒生	张麟	旷盘棋	李丁	李九龄	李久胜	李书良	李夫培	李文秀	李长永
李凤	李克忠	李国斌	李学增	李家震	李晞	李海林	李基禄	李清	李维堂	李雪三	李景星
李琛	李锋	李瑞峰	杜心	桂荣春	杜海振	杨绍仁	杨绍夫	杨玲	杨荣敏	杨振亚	杨振河
杨晓华	沙飞	肖迟	肖里	肖孟	肖瑛	苏卫东	苏中义	苏正平	苏河清	苏绍文	谷芬
邹健东	陆仁生	陆文骏	陆明	陈一凡	陈书帛	陈世劲	陈希文	陈志强	陈福北	周有贵	周洋
周鸿	周锋	周德奎	孟庆彪	孟诏瑞	季音	胡宝玉	胡勋	林杨	林塞	罗培	苗景阳	郑景康
金锋	姚继鸣	姚维鸣	姜立山	祝玲	凌风	屈中奕	唐洪	赵化	赵良	赵奇	赵明志	赵彦璋
郝长庚	郝世保	郝建国	钟声	凌风	唐志江	袁绍柯	袁苓	夏志彬	夏枫	夏苓	徐光	徐肖冰
徐英	徐振声	流萤	耿忠	袁女逊	袁克忠	高宏	高国权	贾健	贾瑞祥	郭中和	郭良
郭明孝	钱嗣杰	陶天治	高凡	高L双	高帆	章洁	野雨	高洪叶	高粮	崔文章	崔祥忱
常春	康矛召	曹兴华	曹宠	曹冐德	盛继润	谢礼廓	雁兵	隋其福	雪印	博明	景涛
程立	程铁	童小鹏	董青	董海	蒋先德	谢礼廓	黎明	韩荣志	鲁岩	楚农田	照耀
路云	熊雪夫	蔡远	蔡尚雄	裴植	潘沼	黎民	黎明	冀连波	冀明	魏福顺	

(部分照片作者无记载：故未署名)

2.部分图片由 **getty**images 供稿